山东省社会科学规划研究项目成果
（项目批准号：20CWWJ05）

李方木 —— 著

家族关系与国家认同

福克纳后期小说研究

William Faulkner

中国社会科学出版社

图书在版编目(CIP)数据

家族关系与国家认同:福克纳后期小说研究/李方木著.—北京:中国社会科学出版社,2023.4
ISBN 978-7-5227-1450-9

Ⅰ.①家… Ⅱ.①李… Ⅲ.①福克纳(Faulkner,William 1897-1962)—小说研究 Ⅳ.①I712.074

中国国家版本馆 CIP 数据核字(2023)第 029391 号

出 版 人	赵剑英
责任编辑	王小溪
责任校对	师敏革
责任印制	戴 宽

出	版	中国社会科学出版社
社	址	北京鼓楼西大街甲 158 号
邮	编	100720
网	址	http://www.csspw.cn
发 行 部		010-84083685
门 市 部		010-84029450
经	销	新华书店及其他书店

印	刷	北京君升印刷有限公司
装	订	廊坊市广阳区广增装订厂
版	次	2023 年 4 月第 1 版
印	次	2023 年 4 月第 1 次印刷

开	本	710×1000 1/16
印	张	15.5
插	页	2
字	数	213 千字
定	价	79.00 元

凡购买中国社会科学出版社图书,如有质量问题请与本社营销中心联系调换
电话:010-84083683
版权所有 侵权必究

目　　录

前言 …………………………………………………………（1）

导论 …………………………………………………………（1）

第一章　约克纳帕塔法的家族罗曼史 ………………（51）
　第一节　白人家族的创始与传承 …………………（55）
　第二节　同族兄弟姐妹的竞争与合作 ……………（68）
　第三节　家族联姻的理想与现实 …………………（78）

第二章　家族女性人物的多元塑型 …………………（87）
　第一节　"南方淑女"的身份转变 …………………（90）
　第二节　第二次世界大战对青年女性的重塑 ……（100）
　第三节　中老年女性形象的转型 …………………（108）

第三章　家族历史的跨种族建构 ……………………（119）
　第一节　"白人负担"的阴影与反拨 ………………（122）
　第二节　弃儿叙事缺位的家族关系 ………………（132）
　第三节　犹太家族融入南方的历程 ………………（141）

第四章　家族变迁中的阶级融合 ……………………（151）
　第一节　家族内外的阶级差异 ……………………（154）

第二节　亲属冲突的阶级动因 ················· (162)
　　第三节　家族阶级差异的消解 ················· (174)

结语 ······································· (185)
参考文献 ··································· (193)
附录 ······································· (216)
后记 ······································· (241)

前　　言

　　福克纳在其文学生涯的后二十年（1942—1962）共创作了七部小说和两个短篇故事集，在历史意识和艺术手法上有别于前期作品。除《寓言》外，八部作品基本围绕人物的家族关系构建故事情节，通过错综复杂的家族谱系和深厚的历史记忆展现美国南方家族核心成员对历史的回望，对现实的困惑以及对未来的构想。本书选取《去吧，摩西》《坟墓的闯入者》《修女安魂曲》《小镇》《大宅》《掠夺者》六部小说，以及《骑士的策略》和《大森林》两个短篇故事集，结合福克纳在这一时期发表的相关散文与公开演讲，探讨作品的主题意义及其与文学形式的关系。本书在小说叙事理论框架内，借用社会历史批评，分析南方家族变迁主题及其罗曼史的形式与特点，辨析人物国家认同机制背后的象征意义和历史隐喻。

　　本书按照家族罗曼史的叙事样式与题材对目标文本进行解读，致力于实现两个研究目的。一是通过剖析主要家族的人物关系与历史变迁，审视家族记忆与外部社会关系对人物身份构建带来的多层面影响，发掘人物对待家族遗产差异化态度背后的历史与社会文化因素。二是结合第二次世界大战前后南方社会的深刻变化，重新认识福克纳小说创作的家族题材，探求人物在地域文化身份与国家认同之间的相切点和平衡点，凸显福克纳作品中人类命运关切之下的美国文化背景。

　　福克纳的后期创作深化了前期作品的主题，同时也改变了写作手法。家族是福克纳写作的重要题材，聚合了人物的历史意识和外部社会现实，作家通过罗曼史的形式展现复杂的家族关系与南方社会的历史变迁。后期创作的家族罗曼史表现出较强的地方性色彩，在充分考量南方文化传统的过程中构建了人物的国家认同。福克纳既延续了前期作品中标志性的意识流手法，又以罗曼史为中心借鉴了多样化的现实主义叙述技巧，增强了作品的可读性与现实性。

纵观国内外福克纳研究学术史，本书突破了黑白种族、贫富阶级的二元阐释范式，着眼于人物群体在性别、种族和阶级身份上的共性。不同作品之间主、次要人物在文本中的叙事位置经常发生变化，这强化了福克纳小说体系一性，也映衬着外部社会环境发生的巨大变化，人员流动性的增强破除了南方社会封闭、单一性刻板印象。福克纳后期作品将社会理想置于南方历史与现实生活的中间地带，揭示南方家族糅入的异质性，用乐观的笔调描述混血对家族生命力的积极意义。通过对人物时间观的整合，本书明确了福克纳在对南方过去的执着回望中依稀建构出的未来社会愿景，指出作品暗含的乌托邦色彩。

导　　论

近一个世纪以来，国内外的威廉·福克纳（William Faulkner，1897—1962）研究成果丰硕，关于福克纳作品，无论是意识流手法、叙述视角、语言风格等形式研究，还是性别、种族、阶级、生态、地域等主题阐释，均可以用汗牛充栋来形容。纵览福克纳学术史，学者们历来注重及时总结已有成果，例如美国学者哈古德（Taylor Hagood）近期出版的《追随福克纳：对约克纳帕塔法建造者的批评回应》（*Following Faulkner: The Critical Response to Yoknapatawpha's Architect*，2017）追溯了近百年来福克纳研究领域百余部专著的主要观点与影响，成为一部简洁、有力的学术史综述。另外，福克纳研究文献大致有书报评论、学术论文和文献目录等类型。针对书评的甄选与总结主要有三部：巴塞特（John Bassett）的《福克纳批评遗产》（*William Faulkner: The Critical Heritage*，1976）、英奇（M. Thomas Inge）的《福克纳当代评论》（*William Faulkner: The Contemporary Reviews*，1995）以及法格诺利（Nicholas Fargnoli）的《福克纳文学指南》（*William Faulkner: A Literary Companion*，2008）。上述三部著作均按照时间顺序收集整理了福克纳作品出版之后的代表性书评，但巴塞特一书以福克纳获颁诺贝尔文学奖为分水岭，将 1950 年作为收录经典文献的终点，他认为获奖之后各类评论喷薄而出，一定程度上影响了批评本身的客观性。福克纳获诺贝尔文学奖的第二年，旨在总结研究成果的《福克纳评论二十年》（*William Faulkner: Two Decades of Criticism*）一书由霍夫曼

(Frederick J. Hoffman)和维克里(Olga W. Vickery)合作编选出版，由此开启了另一种学术批评范式——每隔十年做一次总结。后来二人编选的《福克纳评论三十年》(1963)、瓦格纳(Linda Welshimer Wagner)的《福克纳评论四十年》(1973)和瓦格纳-马丁(Linda Wagner-Martin)的《福克纳评论六十年》(2002)等相继出版。此外，巴塞特还及时对世界范围内的福克纳研究文献目录进行总结，先后编纂出版四部散篇清单(*William Faulkner*: *An Annotated Checklist of Criticism*, 1972; *Faulkner*: *An Annotated Checklist of Recent Criticism*, 1983)或注释目录(*Faulkner in the Eighties*: *An Annotated Critical Bibliography*, 1991; *William Faulkner*: *An Annotated Bibliography of Criticism Since 1988*, 2009)，为福克纳学术史研究做出了重要贡献。仅最近出版的这本书即收入1988—2007年世界范围内的不完全统计论著条目、博士学位论文及其他专题论文共计3074条。

  福克纳创作的全部作品中，《喧哗与骚动》(*The Sound and the Fury*, 1929)、《押沙龙，押沙龙!》(*Absalom, Absalom!*, 1936)和《去吧，摩西》(*Go Down, Moses*, 1942)等小说受到学界关注较多，而1942年之后陆续出版的《坟墓的闯入者》(*Intruder in the Dust*, 1948)、《骑士的策略》(*Knight's Gambit*, 1949)、《修女安魂曲》(*Requiem for a Nun*, 1951)、《寓言》(*A Fable*, 1954)、《大森林》(*Big Woods*, 1955)、《小镇》(*The Town*, 1957)、《大宅》(*The Mansion*, 1959)和《掠夺者》(*The Reivers*, 1962)等作品长期以来却未能得到应有的重视。现有的评论也大多对这些后期作品持否定态度，认为从20世纪40年代开始，特别是1950年获得前一年的诺贝尔文学奖之后，福克纳表现出才思枯竭、动力衰退的疲态，作品的思想性和写作手法均乏善可陈。① 《去吧，摩西》出

---

  ① 可参考如下著述 Michael Millgate, *William Faulkner*, New York: Grove Press, Inc., 1961, p. 101; Irving Howe, *William Faulkner*: *A Critical Study* (4th ed.),（转下页）

版之年（1942）对于福克纳的文学生涯来说非常重要。在 1941 年 12 月 7 日，日本突袭珍珠港之后，美国放弃之前外交领域一直奉行的孤立主义政策，正式介入第二次世界大战。这大大激发了福克纳的参战热情，尽管后来的结果表明梦想难以成真。当时，福克纳正忙于创作《去吧，摩西》中那篇著名的《熊》("The Bear")，但事有不顺。12 月 2 日，他向出版社致函解释延迟交稿的原因："可写之处比我预想的多出很多，这或许能够成为令我引以为豪的章节，需要耐着性子去写，反复修改才能写好。"① 1942 年初，陪伴福克纳家族四代人的黑人大妈卡洛琳·巴尔（Caroline Barr）去世，福克纳亲自主持了葬礼，把即将出版的小说题献给这位世纪老人。5 月 11 日，《去吧，摩西》由兰登书屋正式出版②，成为继《村子》(The Hamlet, 1940) 之后又一部重要小说。于国、于家、于福克纳本人，1942 年都是标志性的一年。

　　本书辟出《去吧，摩西》作为福克纳写作生涯的分水岭，主要考虑如下。这部小说深刻揭露了南方白人特权家族的种族主义罪恶，确立了后期多部作品人物的家族关系框架和叙事范式。从故事层次上看，麦卡斯林家族在福克纳塑造的南方贵族世系中延续最久、支脉最广、涉及的社会问题最多。早期福克纳研究较多关注作家的道德关怀，以约克纳帕塔法世系的变迁折射社会转型期美国南方家族的情感结构和内在矛盾，然而这种由点及面的研究路径并未对小说人物家族背景在叙事中的价值给予足够的重视。福克纳的后期作品有意编织了异常繁复的家族关系网，人物

（接上页）Chicago：Ivan R. Dee, Inc., 1991, p. 283；Malcolm Cowley, *The Flower and the Leaf*: *A Contemporary Record of American Writing since 1941*, New York：Viking, 1985, p. 296；鲍忠明、辛彩娜、张玉婷：《威廉·福克纳种族观研究及其他》，北京理工大学出版社 2018 年版，第 13 页。

　　① Joseph Blotner, ed., *Selected Letters of William Faulkner*, New York：Vintage, 1978, p. 146.

　　② 兰登书屋未经作家本人同意，擅自定名为 *Go Down, Moses and Other Stories*，后来再版时才改回作者原定名，也是沿用至今的标题。

个体与南方社会的命运交相呼应,凸显出家族的地域性、历史性和多变性特点。本书有意避开学界较为关注的前期小说,排除主要以第一次世界大战为背景的小说《寓言》①,选取《去吧,摩西》《坟墓的闯入者》《骑士的策略》《修女安魂曲》《大森林》《小镇》《大宅》《掠夺者》共八部小说和短篇故事集为研究对象。同时,结合对福克纳在这一时期发表的重要散文和公开演讲的深度解读,本书旨在探讨福克纳后期作品中家族关系对人物的性别、种族和阶级身份塑型的影响,分析第二次世界大战前后复杂多元的南方社会文化氛围中人物的身份认同机制。

身份或身份认同的基本含义是人在社会中的位置,即个人与社会文化的认同问题。在霍尔(Stuart Hall)看来,现代人的身份表现出"去中心化"的特质:主体在不同时段内具有相互矛盾、暂时性的身份,鉴于外部文化世界不断"增殖",身份始终处于动态变化之中。② 由此看来,福克纳的小说人物离不开美国南方家族背景及相互关系,而内战以来南方社会经历了一系列复杂而深刻的变化,人们的种族、阶级乃至性别身份均经受着新现实、新文化、新思想的冲击。既然身份本身意味着个人与社会的对立统一,福克纳的小说人物对南方记忆与社会现实问题上的看法也不例外,正如《押沙龙,押沙龙!》结尾处昆丁那句意味深长的话:"我不恨[南方]……我不。我不!我不恨它!我不恨它。"③

国家认同的观念是随着作家对家族题材的深入开掘逐渐显现

---

① 《寓言》是第二次世界大战时期福克纳在好莱坞工作期间开始构思,基于作家本人在第一次世界大战后期参军入伍经历的所观所感,历经十余年创作才完成的。主人公是个耶稣式的人物,领导十二个士兵在法军战壕里游说发动兵变,遭到最高统帅也是这位士兵的父亲判决死刑。因为这部小说脱离了约克纳帕塔法的美国南方社会语境,并不符合本书探讨的家族题材,笔者将其排除。

② Stuart Hall, "The Question of Cultural Identity", Stuart Hall, David Held and Tony McGrew, eds., *Modernity and Its Future*, Cambridge: Polity Press, 1991, p. 277.

③ William Faulkner, *Absalom, Absalom!* Joseph Blotner and Noel Polk, eds., *Novels 1936—1940*, New York: Library of America, 1990, p. 311.

出来的。囿于美国南方在内战中的败绩，福克纳塑造的很多人物——尤其是亲历战争的沙多里斯、康普生和萨特潘等南方显赫家族的先祖们，对总体的美国形象并不认同，这种敌对思维一直存在，并潜移默化地传导给后世。相应的，内战结束至第一次世界大战前后，南方人物在与北方社会的全面交往中也是不被认同的，这种地域身份符号突出表现在浓重口音、颓废意识、小农思维、强烈乡愁等各个方面，在南方之外的美国人士看来他们是经济落后、思想落伍的一个社会群体。随着第一次世界大战前后更多的南方人走向北方、走出国门，他们以更为广阔的地理和心理视域反观美国南方，开启以家族背景为基础、融合强烈南方地域文化色彩、兼及美国总体形象的心理建构过程。特别是在珍珠港事件之后，美国南方人士受爱国主义感召，更为积极地融入美国国家形象的维护与塑造中，福克纳小说中的人物以保家卫国为己任，强化了内心的国家认同感。本书探讨的国家认同，即是以时代背景为参照，通过与福克纳前期创作进行对比，发掘后期作品中故事人物心理层面上对南方历史和家族记忆的深刻反思，厘定他们对国家形象及文化遗产的观念转变历程。也就是说，人物的国家认同与家族关系及其文化遗产是相互建构的。

恰是在对社会历史和地域文化的审问和反思中，福克纳笔下的南方世界历经内战、重建、进步主义运动、大萧条和两次世界大战等诸种重大事件之后，人物尝试走出历史记忆的阴影与偏狭的地方主义思维，融入更为宽宏的国家认同语境。放眼福克纳的一生，他的文学生涯始于第一次世界大战之后，直到冷战国际秩序确立之后的20世纪60年代初期结束，其间产出的十九部小说既是对这段历史的折射，也以作家的方式深刻影响了美国南方乃至整个美国社会。

一　福克纳创作生涯及学术史分期

自密西西比大学读书期间发表第一个短篇故事《幸运着陆》

("Landing in Luck",1919)开始,到1962年6月《掠夺者》出版,福克纳的创作生涯跨越四十余年,涉及诗歌、短篇故事、小说、电影剧本等不同文类。乡土题材贯穿始终,对南方贵胄家族历史变迁的刻画更是大部分小说的共有母题。1956年春接受《巴黎评论》(*The Paris Review*)记者斯泰因(Jean Stein)专访时,福克纳如此评论自己的写作生涯:

> 创作《士兵的报酬》时我觉得写作很有趣,接着又发现不仅每一本书都要有所规划,甚至一位艺术家所有的产出或作品都要有规划。写《士兵的报酬》和《蚊群》那会儿,我只是为写作而写作,因为这很有乐趣。从《沙多里斯》开始,我发现自己那片小得像邮票一般的故乡热土更值得写,甚至我一辈子都写不完,当真实升华为想象之后,我就享有了绝对的自由,可以随心所欲地把上天赋予我的才能发挥到极致。这一想法为我打开了人物的内心宝藏,随即创造了我自己的世界。我可以像上帝一般让这些人物动起来,不仅仅是在空间,而是还在时间中移动。我确实成功实现了让人物在时间中随意穿行,这至少在我看来印证了自己的一个理论,即时间是流动的,除非暂时化身为一个个鲜活的人物,否则它无法存在。根本就没有所谓的"曾经",只有"如是";如果真有"曾经"的话,那就不会有忧伤或悲痛了。我喜欢把自己创造的世界形容为宇宙中的某块拱顶石,这块石头虽小然而一旦抽身,整个宇宙就会崩塌。我的收山之作应该是约克纳帕塔法世系的末世审判书和宝鉴录,然后就此封笔,宣告结束了。①

---

① James B. Meriwether and Michael Millgate, eds., *Lion in the Garden: Interviews with William Faulkner, 1926—1962*, Lincoln and London: University of Nebraska Press, 1968, p.255. 着重号为笔者所加。这段话在福克纳研究领域引用率极高,甚至(转下页)

这段引文突出强调了两点：福克纳的乡土情结和作品的整体规划。"邮票"一说将福克纳位于密西西比州北部的家乡拉斐耶县（Lafayette County）纳入美国的文学地图，成为他取之不尽、用之不竭的创作源泉，而《沙多里斯》（*Sartoris*，1929）①被学界普遍视为作家标志性的南方乡土题材小说的滥觞之作。例如，布鲁克斯（Cleanth Brooks）曾明确指出，这部小说是"福克纳进入他专属的约克纳帕塔法县的标志"②。值得注意的是，福克纳说上述一番话时年近花甲，距小说处女作《士兵的报酬》（*Soldiers' Pay*，1926）出版已经过去了整整三十年。

1926年之前，福克纳是诗人，经同乡友人菲尔·斯通（Phil Stone）的引荐和资助，出版过一部诗集《大理石牧神》（*The Marble Faun*，1924）。斯通在福克纳的诗歌创作道路上发挥了导师的作用，但他似乎更在意福克纳的培养之道，以此作为个人"进入文学界的赌注"，竭力占有自己一手"制造"出来的诗人。③斯通与福克纳之间的师生关系外溢，这似乎是后者不愿接受的。1926年初，福克纳选择寄居新奥尔良，他的文学写作道路随即发生较大转向：创作体裁由诗歌转向小说，玉成此举的是当时已经享有盛誉的小说家舍伍德·安德森（Sherwood Anderson）。安德森成为福克纳的第二任导师，他建议踌躇满志的青年福克纳去

（接上页）有几部著作直接选取部分词语或短语为书名，如 Doreen Fowler and Ann J. Abadie, eds., "*A Cosmos of My Own*"：*Faulkner and Yoknapatawpha 1980*, Jackson：University Press of Mississippi, 1981; Elizabeth M. Kerr, *William Faulkner's Yoknapatawpha*："*A Kind of Keystone in the Universe*", New York：Fordham University Press, 1983; Joseph R. Urgo, *Faulkner's Apocrypha*："*A Fable*", *Snopes*, *and the Spirit of Human Rebellion*, Jackson：University Press of Mississippi, 1989。

① 该小说出版时经由福克纳的经纪人做了大量删减，原题为《坟墓里的旗帜》，完整本直到1973年才问世。

② Cleanth Brooks, *William Faulkner*：*Toward Yoknapatawpha and Beyond*, Baton Rouge and London：Louisiana State University Press, 1978, p. 165.

③ ［美］弗莱德里克·R. 卡尔：《福克纳传》，陈永国、赵英男、王岩译，商务印书馆2007年版，第233页。

发掘故乡的潜在文学价值:"你是乡下来的孩子,最熟悉的莫过于密西西比那一小块生你养你的土地了。"① 安德森所说的"一小块"土地恰是上述福克纳所称"小得像邮票一般的故乡热土!"如果说斯通将福克纳引向诗歌创作,安德森则帮助他发现题材的宝藏,完成整体设计。福克纳承认作品体系中存在一个整体设计,然而这样的设计很可能并不是创作之初即有,而是在后期实践中对同一题材持久而深入发掘过程中逐渐明晰的。

考虑到访谈活动中声音媒介的特殊性,福克纳所说的"沙多里斯"一词颇具含混性——所指既可以是书名,也可作为家族姓氏。美国马萨诸塞大学金尼(Arthur F. Kinney)教授曾抛出质疑,我们无法确认福克纳所指的是那部小说还是"沙多里斯家族"。② 不管是首次发表该访谈的《巴黎评论》杂志,还是后来结集出版的《园中狮:福克纳访谈录》(*Lion in the Garden*: *Interviews with William Faulkner*, *1926—1962*, 1968),均将这个词视作第一部约克纳帕塔法小说来理解。福克纳本人也曾建议普通读者,应该从"沙多里斯"开始,它是"我全部创作的源头"。③ 美国评论家霍夫曼(Frederick J. Hoffman)早在《威廉·福克纳》(*William Faulkner*, 1961/1966)一书中明确指出,《沙多里斯》的出版具有里程碑意义,是福克纳运用家族传统进行创作的开始。④ 也就是说,约克纳帕塔法小说世界的创立是与福克纳的家族书写同步启动的,首作、乡土题材和家族传统密切交织于一个姓氏。

---

① James B. Meriwether, ed., *William Faulkner Essays, Speeches & Public Letters*, New York: The Modern Library, 2004, p. 8.

② Arthur F. Kinney, "The Family-Centered Nature of Faulkner's World", *College Literature*, Vol. 16, No. 1, 1989, p. 83.

③ Frederick L. Gwynn and Joseph L. Blotner, eds., *Faulkner in the University*, Charlottesville and London: University Press of Virginia, 1995, p. 285.

④ Frederick J. Hoffman, *William Faulkner* (2nd ed.), Boston: Twayne Publishers, 1966, p. 44.

福克纳接续写出了《圣殿》(Sanctuary，1931)、《曾经有一位女王》("There Was a Queen"，1933)、《没有被征服的》(The Unvanquished，1938)等小说和短篇故事，完善沙多里斯家族及其成员的故事。同时，《喧哗与骚动》、《夕阳》("That Evening Sun"，1931)和专为考利（Malcolm Cowley）出版《袖珍福克纳读本》(The Portable Faulkner，1946)一书撰写的《1699—1945康普生家族》("1699—1945 The Compsons")等小说、故事或短文，全面塑造了南方另一个种植园显贵——康普生家族。另外，《押沙龙，押沙龙！》再现了萨特潘家族，《去吧，摩西》《坟墓的闯入者》《大森林》《掠夺者》从不同侧面塑造了麦卡斯林家族。以律师加文为代表的史蒂文斯家族则陆续出现于《八月之光》《村子》《去吧，摩西》《坟墓的闯入者》《骑士的策略》《修女安魂曲》《小镇》《大宅》之中，斯诺普斯家族更是贯穿自《沙多里斯》到《掠夺者》的多部小说。这些虚构的南方家族各有特色，又具有融入变迁的共性色彩，合起来构成了完整的约克纳帕塔法世系(the Saga of Yoknapatawpha County)。《袖珍福克纳读本》封套上印有这样的宣传语："首次按照时间先后顺序，全景呈现密西西比州境内的福克纳神话王国。"

这种创作题材的整体性与统一性赋予作家持久的创作动能。福克纳获诺贝尔文学奖之后仍然笔耕不辍，创作完成了五部小说、结集出版两部短篇故事集、参与编创《乱世情天》(The Left Hand of God，1951)和《法老的土地》(Land of the Pharaohs，1954)等电影剧本。加上前一个十年出版的《去吧，摩西》和《坟墓的闯入者》，福克纳在生命的后二十年为世界留下七部小说，仅从数量上看，这种勤奋精神"远远超过"同时代的菲茨杰拉德、海明威等作家[①]。也正是在这一点上，福克纳对安德森颇有微词，在1953年6月《大西洋》刊登的《记舍伍德·安德森》("A Note on

---

① 陶洁：《福克纳研究》，上海外语教育出版社2013年版，第6页。

Sherwood Anderson"）一文中，这位导师式人物被称作"只有一两部作品的人"①，字里行间透露出一丝轻蔑。

国内外学者有个基本的共识：福克纳的作品体系具有整体规划。② 为福克纳赢得首届欧·亨利奖的短篇故事《烧马棚》（"Barn Burning"，1939）以及《村子》的发表，标志着他重拾第三部小说《沙多里斯》中涉及的斯诺普斯家族题材③，从人物构成和叙事构造上完善了《押沙龙，押沙龙！》所附约克纳帕塔法县的地理版图。从这个意义上说，斯诺普斯题材焕发了福克纳创作体系的活力。麦卡斯林家族则位于社会阶级之梯的另一极，融合南方白人贵族、原住民和黑人家族的文化动能，合力对抗以斯诺普斯家族为代表的现代新兴资本主义势力的侵蚀。从作家个人生活来看，黑人大妈的去世给福克纳带来巨大影响④，促使他进一步探索黑人社会问题的解决之道，这在后续作品中留有或显或隐的痕迹。另从当时的国内外形势亦可看出，1939年第二次世界大战的全面爆发促使美国很多文化人士的左翼倾向发生急转，现代主义文学走向式微。⑤ 受其影响，福克纳的创作形成了融现代主义、现实主义和浪漫主义于一体的综合表现手法，或者说他主动超越

---

① James B. Meriwether, ed., *William Faulkner Essays, Speeches & Public Letters*, New York: The Modern Library, 2004, p.6.

② George Marion O'Donnell, "Faulkner's Mythology", Frederick J. Hoffman and Olga W. Vickery, eds., *William Faulkner: Three Decades of Criticism*, New York: Harcourt, Brace & World, Inc., 1963, p.83; James B. Meriwether and Michael Millgate, eds., *Lion in the Garden: Interviews with William Faulkner, 1926—1962*, Lincoln and London: University of Nebraska Press, 1968, p.255; Malcolm Cowley, ed., *The Portable Faulkner*, New York: Penguin, 1946, p. XIX.

③ Emory Elliott, ed., *Columbia Literary History of the United States*, New York: Columbia University Press, 1988, p.906.

④ Joseph Blotner, ed., *Selected Letters of William Faulkner*, New York: Vintage, 1978, p.122.

⑤ 在现代主义断代问题上，国内外学者莫衷一是。例如布拉德伯里和麦克法兰倾向于以1930年为界（Malcolm Bradbury and James McFarlane, eds., *Modernism 1890—1930*,（转下页）

了单一的现代主义表现形式。

从作品主旨来看，福克纳在他创作生涯的不同时期既遵循了一条主线不变，但前后又有所差异。根据福勒（Doreen Fowler）的观点，约克纳帕塔法世系小说是对人类总体经验的再现，经历了从悲观绝望逐渐过渡到充满希望的过程。① 在《喧哗与骚动》《八月之光》《押沙龙，押沙龙！》等作品中，昆丁·康普生、克里斯默斯和托马斯·萨特潘等主要人物在家族没落、生存困境面前大都束手无策，表现出悲观厌世的情绪。自《去吧，摩西》开始，南方家族的主要成员开始审视历史记忆和遗产传承，另一部小说《大宅》中的明克·斯诺普斯（Mink Snopes）即使在极度贫困的生活中仍然表现出对未来的美好期盼。福克纳后期作品的腔调变得乐观起来。

福克纳对人本身生存境遇的关注是一贯的，只是随着社会环境和生活阅历的变化，个人心态发生不同程度的转变而已。1956年初，福克纳在书信中坦承，一年多来感觉"已经江郎才尽，徒有能工巧匠的虚名——对词句再无兴趣、力量和激情"。1961年时他又写道，"三年前就思维干涸了"，"只是以读书为乐，读那些十八岁时就已经发现的旧书"。② 然而，我们不可由此断定晚年的福克纳灵感枯竭、创作力衰退，因为福克纳的书信和谈话有其特

（接上页）New York：Penguin，1976），我国学者盛宁也基本认可这种看法（《现代主义·现代派·现代话语——对"现代主义"的再审视》，北京大学出版社2011年版），而叶廷芳和黄卓越则认为现代主义结束的标志在于60年代前后现代主义思潮的兴起（《从颠覆到经典——现代主义文学大师群像》，商务印书馆2007年版）。参考 Richard H. Pells，*Radical Visions and American Dreams: Cultural and Social Thought in the Depression Years*，New York：Harper & Row，1973，p. XIV；Emory Elliott，ed.，*Columbia Literary History of the United States*，New York：Columbia University Press，1988，p. 695；Chris Baldick，*The Modern Movement*，Beijing：Foreign Language Teaching and Research Press，2007，p. 4。

① Doreen Fowler，*Faulkner's Changing Vision: From Outrage to Affirmation*，Ann Arbor：UMI Research Press，1983，p. 2.

② Joseph Blotner，ed.，*Selected Letters of William Faulkner*，New York：Vintage，1978，pp. 391，452.

殊的语境。要看到这些言辞多出现于新作出版之前，实际上表露的是作家构思的艰难和焦虑，为自己重复利用素材的做法进行辩解。在诺贝尔文学奖受奖演说词中，福克纳曾经把写作描述为"痛苦而艰辛的事业"，但作家发出的声音理应成为支撑人类社会的"柱石"，帮助人们渡过难关，"走向胜利"。[①] 他强调作家在当今社会肩负着不可推卸的责任，鼓励年轻作家需不畏困难，始终如一地履行社会交予的使命。在他心目中，作家更好的称呼应为"诗人"，唯有诗才配得上作家的终极遗产。

　　成为诗人的终极理想也暗示了作家生涯的可持续性。美国叙事学家韦恩·布斯（Wayne C. Booth）注意到了福克纳的后期变化，在普通人看来他是一位关心时事、头戴桂冠的公众人物，而评论家们则更认可那位写作挥洒自如、风格晦涩的意识流小说作家，两个群体均忽视了福克纳作为"事业作家"（career-author）的主观能动性。所谓事业作家，指的是"一系列隐含作者构成的持续性创作中心"，是大多数传记作家和评论家默认的作家。布斯以早、晚期的福克纳为例指出，作家职业的持久性不可避免地带来不同时期隐含作者表现出的巨大差异，布斯认可福克纳后期作品的风格变化，"看起来完全是另外一个人"，但这种前后变化很难用隐含作者理论进行解释。[②] 布斯采用折中观点，承认福克纳写作生涯发生了多次变轨，然而这只能归结于一系列隐含作者之和，即事业作家。换用兰普顿（David Rampton）的话说，福克纳题材、文风和创作动能上的复杂多变给人留下"系列福克纳"（serial Faulkners）的假象。[③]

---

　　① James B. Meriwether, ed., *William Faulkner Essays, Speeches & Public Letters*, New York: The Modern Library, 2004, p. 120.

　　② Wayne C. Booth, *Critical Understanding: The Powers and Limits of Pluralism*, Chicago and London: The University of Chicago Press, 1979, pp. 268 – 271.

　　③ David Rampton, *William Faulkner: A Literary Life*, Basingstoke and New York: Palgrave MacMillan, 2008, p. 1.

为便于分析，很多评论家会将作家连续性的写作生涯做出主观划分。比较常见的做法是以1950年福克纳获颁诺贝尔文学奖为分界线，如巴塞特编辑的《威廉·福克纳的批评遗产》一书收录1950年8月《短篇故事集》出版之前的有关福克纳诗集、小说和短篇故事集的评论94篇。巴塞特在序言中声明，很多评论集已经收录了战后福克纳研究中涌现出的重要成果，"到1950年他获得诺贝尔奖截止"的做法是"明智"的。① 巴塞特的暗示有二：一是诺贝尔文学奖的"盛名"会带来许多夸大其词的宣传报道，二是所收评论对后续福克纳研究的繁荣会起到推动作用。1985年在日本伊豆召开的主题为"诺贝尔奖之后的福克纳"（Faulkner：After the Nobel Prize）国际学术研讨会，直截了当地号召与会专家学者关注1950年以来的后期作品，研判作品的美学价值与社会意义。

　　至少有三位传记作家将20世纪40年代称为福克纳的"黑暗岁月"。② 学者们认为，这一时期福克纳的"个人声誉降至低谷"③，作家对其创作能力产生怀疑，被迫进入一个关键转折期④。我国学者肖明翰也指出，《去吧，摩西》出版之后福克纳进入"一生中最长的'沉默'期"，主要原因在于作家自身和家庭经济状况恶劣，以及第二次世界大战的影响。⑤ 另一位中国学者陶洁的结论

---

① John Bassett, *William Faulkner: The Critical Heritage*, London and Boston: Routledge & Kegan Paul, 1975, p. 2.

② David Minter, *William Faulkner: His Life and Work*, Baltimore and London: The Johns Hopkins University Press, 1997, p. 192; André Bleikasten, *William Faulkner: A Life Through Novels*, Miriam Watchorn, trans., Bloomington and Indianapolis: Indiana University Press, 2017, p. 324; Daniel J. Singal, *William Faulkner: The Making of a Modernist*, Chapel Hill and London: The University of North Carolina Press, 1997, p. 256.

③ Michael Millgate, *The Achievement of William Faulkner*, London: Constable, 1966, p. 210.

④ David Minter, *William Faulkner: His Life and Work*, Baltimore and London: The Johns Hopkins University Press, 1997, p. 192.

⑤ 肖明翰：《威廉·福克纳研究》，外语教学与研究出版社1997年版，第50—51页。

与之类似：作家"长期不发表作品"以及写作风格本身晦涩难懂，到 40 年代中期福克纳的小说"除《圣殿》外已经绝版"。① 这些论断是对此间福克纳多元化创作经历的认识偏误：作为长子，福克纳正用一支笔杆为稻粱谋，孜孜不倦地创作短篇故事、小说和电影剧本。虽然《烧马棚》和《村子》分别给他带来了欧·亨利短篇故事奖和普利策小说奖，但是福克纳的经济压力并未出现较大程度的缓解。1940 年 5 月他向朋友抱怨：作为一位"真正的、一流的作家"，他却不得不为了全家人的吃喝拉撒、出行、求医乃至妇女卫生用品操心。② 另一个重要因素就是作品在美国的接受了。1939 年萨特在法国挖掘并传播了《喧哗与骚动》的重要价值，而美国国内直到 1944 年才由考利着手编纂《袖珍福克纳读本》，当时纽约公共图书馆里只有《绿枝》(*A Green Bough*，1933)和《村子》，难觅其他作品。③

任何事情到达谷底就会有反弹，福克纳创作的衰退论即在客观上促成了"福克纳复兴"现象的出现。"福克纳复兴"一说的发起者美国学者施瓦茨（Lawrence H. Schwartz）曾指出：福克纳在 40 年代的重新崛起并非考利《袖珍福克纳读本》的一己之力、一人之功，而是出版市场上的平装本革命、新批评理论家、纽约知识分子派以及洛克菲勒基金会等不同社会力量综合作用的结果。④ 施瓦茨深入文学现象背后的文化底蕴，把美国国内的社会语境以及战后冷战思维主导下的文化和外交政策结合起来，在文化研究框架内重新考察福克纳崛起的国内外社会环境。然而，这种完全脱离福克纳文本的外部研究容易给人一种纯思辨的印象。

---

① 陶洁：《福克纳研究》，上海外语教育出版社 2013 年版，第 144 页。

② Joseph Blotner, ed., *Selected Letters of William Faulkner*, New York: Vintage, 1978, p. 122.

③ André Bleikasten, *William Faulkner: A Life Through Novels*, Miriam Watchorn, trans., Bloomington and Indianapolis: Indiana University Press, 2017, p. 368.

④ Lawrence H. Schwartz, *Creating Faulkner's Reputation: The Politics of Modern Literary Criticism*, Knoxville: University of Tennessee Press, 1988, p. 4.

另一位学者杜瓦尔（John N. Duvall）从 20 世纪 40 年代盛行的侦探小说入手，对福克纳相关短篇故事创作的出版环境与读者认知进行分析，发现福克纳借助《埃勒里·奎恩推理杂志》（*Ellery Queen's Mystery Magazine*）走向更广阔的大众阅读市场。福克纳的复兴发生于两条战线：一是考利为代表的精英读者群，另一个是侦探小说畅销的"低俗"市场。① 杜瓦尔从文类流传的角度考察福克纳的复兴，这一做法值得肯定，但他忽略了两点：侦探小说不仅为作家所钟爱，它的流行与国内外紧张的社会氛围不无关联；所谓"低俗福克纳"形象的出现，更大程度上是一种印刷文化现象，因为《圣殿》《野棕榈》《坟墓的闯入者》等小说平装本多次重版，极其畅销。40 年代的福克纳为经济状况所困，直到他将《坟墓的闯入者》以高昂的价格转让电影版权之后，这一状况才得以改善。

还有学者从作品形式和内容上考察福克纳前后期创作的变化。福克纳的法语翻译家库安德娄（Maurice Edgar Coindreau）在 1952 年出版的《野棕榈》法语译本序言中指出，《没有被征服的》是一部水岭式的小说，在此之前作家专注于文本的"形式统一性"，此后则主要"将材料东拼西凑起来"而成为小说。② 福克纳把在杂志上发表过的几个短篇故事收集起来，选取某个中心人物作为衔接手段，再加入一篇新作，经过通篇修改之后而成一部新小说。与之相似，斯金弗（Mauri Luisa Skinfill）以《村子》为界，认为福克纳小说的侧重点开始由种族转向阶级。③ 克雷林

---

① John N. Duvall, "An Error in Canonicity, or A Fuller Story of Faulkner's Return to Print Culture, 1944—1951", *Faulkner and Print Culture: Faulkner and Yoknapatawpha*, 2015, Jay Watson, Jaime Harker, James G. Thomas, Jr., eds., Jackson: University Press of Mississippi, 2017, pp. 123 – 126.

② Maurice Edgar Coindreau, *The Time of William Faulkner: A French View of Modern American Fiction*, George McMillan Reeves, ed. & trans., Columbia, SC.: University of South Carolina Press, 1971, p. 51.

③ Mauri Luisa Skinfill, "Modernism Unlimited: Class and Critical Inquiry in Faulkner's Later Novels", Ph. D. Dissertation, University of California, 1999.

(Michael Kreyling)继续回溯到《押沙龙,押沙龙!》,指出该作标志着美国南方文学整体上进入后南方(postsouthern)时期。①

本书依照斯威加特(Peter Swiggart)的做法,将《去吧,摩西》作为福克纳后期创作的开端。② 首先,家族人物的形象发生转变,作家抛弃了沙多里斯和康普生家族的荣耀历史,而是转向对祖、父辈的缺点和痛点进行批判。虽然《押沙龙,押沙龙!》已经开始批判萨特潘的重婚与遗弃妻儿经历,父辈过错在《去吧,摩西》中演变为祖辈的父女乱伦,对父辈功德的歌颂扭转为对他们的揭批审判。其次,《去吧,摩西》之后的多部作品以时间跨度见长,从密西西比边疆开拓的18世纪,一直延续到第二次世界大战之后的四五十年代,作家的历史视野更为开阔,对历史题材的驾驭更加娴熟。再次,小说人物众多、关系繁杂,故事情节在人物之间的联姻、乱伦、蓄奴等活动中得以推进、拓展或逆转。南方的比彻姆、埃德蒙兹、法泽斯、普利斯特等在不同作品中融入麦卡斯林跨种族、跨阶级的家族版图,后期约克纳帕塔法世系中的《坟墓的闯入者》《大森林》《掠夺者》可谓《去吧,摩西》的续作。因此,这部小说作为福克纳后期创作的扛鼎之作,深入探讨其中的家族主题对于后期作品研究可以起到提纲挈领之效。

学界对福克纳后期作品的看法,总体而言较为负面。美国学者辛格尔(Daniel J. Singal)语带偏激的观点颇具代表性:福克纳生命后二十年的创作数量和质量均"急剧下降",前后期作品质量简直判若云泥。③ 1929—1942年的创作高峰期过后,福

---

① Michael Kreyling, *Inventing Southern Literature*, Jackson: University Press of Mississippi, 1998, p. 148.

② Peter Swiggart, *The Art of Faulkner's Novels*, Austin: University of Texas Press, 1962, p. 174.

③ Daniel J. Singal, *William Faulkner: The Making of a Modernist*, Chapel Hill and London: The University of North Carolina Press, 1997, p. 256.

克纳的写作和出版速度有所放缓，但辛格尔之见显然过于绝对了。加拿大渥太华大学教授兰普顿就福克纳一生写出的小说总量（共 19 部）得出了更为客观的结论：比起菲茨杰拉德、海明威和伍尔夫等同时代作家，福克纳真的"非比寻常"。① 持续而稳定的文学产出有力回击了评论界有关福克纳创作力的断层论与衰退说。

衰退说的副产品是学界对前后期关注度的不均衡现象，② 后期作品的研究也多围绕斯诺普斯三部曲展开。其实，斯诺普斯家族故事贯穿于福克纳文学生涯始终。对这个白手起家的穷白人家族，福克纳早在《沙多里斯》中即将其作为名门望族的对立面有过不少描述，后来的《村子》集中展示了弗莱姆对金钱的贪婪，但真正全面讲述这一家族历史变迁的是在《小镇》和《大宅》中。在学术史上，最早以三部曲的形式进行考察的是贝克（Warren Beck）1961 年出版的专著《变迁中的人：福克纳的三部曲》（*Man in Motion：Faulkner's Trilogy*），该作重在分析三部小说各自的结构，区分不同的叙述模式，指出相互之间在故事内容上的关联。贝克探讨主要人物形象，阐述了福克纳使用的反讽和怪诞手法，强调作家着力表现人与社会的变迁这一核心主题。1968 年，华生（James Gray Watson）出版了第二部斯诺普斯三部曲研究专著《斯诺普斯困境：福克纳的三部曲》（*The Snopes Dilemma：Faulkner's Trilogy*），正式提出"斯诺普斯主义"的概念，华生认为弗莱姆身上集中体现了人类所有非道德的一面，斯诺普斯家族成员始终处于道德认同与非道德的"斯诺普斯困境"

---

① David Rampton, *William Faulkner：A Literary Life*, Basingnstoke and New York：Palgrave Macmillan, 2008, p. 151.

② Theresa M. Towner, "The Roster, the Chronicle, and the Critic", *Faulkner in the Twenty-First Century：Faulkner and Yoknapatawpha*, 2000, Robert W. Hamblin and Ann J. Abadie, eds., Jackson：University Press of Mississippi, 2003, p. 8；陶洁：《福克纳研究》，上海外语教育出版社 2013 年版，第 356 页。

之中。①

后期作品研究的真正转机出现于20世纪80年代。1980年在巴黎大学召开的首届国际福克纳专题研讨会上,传记作家布洛特纳(Joseph Blotner)考察了福克纳的生平与创作生涯之后指出,作家"最后十五年"的生命经历"暗示了改善人类境况的某些方面的可能性",这期间他的经济状况改善,在公众场合中频频发声,与妻子的关系也逐渐好转,这些因素使得后期作品增添了"某种积极的腔调",但这种积极态度与前期作品中的悲剧色彩一脉相承,或者说是同一个问题的两个侧面。② 1982年4月,在巴黎高等师范学院召开的第二届国际福克纳专题研讨会上,日本学者大桥健三郎(Kenzaburo Ohashi)撰文指出,福克纳作品体系中存有一张"动态"的互文性网络,在很多学者看来后期作品出现的重复现象其实是"自我戏仿"。福克纳赢得诺贝尔文学奖之后并未止步,而是对前期作品进行总结、修正与革新,希望在新的社会历史条件下继续自己的创作生涯。③ 这一观点为学界重新评估福克纳的后期作品带来新动力,直接促成了三年后在日本伊豆(Izu)召开的主题为"诺贝尔奖之后的福克纳"国际学术研讨会。会上,更多的专家学者专注于探讨福克纳后期作品,研判它们的美学价值与社会意义,其中最具代表性的是瑞典学者汉斯·斯凯(Hans H. Skei)。他赞同福克纳小说体系具有"内在延续性"的说法,注意到福克纳前期作品中出现的某些人物、事件、主题和题材后来被作家重复使用,认为此类重复实际上暗含了深

---

① James Gray Watson, *The Snopes Dilemma: Faulkner's Trilogy*, Coral Gables, FL.: University of Miami Press, 1968, pp. 12 – 13.

② Joseph Blotner, "Continuity and Change in Faulkner's Life and Art", *Faulkner and Idealism: Perspectives from Paris*, Michel Gresset and Patrick Samway, S. J., eds., Jackson: University Press of Mississippi, 1983, pp. 17 – 25.

③ Kenzaburo Ohashi, " 'Motion' and the Intertextuality in Faulkner's Fiction", *Intertextuality in Faulkner*, Michel Gresset and Noel Polk, eds., Jackson: University Press of Mississippi, 1985, p. 159.

层次的变化和革新,这反映了作家对人及其能力"更平衡、更热情的理解",赋予作品新的时代意义。① 在一年一度的"福克纳与约克纳帕塔法"学术研讨会上,1992 年和 2000 年两届年会由普尔克(Noel Polk)和唐娜(Theresa M. Towner)分别撰文,呼吁学界对福克纳的后期创作加强研究、进行重估。

80 年代末开始,美国学界出现了以福克纳后期部分小说为研究对象的专著。1989 年美国出版了两部。乌尔果(Joseph R. Urgo)的《福克纳的伪经〈寓言〉斯诺普斯与人类反叛精神》(*Faulkner's Apocrypha:"A Fable", Snopes, and the Spirit of Human Rebellion*)一书首次提出:后期作品的艺术水准和思想深度并不亚于前期小说,是对前期小说的超越;以斯诺普斯为代表,福克纳为世界文学留下了不朽的反叛者形象。乌尔果对学界鲜有问津的小说《寓言》也给予了较高的评价。另一部专著来自曾达(Karl F. Zender),他的《道路的交叠:威廉·福克纳、南方与现代世界》(*The Crossing of the Ways: William Faulkner, the South, and the Modern World*)中大部分章节均围绕四五十年代的小说展开论述。2000 年唐娜出版的《福克纳后期小说中的种族差异》(*Faulkner on the Color Line:The Later Novels*),旗帜鲜明地指出:福克纳并非普通读者和大部分评论家所认为的那样,将小说视作发表个人政见的平台,而是在 1950 年之后的作品中刻意展现了作为公众人物对立面的形象,作家甚至对自己的种族意识发出质疑。拉巴特(Blair Labatt)的《讲故事的福克纳》(*Faulkner the Storyteller*,2005)围绕部分短篇故事和斯诺普斯三部曲对福克纳的叙述技巧亦进行了重点探察。

学术史上三部早期文献奠定了福克纳创作题材与宏旨一贯性

---

① Hans H. Skei,"William Faulkner's Late Career:Repetition, Variation, Renewal", *Faulkner: After the Nobel Prize*, Michel Gresset and Kenzaburo Ohashi, eds., Kyoto:Yamaguchi Publishing House,1987,pp. 248 – 251.

的基础。在哈古德看来，福克纳研究进入"成熟期"之后，作家每发表一部作品，都会在"更大的文学圈子内部"形成对话，这一时期开始的标志是奥唐奈（George Marion O'Donnell）于1939年发表的《福克纳的神话》（"Faulkner's Mythology"）一文。这篇文章开启了福克纳研究中的"南方神话"范式，聚焦作品中传统与反传统势力的冲突，具体表现为以沙多里斯和斯诺普斯为代表的两派势力的较量。奥唐奈之后的里程碑文献是考利的《袖珍福克纳读本》，哈古德称之为"力挽狂澜"之作，也是福克纳批评大规模出现的"真正火种"。[①] 考利在序言中强调了约克纳帕塔法世系的整体性，推进了奥唐奈发起的南方范式。这本星火燎原之作的副产品是沃伦（Robert Penn Warren）刊发于《新共和》的书评《威廉·福克纳》（"William Faulkner"）。作为新批评学派的重要一员，沃伦基于文本细读，把福克纳的南方小说阐释为有关现代人共有"苦难和疑难问题"的传奇。[②] 不容忽视的是，此类评论的出现与作家本人的创作形成了对话，比如福克纳曾就考利早期发表的文章回信，对个中观点表示肯定。[③] 这样的对话客观上推进了福克纳书写"人类内心冲突"（语出诺贝尔受奖演说）的伟业，确保了约克纳帕塔法世系小说的统一性和完整性。

获得诺贝尔文学奖是福克纳后期文学创作生涯的高光时刻，对于他和他的追随者而言意味着新的开始。1949年可能获奖的消息传来时，福克纳在给友人的信中说"我宁愿与德莱塞和舍伍德·安德森待在同一个鸽子洞"，而不屑与已经获此殊荣的辛克莱·刘

[①] Taylor Hagood, *Following Faulkner: The Critical Response to Yoknapatawpha's Architect*, Rochester: Camden House, 2017, p. 12.

[②] Robert Penn Warren, "William Faulkner", *William Faulkner: Three Decades of Criticism*, Frederick J. Hoffman and Olga W. Vickery, eds., New York and Burlingame: Harcourt, Brace & World, Inc., 1963, p. 109.

[③] Joseph Blotner, ed., *Selected Letters of William Faulkner*, New York: Vintage, 1978, p. 185.

易斯和赛珍珠为伍。① 福克纳就是如此矛盾的个体，大半生的文学积累已经令其名垂美国与世界文学史，可依然不为名誉所动，继续经营着自己的写作事业。这份坚守就像他笔下一个个鲜活的南方人物，上至先祖下至玄孙，正是得力于作家持之以恒的创作力，才不断延续着他们的生命，从一部小说游走至下一部。福克纳的后期小说不少是回溯性的，从时间上看形成一个闭环，比如收山之作《掠夺者》以"祖父讲述道"开篇，回忆的是1905年发生的事情，这一时间点是《沙多里斯》《喧哗与骚动》《押沙龙！押沙龙！》《去吧，摩西》等小说屡次描绘、对人物至关重要的。从故事时间上看，人物的过去"并未过去"，另从美国文学的传承来看，叙事传统在福克纳这里并未断裂，且开创了未来。同为美国南方作家的奥康纳（Flannery O'Connor）如此描述福克纳对当代作家的深远影响："我们中间出了一个福克纳，真是一件天大的事情，影响到了作家能力内外的方方面面。没人想把自己的车马驶入'迪克西有限公司号专车'呼啸而过的车辙！"②

二　国内外研究综述

福克纳的创作一直没有离开家族题材，不愧为"美国首屈一指的家族小说家"③。英语中的 family 一词用于指涉人的血缘关系与成长环境时，兼有汉语中的"家庭"和"家族"两层含义。一般意义上，家庭指的是由父母和子女两代人构成的核心家庭（nucleus family），主要涉及亲子关系（parent-child relations）。时间

---

① Joseph Blotner, ed., *Selected Letters of William Faulkner*, New York: Vintage, 1978, p.299.

② Flannery O'Connor, *Mystery and Manners: Occasional Prose*, 转引自 Margaret Donovan Bauer, *William Faulkner's Legacy*: "What Shadow, What Stain, What Mark", Gainesville, FL.: University Press of Florida, 2005, p.1.

③ Donald M. Kartiganer, "Quentin Compson and Faulkenr's Drama of the Generations", *Critical Essays on William Faulkner*: *The Compson Family*, Arthur F. Kinney, ed., Boston, Massachusetts: G. K. Hall & Co., 1982, p.381.

线一旦延长，父母拥有自己的父母，子女将来也会成为父母，因此家庭"不因个人的长成而分裂，不因个人的死亡而结束"，这种"绵续性"使家庭历史化为家族。① 可见，家族强调血缘或者亲属关系，可看作家庭的历史化和社会化。家族已经涵盖，但会大大超出核心家庭中的亲子关系，转而强调成员间的价值观传承与心灵归属。

家族成员之间纵向结构的"绵续性"要求至少三代亲属、两个时序上有先后且存在时间重叠的核心家庭构成，两个家庭聚合主要根据血缘关系。婚姻关系的达成是亲子关系形成的前提，两个时间上大致平行存在的核心家庭构成横向的婚姻关系。家族成员之间在血缘和婚姻关系上具有较强的亲和力和凝聚力。当然，家族关系网络中的某位家族成员可能因意外或疾病夭折，成年后因婚前、婚外性关系甚至乱伦而拥有私生子女，父母缺乏生育能力而收养无血缘关系的子女，诸种情况都会增加家族内部成员之间相互关系的复杂性。更广义上说，家族还应包括堂兄弟姐妹，乃至任何可以追宗溯祖的同一姓氏成员。

国内外福克纳学者一般不再区分家庭和家族这两个概念，但具体研究的侧重点会有不同。比如，约翰逊（Claudia Durst Johnson）从精神分析学角度，结合社会学理论对小说中的家庭主题进行解读。② 另一位学者金尼自20世纪八九十年代开始，按照约克纳帕塔法世系的不同家族进行归类，陆续编辑出版了四卷本"威廉·福克纳批评论集"［*Critical Essays on William Faulkner*：*The Compson Family* (1982)；*The Sartoris Family* (1985)；*The McCaslin Family* (1990)；*The Sutpen Family* (1996)］。我国福克纳研究的开拓者肖明翰，在《大家族的没落——福克纳和巴金

---

① 费孝通：《乡土中国》，［美］韩格理、王政译，外语教学与研究出版社2012年版，第77页。

② Claudia Durst Johnson, ed., *Family Dysfunction in William Faulkner's "As I Lay Dying"*, Detroit：Gale, 2013.

家庭小说比较研究》（1994）一书中首次明确了福克纳小说中的家族变迁主题，并与巴金小说进行对比研究。略有遗憾的是，该著作副标题中出现的"家庭小说"一语不能涵盖全书的主要内容，主副标题之间有抵牾之处。武月明《爱与欲的南方：福克纳小说的文学伦理学批评》（2013）和李杨《颠覆·开放·与时俱进：美国后南方的小说纵横论》（2018）两部著作均将 family 直译为"家庭"，无法与福克纳的家族题材形成密切对应。

在福克纳学术史上，除了 family，不同学者还运用了 clan 和 saga 等词指代家族。纽约知识分子派文学批评家欧文·豪（Irving Howe）明确指出：家族（clan）构成了福克纳小说世界的"基本社会单位"，"家族荣耀"和"祖先崇敬"是小说中南方贵族人物行事处世的"强大动因"。例如，《喧哗与骚动》中康普生家族第四代长子昆丁引以为豪的是，祖上出过一位州长和三个将军，家族荣耀的记忆令他沉溺于家族历史的光环，无法接纳当前经济状况恶化和家人道德堕落的现实，最终被迫选择投水自尽。相比之下，弟弟杰生几乎抛弃了全部家族传统，追逐金钱利益的最大化，逐步将全家推向分崩离析的深渊。正是通过对家族败裂的描绘，福克纳记述了"传统南方社会的衰朽"。① 欧文·豪将约克纳帕塔法世系分解为各有特色的家族群体，确立了福克纳小说批评的基本单位，突破了奥唐奈 1939 年以来倡导的贵族与穷白人阶级对立为核心的批评传统，将重心转向基于人物行为习惯和家族门第的道德批评。另有两位学者（Chabrier Gwendolyn，1993；Stephens，1995）借用北欧"萨迦"（saga）这一特殊的文类指代福克纳的约克纳帕塔法家族小说。

福克纳本人曾在后期小说《大宅》中同时使用四个术语指代家族的概念，以达到强化血肉联系的目的。叙述者是斯诺普斯家

---

① Irving Howe, *William Faulkner: A Critical Study* (4th ed), Chicago: Ivan R. Dee, Inc., 1991, pp. 8 – 9.

族的一个成员蒙哥马利（Montgomery Snopes），他对全族做出一番讽刺性极强的评判：

> 我来自于你所谓的一个家族（family）、宗族（clan）、种族（race），甚至可能是物种（species），我们都是狗崽子（sons of bitches）。我才会说，好好，要是事实真的如此，我们会露出马脚的。人们会把最好的律师称为律师中的律师，称最好的演员为演员中的演员，称最佳球员为球员中的球员。那么，*我们也会说：每个斯诺普斯都会将其视作个人目标，要让全世界认识到，他就是狗崽子中的狗崽子*。①

蒙哥马利使用一个脏词"狗崽子"表达了个人对家族背景的憎恶，这种负面情感表现于两方面。一方面，从字面上看，"狗崽子"一说是对女性长辈的诅咒，是颇具厌女症倾向的心理外化；另一方面，人物强调斯诺普斯家族成员从事行业的多样性，但评判标准只落脚于道德品行，基本否定了这一家族内部缺失的凝聚力。因此，对于大部分斯诺普斯成员而言，家族关系网是急于逃脱的囹圄。

放眼世界文学史，人物的家族关系是 19 世纪以来家族题材在文学作品中的具体体现。当时，欧洲文坛兴起了书写显赫贵族的热潮，如法国的左拉（Emile Zola, 1840—1902）在 1871—1893 年陆续出版的《鲁贡-马卡尔家族史》（*Les Rougon-Macquart*）系列小说多达二十部，著名的《娜娜》（*Nana*, 1880）和《萌芽》（*Germinal*, 1885）便位列其中。到了世纪之交，英国小说家哈代（Thomas Hardy, 1840—1928）的"威塞克斯"（Wessex）系

---

① William Faulkner, *The Mansion*, *Novels 1957—1962*, Joseph Blotner and Noel Polk, eds., New York: Library of America, 1999, pp. 409-410. 着重号部分原文为斜体。

列小说已经蔚为大观,其他英国小说家也在运用类似手法创作有关社区及其历史变迁的文学作品。在此背景之下,地方性编年史(provincial chronicle)作为一种新形势下的"萨迦"应运而生,代表作有贝内特(Arnold Bennett,1867—1931)的《克雷函》(*Clayhanger*,1910)、劳伦斯(D. H. Lawrence,1885—1930)的《虹》(*The Rainbow*,1915)以及高尔斯华绥(John Galsworthy,1867—1933)的《福尔赛世家》三部曲(*The Forsyte Saga*,1906—1921)。这些文学作品强调人物所处地理与人文环境的重要性,突出家族的时间跨度,显示了第一次世界大战前后人们的生存困境,以厚重的历史意识彰显小说这一文类独特的承载力。①

第一次世界大战之后,家族文学的创作动能得以延续。除了1932年诺贝尔文学奖得主高尔斯华绥的《福尔赛世家》,典型的家族小说还包括德国托马斯·曼(Thomas Mann,1875—1955)的《布登勃洛克一家》(*Buddenbrooks*,1919)、法国马丁·杜加尔(Roger Martin du Gard,1881—1958)的《蒂博一家》(*Les Thilbault*,1922—1940)以及林语堂在美国以英语出版的《京华烟云》(*Moment in Peking*,1939)。福克纳是此类小说的忠实读者,对《布登勃洛克一家》情有独钟,在1940年一次访谈中称其为"本世纪最伟大的小说"②。鉴于家族主题的文学作品在这一时期的受欢迎程度,法国文学家和评论家们将其归入一个特殊的类别,称其为长河小说(法语 *roman-fleuve*),专用于指代那些描写单个或多个家族的生活场景与家族关系,"从形式到内容具有大江大河般气势"的多卷本小说。罗曼·罗兰(Romain Rolland,

---

① Chris Baldick, *The Modern Movement*, Beijing: Foreign Language Teaching and Research Press, 2007, pp. 173-176.

② James B. Meriwether and Michael Millgate, eds., *Lion in the Garden: Interviews with William Faulkner, 1926—1962*, Lincoln and London: University of Nebraska Press, 1968, p. 49.

1866—1944)的《约翰·克利斯朵夫》(Jean-Christophe, 1912)属滥觞之作,该书序言指出:"每个生命的方式是自然界一种力的方式","我觉得约翰·克里斯朵夫的生命像一条河"。①

长河小说并非欧洲专属,美国文学中的家族主题及相关文类也由来已久。19世纪中期,女性小说家们的主要阵地是"家庭小说"(domestic novel)。当时,美国文坛涌现出了诸如索思沃斯(E. D. E. N. Southsworth,1819—1899)、沃纳(Susan Warner,1819—1885)、弗恩(Fanny Fern,1811—1872)、威尔逊(Augusta Jane Evans Wilson,1838—1909)和奥尔科特(Louisa May Alcott,1832—1888)等著名女作家。在她们的作品中,家庭是一块"由男性主宰,但又被社会界定为女性特有的领域",女性作家本着"对于女性地位与命运的深切关注",塑造出"具有传统价值观的玛利亚式的女性形象与富有夏娃式独立精神的女性精神相结合的文学形象",她们"身负重担,既是称职的家庭妇女,也能在男性统治的传统社会领域里大显身手"。② 这些女作家的小说创作不乏乌托邦色彩,寄托了"重建母性帝国"的社会理想,但缺点也十分明显:她们大多需要依赖男性慈善家提供"物质基础"。③ 女性作家关注的焦点在于女性人物的生活境遇与社会理想,她们的崛起恰逢霍桑(Nathanial Hawthorne,1804—1864)的罗曼史(romance)诗学兴起,而后者小说中浓重的家族历史意识与女作家们的家庭小说形成互补。两者合流,与南方种植园小说中的家族传统相呼应。这种家族传统在19世纪末期以来的小说中比较突出,尤其是在南方文艺复兴前后,格拉斯哥(Ellen

---

① 王万顺:《论"长河小说"源流及其在中国的发展》,《中国比较文学》2013年第2期。

② 金莉:《文学女性与女性文学:19世纪美国女性小说家及作品》,外语教学与研究出版社2004年版,第14—17页。

③ 卢敏:《19世纪美国家庭小说道德主题研究》,武汉大学出版社2018年版,第280页。

Glasgow，1873—1945）的《战场》(The Battle-Ground，1902)、海尔曼（Lillian Hellman，1905—1984）的《小狐狸》(The Little Foxes，1939)和韦尔蒂（Eudora Welty，1909—2001）的《三角洲婚礼》(Delta Wedding，1946)都是这方面的佳作。

　　家族传统与文学作品中的时间主题、历史意识和地方文化密切相关。美国罗格斯大学的托宾（Patricia Drechsel Tobin）将小说叙事的线性流程与家族小说中的代际传承结合起来，两者的关联即为"家谱约束"："通过功能上的类比，时间中的事件类似于家谱的序列线程，能够根据因果线程而孕育出其他事件，时序在前的事件会赢得格外的关照，会给人以生发、控制和预测将来事件的感觉。当本体论上的优先性以如此方式归置于单纯的时间先在性，历史意识就会诞生，时间就可理解为一种对家谱式事件归宿的线性呈现。"① 与之相似，德国康斯坦茨大学的威尔吉（Jobst Welge）从文学地理学的视角研究家族与政治身份的辩证关系，将19世纪以来以家族衰落为主线的小说划归为家谱小说，认为名门望族的衰落轨迹象征他们不甘退居社会边缘的文化心理。虽然威尔吉选取的文本并不包含福克纳的小说，他对拉美地区西班牙、葡萄牙语作家进行深入分析，挖掘出福克纳在个体记忆的塑造和意识流叙事技巧方面对后世作家的深层次影响。② 换句话说，福克纳的家族小说给拉美作家留下了丰富的文学遗产。

　　家族的地缘性不容忽略。福克纳小说中的南方不仅是一个地理概念，更是一个文化问题。根据盖洛普的定义，美国南方指的是内战前组成邦联的弗吉尼亚、佛罗里达、佐治亚、南卡罗来纳、北卡罗来纳、亚拉巴马、田纳西、路易斯安那、阿肯色、密西西比、得

---

① Patricia Drechsel Tobin, *Time and the Novel: The Genealogical Imperative*, Princeton: Princeton University Press, 1978, p. 7.

② Jobst Welge, *Genealogical Fictions: Cultural Periphery and Historical Change*, Baltimore: Johns Hopkins University Press, 2015, pp. 196 - 200.

克萨斯、肯塔基和俄克拉何马共计 13 个州。① 地理意义上的南方是十分宽泛的，然而对生活在这个地区的人而言，南方代表了人们对家乡和地域的"认知方式"②，是一种认识世界的方式，已经内化于日常语言和文艺作品中。自新批评理论家的阐释开始，南方在福克纳笔下表现为约克纳帕塔法，进而缩影着全人类的象征体。

传统文学作品和流行文化中，南方的标志性符号一直是黑奴、棉花田、种植园等司空见惯的人物形象和自然景物，这些几乎成为经济落后、暴力犯罪频发、社会地位不高的代名词，甚至影响到了整个南方的文学形象。1917 年，《纽约晚邮报》(*New York Evening Mail*) 登载了著名评论家门肯 (H. L. Mencken, 1880—1956) 的一篇名为《艺术的撒哈拉沙漠》("The Sahara of the Bozart")的文章，认为整个南方文学在经历了 19 世纪后期的短暂繁荣之后，回归至一片荒原般景象，"艺术、思想和文化上有如撒哈拉沙漠一样贫瘠"。或许他的判断带着地区偏见——"欧洲一英亩土地上就能找得出波托马克河以南所有州里同等数量的一流人士"，门肯只是抒发对当时南方文化现实的不满，持有怀旧的眼光看待现状——除了卡贝尔 (James Branch Cabell, 1879—1958)，再也找不出任何一位南方小说家。③ 这样的观点未免显得激进，实际情况是美国文学分布极不均衡。有研究者指出，美国文学经历了几十年的新英格兰地区超验主义繁荣之后，1860—1900 年美国并未出现特定的"文学中心"。随着 20 世纪 20 年代重农派 (the Agrarians) 的出现，文学的中心渐趋偏向了南

---

① 李杨：《颠覆·开放·与时俱进：美国后南方的小说纵横论》，中国社会科学出版社 2018 年版，第 9 页。

② Richard Gray, *Writing the South: Ideas of an American Region*, Cambridge: Cambridge University Press, 1986, p. XII.

③ H. L. Mencken, "The Sahara of the Bozart", *Defining Southern Literature: Perspectives and Assessments, 1831—1952*, John E. Bassett. ed., Madison: Fairleigh Dickinson University Press, 1997, p. 285.

方,出现了相当繁荣的景象。① 也就是说,门肯的批判正以一种革命性的方式被推翻,"南方文艺复兴"汹涌而来。

美国南方历史学家理查德·金(Richard H. King)详述了南方文学在 20 世纪中叶前后的极大繁荣景象。金围绕美国南方的家族文化传统,指出"南方可以看作一个具有象征性的庞大家族,以血缘关系连结为有机整体"②。他注重历史意识的发掘,详细考察南方文艺复兴作家群之后认为,家族罗曼史(family romance)作为一种集体想象,属于美国南方文学的核心题材,集中反映了当地民众的情感结构。金总结了前期福克纳研究中家族主题的相关研究成果,沿用弗洛伊德的精神分析路径,重点阐述了《喧哗与骚动》《押沙龙,押沙龙!》《去吧,摩西》等小说中父子、兄弟姐妹之间的复杂情感。他还涉及了不同代际之间的相互关系,使得亲子关系叠加了家族历史的维度。

与金的研究思路相似,斯蒂芬斯(Robert O. Stephens)以南方文学中的家族小说发展脉络为主线,重点考察了家族世系的典型特征与代表作品。他深入研讨了福克纳的两部小说《押沙龙,押沙龙!》和《去吧,摩西》。斯蒂芬斯认为福克纳在《押沙龙,押沙龙!》中再造了历史学家型叙述者(narrator-historian),运用限知视角取代传统家族世系小说中的全知视角,留给小说人物以及故事外的读者"故事始终处于动态变化"的印象。同时,作家充分阐发了"社区是家族的延伸"这一观念,任由康普生家族的后辈在约克纳帕塔法的社会语境中重构自己的家族史,强化南方社区的内聚力与封闭性。③《去吧,摩西》则做出了家族世系的

---

① Louis D. Rubin, Jr., *The History of Southern Literature*, Baton Rouge and London: Louisiana State University Press, 1985, pp. 261-262.

② Richard H. King, *A Southern Renaissance: The Cultural Awakening of the American South, 1930—1955*, Oxford: Oxford University Press, 1980, p. 27.

③ Robert O. Stephens, *The Family Saga in the South: Generations and Destinies*, Baton Rouge: Louisiana State University Press, 1995, p. 52.

另一种创新，作家弃用线性叙事模式，转向以长短不一的故事片段客观呈现家族编年史，突出人物家族记忆的重要性。斯蒂芬斯指出，福克纳的这种叙事手法可能模仿了旧约《创世记》的编纂方法——把单个故事拼接起来，置入新的上下文，实现部分之和大于整体的艺术效果。

形式研究之外，福克纳小说中的家族主题更受关注。作家在安德森的点拨下正式将乡土人情纳入文学创作之后，深掘南方白人家族的历史渊源与兴衰轨迹，在《喧哗与骚动》《押沙龙，押沙龙!》《去吧，摩西》三部代表作中细致刻画了各家族的家谱结构和代际源流。这些作品成为福克纳小说家族研究的主要拥趸——美国马萨诸塞大学金尼教授的关键研究对象。他最重要的成就是前文已经提及的四卷本《威廉·福克纳批评论集》，以约克纳帕塔法世系中的四大南方贵族世系为单位，对福克纳小说中的家族研究成果进行了分类汇总。该系列的编纂体例相同，大致由三部分构成：作者个人观点、当代评论与接受以及学术史上的经典批评文献。它的一大特色是突破单一小说文本乃至文类的局限，从福克纳作品的整体性出发，选取各家族相关的小说和短篇故事，如《康普生家族》涵盖了《喧哗与骚动》《押沙龙，押沙龙!》《附录》《夕阳》等不同文本。作为对整套书系的概括，金尼全面介绍了四大家族的基本脉络，点明了福克纳在不同家族书写中各自的着力点：沙多里斯家族的荣耀感，康普生家族的衰败，萨特潘家族的宏大规划以及麦卡斯林家族深藏的人伦罪恶。①

不同于金尼的家族列传模式，另一位学者查布里尔（Gwendolyn Chabrier）则从地域文化、女性形象、亲子关系以及乱伦、混血和收养等问题入手，系统阐述福克纳的主要家族罗曼史及其反映的社会问题。查布里尔认为家族记忆是南方文化的重要组成

---

① Arthur F. Kinney, "Faulkner's Families", *A Companion to William Faulkner*, Richard C. Moreland, ed., Malden, MA.: Blackwell, 2007, pp. 180 – 201.

部分，在人物的身份建构过程中起到十分重要的作用。有关福克纳的家族世系小说，查布里尔发现前后期作品的总体基调存有差异，后期写作剔除了"夸大南方家族负面形象"的做法。① 在南方家族暴露的社会问题方面，查布里尔注重考察家族成员对后世及周围人物的多重影响，一旦个体出现问题，家族（至少在两代人的家庭内部）就可能面临分崩离析的风险。查布里尔对南方家族文化的阐释较为深刻，但似乎过于依赖福克纳的个人经历，推导文学创作反映的历史和社会现实，这种社会学研究范式容易忽略福克纳作品的虚构性。

还有一位学者里孚（Mark Leaf）倡导破除福克纳研究中的贵族与穷白人家族二元对立。他以斯诺普斯三部曲为例指出，学界通常将弗莱姆·斯诺普斯与沙多里斯、麦卡斯林等传统的白人贵族截然对立，前者从两手空空到新晋权贵的发迹史冲蚀了南方传统贵族的经济与道德根基，这样的看法主要基于《我弥留之际》《花斑马》《没有被征服的》等前期作品。其实，在福克纳长期的写作生涯中，主导手法出现了从象征到写实的过渡。里孚援引考利的评论进一步指出，福克纳对早期作品中的反面人物形象逐渐流露出一定的矛盾乃至怜悯的情感，弗莱姆"最后获得了一种补救性的尊严感"。因此，里孚强调研究者不但要关注文本中发生的事件，更要注重分析叙述者自身"含蓄流露出来的对诸事件的心态"。换句话说，叙述者虽然并未讲述个人经历，但讲述行为本身掺杂了他们对事物和事件的看法，不可避免地传达出各自的世界观和价值观，而这些正是需要重点关注的。最后，里孚直截了当地指出，"小说文本复杂的叙事结构即是叙述者形象的外化"②。

---

① Gwendolyn Chabrier, *Faulkner's Families: A Southern Saga*, New York: The Gordian Press, 1993, p. XI.

② Mark Leaf, "William Faulkner's Snopes Trilogy: The South Evolves", *The Fifties: Fiction, Poetry, Drama*, Warren French, eds., DeLand, FL.: Everett/Edwards, inc., 1970, pp. 52–54.

以家庭为母题的福克纳研究中,传统的做法是遵循弗洛伊德精神分析方法,如欧温(John T. Irving)认为人物的自恋源自兄妹乱伦的欲望,而这又是母子乱伦的替代品。① 斯托霍夫(Gary Storhoff)则从家庭系统理论(family systems theory)入手,不仅研究个体心理,而且关注外部环境以及家庭其他成员施加的影响,为福克纳家族小说的研究向前推进了一步。② 华生从优生学的视角分析福克纳早期小说《沙多里斯》《喧哗与骚动》《我弥留之际》《圣殿》中的白人家庭,发现福克纳早年的北方游历与美国开展的优生学运动南下形成一个交集区,作家对南方白人问题家庭及其成员关注度提高。③ 这种借助优生学话语解读文学作品的方法,昭示了文学批评的边界在文化研究影响下持续外溢,忽视了文学作品内在文学性的重要价值。

巴塞特(John Earl Bassett)在 80 年代陆续发表的三篇论文,系统探讨了福克纳小说中的家族主题,后来收入 1989 年出版的《视野与修订：福克纳散论》(*Vision and Revisions: Essays on Faulkner*)一书。论及《沙多里斯》时巴塞特认为,这是一部"一分为二"的小说,前两部分主要围绕老贝亚德和孙子的价值观念冲突展开,从第三部分开始福克纳将关注的重心转向了小贝亚德和本鲍的关系,转向沙多里斯和本鲍两大家族的既有冲突。关于《喧哗与骚动》,巴塞特采取传记与文本相结合的研究方法,基于福克纳童年时期感受到的兄弟竞争以及来自母亲的偏袒与冷漠,探讨康普生家四子女之间的感情经历,强调父母在子女心灵

---

① John T. Irving, *Doubling and Incest/Repetition and Revenge: A Speculative Reading of Faulkner*, Baltimore: Johns Hopkins University Press, 1975, p. 43.

② Gary Storhoff, "Faulkner's Family Dilemma: Quentin's Crucible", *William Faulkner: Six Decades of Criticism*, Linda Wagner-Martin, ed., East Lansing: Michigan State University Press, 2002, p. 236.

③ Jay Watson, "Genealogies of White Deviance: The Eugenic Family Studies, Buck v. Bell, and William Faulkner, 1926—1931", *Faulkner and Whiteness*, Jay Watson, ed., Jackson: University Press of Mississippi, 2011, p. 21.

成长过程中的影响。在关于《我弥留之际》的分析中，巴塞特继续以传记研究的思路考察本德仑家庭成员之间的情感冲突与矛盾。

　　法国学者格里赛（Michel Gresset）考察了福克纳的《沙多里斯》《喧哗与骚动》《我弥留之际》《圣殿》《八月之光》《标塔》《押沙龙，押沙龙!》《野棕榈》等前期小说中的重要人物。他发现家与性或欲望之间存在着密切关联，指出家的观念对男性人物而言并无固定内涵，而是一种表达异化和怀旧的手段。这些人物成为福克纳塑造的一个庞大的无家可归群体，如霍拉斯·本鲍（《沙多里斯》和《圣殿》）、康普生三兄弟（《喧哗与骚动》）、乔·克里斯默斯（《八月之光》）、亨利·萨特潘（《押沙龙，押沙龙!》）等重要人物形象。相比之下，有的女性人物则可以等同于家本身，如艾迪·本德仑（《我弥留之际》）；而凯蒂·康普生（《喧哗与骚动》）和夏洛特·里滕迈耶（《野棕榈》）根本不关心肩负的责任与义务，为家人造成无家可归之感。格里赛进一步指出，福克纳之所以如此深入挖掘人物的无家感，是因为他个人的深重孤独感，在自己家中也仅是忙于创作而"无家可归"的人。[①] 该文将人物分析与作家生活结合起来，总的来说属于传记式批评，格里赛有关男、女性人物对家的不同理解有助于我们进一步认识人物身份的形成机制。

　　另一位学者鲍姆（Rosalie Murphy Baum）同样聚焦于家庭问题，她指出，福克纳的小说可以看作"家庭内部暴力与虐待的汇编"[②]。她根据社会学研究的相关理据与分析方法，按照施暴对象的不同将福克纳小说中的家庭暴力对象分为夫妻和子女两大类，具体形式又分为身体暴力和情感暴力两种，而儿童遭受的家庭暴

[①] Michel Gresset, "Home and Homelessness in Faulkner's Works and Life", *William Faulkner: Materials, Studies and Criticism*, Vol. 5, No. 1, 1983, pp. 26–42.

[②] Rosalie Murphy Baum, "Family Dramas: Spouse and Child Abuse in Faulkner's Fiction", *The Aching Hearth: Family Violence in Life and Literature*, Sara Munson Deats and Lagretta Tallent Lenker, eds., New York: Insight Books/Plenum Press, 1991, p. 222.

力受到作家的特殊关注。在鲍姆看来，夫妻之间的家庭暴力不利于儿童成长，但也存在成人施暴者本身就曾是家庭暴力受害者的情形，这就造成家族内部情感缺失甚至虐待不止的恶性循环。

波特（Carolyn Porter）亦指出，福克纳主要小说中的家庭题材赋予性别关系重要的主题意义，家不仅仅是"个体内心矛盾冲突的原发场地"，还作为一种中心性社会结构激发和囊括了人物内心冲突。在福克纳前期作品中，作者的性别关注重心发生或隐或显的转移——由以《喧哗与骚动》和《我弥留之际》的母亲为中心过渡到以《押沙龙，押沙龙!》和《去吧，摩西》的父亲为中心。随着重心的偏移，福克纳的故事背景也从聚焦于核心家庭慢慢拓展到了具有厚重历史感的家族叙事。①

相较于格里赛、鲍姆和波特对人物内心情感的关注，埃利斯特（Mark Allister）将关注点转向小说中的建筑实体及其折射的个人心理。他重点分析了建筑与个人雄心的关系，以小说《押沙龙，押沙龙!》中托马斯·萨特潘的个人与家族经历为中心，分析福克纳的家族世系小说。② 埃利斯特发现，萨特潘庄园的短期内崛起也预示了家族命运的快速败落。福克纳对南方贵族的刻画以《押沙龙，押沙龙!》为分水岭，庄园建筑在 1936 年之后出版的小说中占有十分重要的地位，庄园主的宏大设计即是从这些庄严宏伟的建筑上体现出来的。在埃利斯特看来，萨特潘的个人与家族浮沉在福克纳作品中具有典型性。正如他对萨特潘的批评——与将物质生活的外在形式与道德品行的内在本质相混淆一样，埃利斯特过于强调建筑在福克纳家族叙事中的重要性，疏于对种族和阶级等重大社会问题的挖掘。

---

① Carolyn Porter, "Faulkner's Grim Sires", *Faulkner at 100: Retrospect and Prospect*, Donald M. Kartiganer and Ann J. Abadie, eds., Jackson: University Press of Mississippi, 2000, pp. 120 - 121.

② Mark Allister, "Faulkner's Aristocratic Families: The Grand Design and the Plantation House", *Midwest Quarterly*, Vol. 25, No. 1, Autumn 1983, pp. 90 - 101.

美国传记作家布洛特纳曾撰文对福克纳小说人物的生活原型进行考证,认为作家通过将现实生活中的人物改头换面,塑造出一大批明显高于现实生活的人物形象,突出了人物性格中的冒险、流浪乃至粗俗之处。① 这类研究带有明显的传记式批评痕迹,侧重于考证文本内外人物的异同性,对作品文学性的重视程度不够。当然,如作家本人所言,纵观福克纳四十多年的写作生涯,其实他是在书写自己和周围的一切,传记作家从作家到作品的思路难以避免,尤其是在20世纪70年代后结构主义大潮兴起之前。另一位传记作家敏特(David Minter)亦指出,福克纳基于自己优厚的家族背景,在创作中特别关注人类遗传的重要性,重视对家族传承的描写。②

福克纳学术史涌现出不少研究家族关系或个别家庭成员形象的著述,亲子关系受到的关注最多。福勒从弗洛伊德精神分析学角度探讨福克纳塑造的父亲和代理父亲(surrogate father)形象,但不同于俄狄浦斯情结中的父子对立关系,福勒转向父亲形象在社会关系中发挥的弥合矛盾与分歧的作用,例如《坟墓的闯入者》中律师加文和黑人卢卡斯作为主人公契克的代理父亲功能。③ 母亲形象研究的代表作是克拉克(Deborah Clarke)的《抢劫母亲:福克纳作品中的女性》(*Robbing the Mother: Women in Faulkner*, 1994),作者从女性主义立场分析女性身体和男权影响,重点围绕母性展开对母女关系的探讨。研究发现,福克纳的女性人物借助母亲生殖力的隐喻,模糊了自我与他者的界限,以语言为载体实现母女关系的巩固。④

---

① Joseph Blotner, "The Falkners and the Fictional Families", *The Georgia Review*, Vol. 30, No. 3, Fall 1976, pp. 574–592.

② David Minter, *William Faulkner: His Life and Work*, Baltimore and London: Johns Hopkins University Press, 1997, p. 3.

③ Doreen Fowler, *The Father Reimagined in Faulkner, Wright, O'Connor, and Morrison*, Charlottesville and London: University of Virginia Press, 2013.

④ Deborah Clarke, *Robbing the Mother: Women in Faulkner*, Jackson: University Press of Mississippi, 1994, p. 13.

儿童形象方面，普尔克沿用弗洛伊德理论，着重探究前期作品中"大宅深院中囚徒"般的儿童形象。[①] 在兄弟姐妹关系的研究方面，欧温（John Irving）的《双生与乱伦》（*Doubling and Incest/Repetition and Revenge*，1975）被认为是"第一部真正突破新批评模式的论著"[②]，该著作运用弗洛伊德和尼采的理论观点，对《喧哗与骚动》中昆丁和妹妹乱伦意识问题有着较为深刻的认识。卢瓦肖（Valérie Loichot）从广义的南方——美国南方以及拉美的前种植园殖民地国家——的视角考察了种植园奴隶制对奴隶家庭的深重迫害，认为子女的家庭纽带和个人历史在文本再现中被任意切断，成为双重意义上的"孤儿"。奴隶的家庭悲剧一方面表现为现实意义上的妻离子散或家破人亡，另一方面是故事中奴隶的家庭纽带被删除，或者量化为经济价值来体现。然而，孤儿们大多会"积极进行家庭重构"，以期建立"虚构的亲属关系"（fictive kinships），"孤儿叙事"更重要的表现为"由孤儿发起"的叙述。[③] 分析《八月之光》时，卢瓦肖利用格利桑（Edouard Glissant）的返祖社会（atavistic society）和克里奥尔化（créolisation）观点，探察克里斯默斯的混血身份对美国南方返祖社会的威胁性，福克纳由此开始探索南方转向混合型社会（composite society）。卢瓦肖认为，克里斯默斯的悲剧源于孤儿身份造成的家族无着感。

在中外文化史上，以家喻国、家国天下的观念较为普遍，家族文学研究中通行从家族到国家的研究范式，以家族的变迁影射国家的变革，研究重点落脚于社会整体，将文学再现的直接对

---

① Noel Polk, *Children of the Dark House: Text and Context in Faulkner*, Jackson: University Press of Mississippi, 1996, p. 29.

② 陶洁：《福克纳研究》，上海外语教育出版社2013年版，第319页。

③ Valérie Loichot, *Orphan Narratives: The Postplantation Literature of Faulkner, Glissant, Morrison, and Saint-John Perse*, Charlottesville and London: University of Virginia Press, 2007, pp. 2 – 3.

象——家族隐喻化。新文化史运动的主将亨特（Lynn Hunt）详细分析了法国文化中视国如家、以君为父的思想，通过发掘法国历史上家族与国家之间的相互关系，介入"政治的家庭模型"的探讨。① 他在保留家族罗曼史横向的社会维度的同时，强调其历史性与政治性，为我们在历史语境中考察文学作品不同的家族历史变迁提供了一个范例。

20世纪80年代出现过一部福克纳研究的经典之作，即桑德奎斯特（Eric J. Sundquist）的《福克纳——破裂之屋》（*Faulkner: The House Divided*，1985）。该书援引美国内战期间林肯总统对国内政治形势的著名判断"破裂之屋难持久"（A house divided against itself cannot stand），在历史与政治语境中解读福克纳创作的六部小说《喧哗与骚动》《我弥留之际》《圣殿》《八月之光》《押沙龙，押沙龙!》《去吧，摩西》。② 桑德奎斯特综合分析了各小说的结构特征以及种族主题的复杂性，颇有创见性地指出：后三部小说在深化主题的同时，加深了前三部小说叙事形式的意义与价值，使得作品更具思想的深度。这部专著在隐喻层面上拉近了家族与南方社区的辩证统一关系，是文学形式与内容研究相结合的典范。

我国福克纳研究中对家庭主题的关注较多。陶洁秉持家庭反映社会生活的理念，重点分析了《喧哗与骚动》和《我弥留之际》这两部小说，认为以康普生的家道中落、本德仑的经济破产作为美国旧南方分崩离析的表征，作家的婚姻家庭观念较为悲观，部分家庭成员的苦熬精神得到突出和赞扬。陶洁将家庭视作"社会和地区的缩影"③。康普生家族的败落着重体现于以

---

① Lynn Hunt, *The Family Romance of the French Revolution*, Berkeley: University of California Press, 1992, pp. 1-16.

② Eric J. Sundquist, *Faulkner: The House Divided*, Baltimore: Johns Hopkins University Press, 1985.

③ 陶洁：《福克纳研究》，上海外语教育出版社2013年版，第190页。

杰生三世为首的家长失职，造成昆丁、凯蒂、杰生和班吉四个子女感受不到家庭的温暖，父爱缺失，母爱仅间接地来自老黑奴迪尔西和凯蒂本人。小昆丁"在没有爱怜的环境中长大而变得性格扭曲"①，根本原因在于家庭成员沉溺于过往的家族荣耀，而忽略了人之常情，南方贵族死守家族记忆而无法施爱。《我弥留之际》中普通的穷白人家庭则因各自私欲的膨胀而心怀鬼胎，无论父亲还是子女均无法"享受家庭的温暖"②。陶洁指出该小说从正面反映了南方经济的变化，赤贫导致了价值观念的扭曲。康普生和本德仑两个家庭"虽然以南方为背景，实际却超越了地区局限"③而具有普遍性。总的来看，陶洁遵循的是"家庭隐喻社会"的批评路线。

武月明的《爱与欲的南方：福克纳小说的文学伦理学批评》一书以我国文学批评界独具特色的文学伦理学为主要方法，从新历史主义的角度将福克纳小说中的种族、家庭、性别、生态等社会问题整合为伦理问题，挖掘作家对人性拷问的伦理学意义。在着重探讨家庭伦理的第四章，武月明从美国南方文化中占据核心地位的家庭问题出发，基于理查德·金对"南方家族罗曼史"的论断，重点围绕《喧哗与骚动》《我弥留之际》《八月之光》《押沙龙、押沙龙！》等小说，探讨人物因父母之爱缺失而造成的血缘关系冷漠，展示家庭成员之间疏离、迷失、阋墙乃至乱伦等亲情缺失的症候。④

国内对福克纳家族小说的研究侧重于传统贵族。兰州大学的高红霞以福克纳的家族小说为主题发表了一系列成果。首先，她从比较文学影响研究的角度切入福克纳家族小说，认为福克纳从

---

① 陶洁：《福克纳研究》，上海外语教育出版社 2013 年版，第 192 页。
② 陶洁：《福克纳研究》，上海外语教育出版社 2013 年版，第 199 页。
③ 陶洁：《福克纳研究》，上海外语教育出版社 2013 年版，第 206 页。
④ 武月明：《爱与欲的南方：福克纳小说的文学伦理学批评》，南京大学出版社 2013 年版。

内容到形式上深刻影响了中国新时期的家族小说创作，① 后来又针对"寻父—审父"母题②和《去吧，摩西》③进行了更为深入的阐述。她的另一篇文章④在家族、历史和地域的三位一体中考察福克纳家族小说中的失乐园、审父、乱伦和厌女等四大母题，以族谱为中心挖掘福克纳历史意识的内在矛盾性及其对美国现代化进程的深刻反思。该文是目前为止国内福克纳家族小说研究的最重要成果。综合可见，高红霞的关注点集中于南方白人贵族家庭，并未涉及1942年以后出版的其他家族小说，更多地着墨于小说的主题意义而非文学形式。与之形成对照的是，近年陆续出现了集中探讨斯诺普斯家族的研究成果，如曾军山、黄秀国、谌晓明和韩启群分别从解构、互文性、物质文化等角度探讨斯诺普斯三部曲的文本呈现与社会意义。⑤

聚焦家族主题的研究成果集中发生于比较文学领域。韩海燕较早把福克纳与中国文学作品联系起来，发现毁灭和家族是曹雪芹和福克纳共同关注的概念，韩海燕依托家族衰落的主题，进一步比较了两位作家塑造的多个女性人物形象。⑥ 她强调人物性格受社会环境的影响较大，女性人物天性的自然宣泄大多会遭到外

---

① 高红霞：《福克纳家族小说叙事及其在新时期小说创作中的重塑》，《兰州大学学报》（社会科学版）2008年第6期。

② 高红霞：《福克纳家族小说的"寻父—审父"母题》，《世界文学评论》2010年第2期。

③ 高红霞：《福克纳〈去吧，摩西〉账本叙事的史笔诗心》，《解放军外国语学院学报》2014年第2期。

④ 高红霞：《福克纳家族小说叙事的母题类型及其矛盾性》，《兰州大学学报》（社会科学版）2011年第1期。

⑤ 曾军山：《论斯诺普斯三部曲与南方骑士文化的互文性》，《外国文学》2012年第2期；黄秀国：《叩问进步——论福克纳穷白人三部曲中的商品化与异化》，博士学位论文，复旦大学，2014年；谌晓明：《从意识洪流到艺术灵动——福克纳的斯诺普斯三部曲研究》，上海三联书店2016年版；韩启群：《转型时期变革的多维书写——福克纳斯诺普斯三部曲的物质文化批评》，苏州大学出版社2017年版。

⑥ 韩海燕：《威廉·福克纳和曹雪芹作品中的年轻女性》，《求是刊》1985年第2期。

部势力的打压,人物性格冲突又加剧了家族的衰落。韩海燕一文侧重于人物个体与家族集体之间的辩证关系,未深入两国相异的文化价值观层面,也没有探讨福克纳和曹雪芹的写作手法。

随着福克纳译介的深入,肖明翰推出了国内首部将福克纳与中国现代作家进行比较研究的专著《大家族的没落——福克纳和巴金家庭小说比较研究》。他在比较文学平行研究的框架之内,着力探讨两位作家创作之间的最大共同点——对家族问题的极大关注。① 肖明翰从家庭和宅邸、家长形象、青年一代、女性人物以及奴仆等五个方面分析了两作家创作的家族小说异同,还详细分析了两人在写作手法上的差异。该作以人道主义关怀为主线,将"大家族的没落"轨迹视作社会变革与转型的预言,发现伟大作家离不开所处的时代,作家思想及作品均为当时历史、社会和文化的产物。② 应该看到,该作将两位作家置于平等的位置上,并不单纯强调影响,不区分出伯仲,这种研究姿态可能也与福克纳和巴金(1904—2005)的年龄相近有关。

21世纪以来,比较文学领域涌现出更多的研究成果。朱宾忠《跨越时空的对话:福克纳与莫言比较研究》(2006)和李萌羽《多维视野中的沈从文和福克纳小说》(2009)两部著作拓展了可比作家的选取范围,从主题兼形式的角度进行综合对比。张之帆的《莫言与福克纳——"高密东北乡"与"约克纳帕塔法"谱系研究》(2016)将两作家的比较研究向前推进了一步。她对朱宾忠一书流露出的莫言不及福克纳的观点——师徒关系——进行了纠偏,循着肖明翰的研究思路将中美两国的作家平等对待,以家族为切入点进行平行研究,重点从家族、土地和信仰三方面对家族谱系东西方差异的根源进行研究。张之帆抽取结构人类学中有关

---

① 肖明翰:《大家族的没落——福克纳和巴金家庭小说比较研究》,广西师范大学出版社1994年版。
② 肖明翰:《大家族的没落——福克纳和巴金家庭小说比较研究》,广西师范大学出版社1994年版,第289页。

地缘与血缘构成不同社会组织方式的观点，对莫言和福克纳小说中的家族谱系进行了细分，离析出作品中惯常出现的"祖—父—我—子"①四代家族结构，使得人物的家族关系更加明晰。但是，这部著作对结构人类学部分观点的理解比较片面且机械，没有联系结构主义诗学、心理分析等相关学派的观点，对文学作品形式背后的主题意义深入分析。

由上述对国内外学术史和研究现状的梳理可以看出，福克纳后期作品逐渐引起了广大学者的关注，相关研究已经摆脱重前期、轻后期的趋向，开始发掘斯诺普斯三部曲和其他后期作品的文学价值与社会意义。有些值得进一步探讨的问题也凸显出来。

首先，后期作品研究的目标对象比较单一，无论在叙事形式还是主题研究上，并未出现整体性的深入研究成果。以挪威学者斯凯为代表的短篇故事研究者们，刻意从文类角度强调福克纳取得的重要成就，呼吁学界对短篇故事及其在后期小说生成过程中的重要作用开展研究。另有部分学者②专以斯诺普斯三部曲为对象，从不同视角分析该平民家族罗曼史在福克纳家族小说中不可忽视的艺术价值。然而这一时期作家的创作出现了跨媒介势头，1942年后福克纳介入小说、电影、戏剧改编等不同创作领域，获得诺贝尔文学奖之后常以公众人物、外交使节等身份出现，使得作家在文学创作手法、题材、主题等方面更加多元化。

其次，文学作品形式结合主题的研究有待进一步拓展。福克纳研究中最突出的是意识流叙述手法或现代主义形式实验，以及

---

① 张之帆：《莫言与福克纳——"高密东北乡"与"约克纳帕塔法"谱系研究》，四川大学出版社2016年版，第69页。

② James Gray Watson, *The Snopes Dilemma: Faulkner's Trilogy*, Coral Gables, FL.: University of Miami Press, 1968; Joseph R. Urgo, *Faulkner's Apocrypha: "A Fable", Snopes, and the Spirit of Human Rebellion*, Jackson: University Press of Mississippi, 1989; 韩启群：《转型时期变革的多维书写——福克纳斯诺普斯三部曲的物质文化批评》，苏州大学出版社2017年版。

基于南方蓄奴制的种族和性别研究,而对于美国浪漫主义文学遗产中的罗曼史诗学及其文化阐释,以及南方文学的种植园罗曼史传统在福克纳小说中的传承与改造问题,学界的关注度明显不足。以"福克纳的家族"为核心议题的2019年度"福克纳与约克纳帕塔法"国际研讨会上,英美学者依然继续着传记式批评、手稿对比以及家族主题研究,并未探察到家族罗曼史在福克纳创作中更重要的形式与主题意义。

再次,福克纳的文学创作与社会现实的契合性问题值得研究。1942年以后,福克纳更多地介入社会公共活动,文学创作中也存在较多影射的迹象,比如《大宅》中琳达帮助黑人学校改善师资,反而遭到抵制的场景,很可能是对1954年"布朗诉教育委员会"(Brown vs Board of Education)一案过后南方教育领域破除种族隔离制度的一种回应。同时,白人贵族后裔过于沉溺于家族历史,不过是对社会现实表达不满的另一种方式。福克纳的后期创作既是回避现实的一隅净土,又可作为间接的社会批判,而家族罗曼史恰好承载了这样的文学功能。

有鉴于此,本书以美国南方文化传统中较为典型的家族罗曼史为切入点,分析福克纳后期创作中的家族叙事及其人物塑造中的身份建构,探讨作家在获得一定文学经验积累之后对南方题材的深度开掘策略,尝试解读福克纳文学创作中理想与现实之间的对位与对话。

三 研究思路与框架结构

本书以福克纳创作中的家族罗曼史为聚焦点,考察后期作品中人物身份的塑成与国家认同问题。家庭是个人成长的第一环境,弗洛伊德的"家族罗曼史"理论是在精神分析的框架内考察个体对现实身份的不满与理想身份的想象,虽有父母和同胞兄弟姐妹组成的关系网络为背景,弗洛伊德的这一理论依然重在思辨个人身份的生成与认知问题。有学者指出,精神分析方法对人的内心过于关注,"忽略了人的社会性"①,因而有必要将家庭看作一个有机整体,每位成员的言行都受到其他成员影响,反过来又对他们施加或隐或显的影响。换句话说,人的身份建构首先缘起于家庭中的亲子和同胞关系,家庭环境对于理解个体身份具有重要意义。②不同的家庭会因成员个体差异而表现出多样性,这一点在福克纳的家族罗曼史书写中显得非常重要。家庭系统理论强调家庭的整体性,有利于分析亲子与同胞之间的利益与情感互动,但它游离于更为广阔的家族历史意识和人物关系框架。家庭系统更宜拓展为一张纵向历史延展、横向宗族结构扩展的家族关系网络。正是在这样的人物关系中,福克纳融入了历史与记忆、种族与性别、阶级与国家认同等宏大主题。本研究建基于国内外已有的美国南方文学和福克纳研究成果,着重分析福克纳家族罗曼史中的国家认同问题。

  罗曼史对应的英文是 romance,是在综合目前学界已有的传奇、浪漫小说、罗曼司等不同汉译法的基础上,充分考虑这一特殊文类蕴涵的历史意识之后得出的。在不同语境中,该词会与其他单词构成更具体的术语,如骑士罗曼史(chivalric romance)、中世纪传奇(medieval romance)、历史罗曼司(historical romance)等。自中世纪兴起以来,罗曼史主人公的故事一般包含历险和爱情两个要素,直到有情人终成眷属的情节终点,基本不会偏离追寻叙事(quest narrative)的框架结构,以及愿望满足(wish-fulfillment)的心理机制。③罗曼史在严肃、崇高的叙事文本中会产生偏离主题的情节或场景,构成情节结构的缀段性,叙事因而蜕变为非线性模式,最终表现为作者的一种修辞策略。

---

  ① 顾悦:《超越精神分析:家庭系统心理学与文学批评》,《南京社会科学》2014 年第 10 期。
  ② John V. Knapp, *Critical Insights*: *Family*, Ipswich: Salem Press, 2013, p. Ⅶ.
  ③ Northrop Frye, *Anatomy of Criticism*: *Four Essays*, 1957, Shanghai: Shanghai Foreign Language Education Press, 2009, pp. 186 – 203.

罗曼史作为一种文学形式，在特定历史时期的社会文化中会附着特定的意识形态因素。① 美国学者蔡司（Richard Chase）在其代表作《美国小说及其传统》（*The American Novel and Its Tradition*，1958）中，围绕研究对象的"创新性与美国性"展开论述，旨在证明如下事实："美国小说从一开始，形式上便具有创新性和特色，通过融入罗曼史的元素而找准了后来的走向，界定了自我。"罗曼史意味着"可能摆脱小说对逼真性、发展性和持续性的一般要求"，"或多或少具有形式抽象性，伴随着某种触及意识底层的倾向"。② 蔡司正式尊罗曼史为美国小说的"伟大传统"，怀有意识形态方面的考量：第二次世界大战以后，随着资本主义和社会主义两大敌对阵营的确立，美国亟须在新的冷战国际秩序中重新进行文化定位，达到宣传资本主义制度优越性的目的。③ 随着小说这一文类的蓬勃发展，罗曼史超脱了特定文类的规约，覆上相当程度的政治色彩。总的来看，罗曼史是一种意义异常丰富的文学形式。

家族罗曼史（family romance）的概念由弗洛伊德在 1909 年首次提出，当时他为奥托·兰克（Otto Rank）的专著《英雄诞生的神话》（*The Myth of the Birth of the Hero*，英译本 1914 年出版）撰写了序言。弗氏从个体心理发展的角度阐释儿童对父母身份的主观想象，探讨儿童成长的心理变化机制。他认为，儿童最初会将父母视作唯一的权威，而随着视野和交际范围的拓展，逐渐认识到家庭背景和经济状况与他人的不同或差距。加之兄弟姐妹会在父母面前争宠，那些自感遭到父母怠慢的孩子会心生负面

---

① Barbara Fuchs, *Romance*, New York and London: Routledge, 2004, pp. 4 – 11.

② Richard Chase, *The American Novel and Its Tradition*, London: G. Bell and Sons Ltd., 1958, pp. Ⅶ-Ⅸ.

③ Lawrence H. Schwartz, *Creating Faulkner's Reputation: The Politics of Modern Literary Criticism*, Knoxville: University of Tennessee Press, 1988, p. 4; John McWilliams, "The Rationale for 'The American Romance'", *Boundary 2*, Vol. 17, No. 1, 1990, p. 73.

情绪。他们可能会怀疑自己是否亲生,这无形中强化了亲子之间的疏离感,如果进一步结合个人白日梦似的幻想,孩子们会以领主或庄园主等社会地位更高的人去取代身份卑微的父母。① 可见,家族罗曼史凝结了儿童在心理成长期间不切实际的雄心与幻想,是弗洛伊德晚年时期对俄狄浦斯情结的再度阐释。个体以家庭为单位,在与社会他者的横向比较中形成自我定位,因出身不同而产生报复心理,由此埋下社会问题的隐患。这一概念带有浓重的精神分析色彩,内涵丰富、应用性强。

福克纳小说以多角度叙事等现代主义手法见长,讲述的南方家族历史以特定方式参与地域历史的建构,跨越记忆与现实的写法赋予作品以家族罗曼史的属性。更确切地说,福克纳的约克纳帕塔法世系是典型的家族罗曼史。本书中,家族罗曼史用来指代福克纳笔下不同阶级和种族背景的家族谱系构建及相互之间的互惠或对抗关系,它由美国南方历史悠久的骑士文化土壤滋生而来,兼具欧洲中世纪传奇和美国浪漫主义文学的存在样态,是现代主义文学理念影响之下南方家族文学的特殊表现形式。

家族罗曼史突出家族内部的血缘关系、家族之间的姻缘关系以及地缘政治。不同家族的荣辱兴衰既可视作南方社会历史变迁的缩影,也见证着欧洲传统文化与新大陆文学文化的碰撞与交叠。如果我们结合 20 世纪上半叶英国、欧洲大陆和美国文学的文化背景,分析福克纳创造的约克纳帕塔法世系,便可发现其中渗透着一股强大的理想主义潜流。作家塑造了绅士、妇女、平民白人以及黑人等来自不同族裔、性别及阶级背景的人物,再现了美国南方本土文化对欧洲中世纪骑士风范的承传与再造,写法上融合了 19 世纪中期美国浪漫主义文学家对罗曼史的推崇与弘扬。本书由家族罗曼史出发,选择八部后期作品以见微知著,重新审视

---

① Sigmund Freud, *Collected Papers*, Vol. 5, James Strachey, ed., New York: Basic Books, Inc., 1959, pp. 75 – 76.

福克纳的现代主义创作理念及多重表征，探讨人物身份的建构及其在冷战时期对美国国家认同的意义与价值。

福克纳研究中常见到由南方人物直接上升或提炼出人类生存和前途命运问题，但是两者之间还存在国家认同问题。德勒兹和瓜塔里（Gilles Deleuze and Felix Guattari）在《卡夫卡：走向小民族文学》（*Kafka: Toward a Minor Literature*，1986）中重新发现了卡夫卡"小民族文学"的概念，从哲学角度用"解域化"（deterritorialization）思想上升为对普遍意义上的人类生存处境的阐释。然而，解域之前必须辖域，需要"对一个位置或局部加以圈定"。① 虽然福克纳的文学创作不能完全归结于上述意义上的"小民族文学"，但德勒兹和瓜塔里的解域与辖域思想非常具有借鉴性，对福克纳小说人物的国家认同研究很有启发。

人物众多是福克纳后期小说的一大特征。这可能与福克纳所受19世纪欧洲现实主义文学传统的影响有关，另一方面看，作家有意淡化传统英雄人物事迹，转而强调（不止一个）主要人物的社会关系网络。② 从这个角度出发，文学作品中的主要人物与次要人物之间的叙事位置关系与家族内部的人物关系结构相吻合，人物关系在话语和故事两个层面上实现了有机统一。同时，不同作品中可能会有同一个人物反复出现，这一手法对于推动情节发展、实现文本间的互文性、增强作家作品体系的统一性均具有重要意义。本书结合南方文学的家族文化特征，绕开弗洛伊德的家族罗曼史概念中精神分析的外延义，重点分析家族背景及相互关系对人物身心发展的多重影响，阐发福克纳作品折射的南方社会现代化进程所遇社会问题，重点立足于人物的国家认同。本书将分四章进行论述。

第一章概述后期小说和短篇故事集中出现的不同家族，从祖

---

① 陈永国：《理论的逃逸》，北京大学出版社2008年版，第124—130页。

② Alex Woloch, *The One vs the Many: Minor Characters and the Space of the Protagonist in the Novel*, Princeton and Oxford: Princeton University Press, 2003, p. 38.

孙、兄弟姐妹和婚姻关系的角度细察同一家族成员之间的关系，以及因奴役、婚内外情感、收养等行为造成的族际关系。福克纳后二十年的文学生涯中，《去吧，摩西》这部小说占据着核心位置，由于麦卡斯林家族不仅承接前期小说《押沙龙，押沙龙！》和《没有被征服的》的基本题材，也直接决定了《坟墓的闯入者》《大森林》《掠夺者》三部作品主要人物的复杂家族背景和相互关系。不同作品之间的互文性，主要表现于白人贵族及其混血后裔的身份复杂性，使得他们游走于不同作品之间而成为"跨文本人物"（transtextual characters）。名门贵胄的发迹与延续见证并影射着约克纳帕塔法县建成与拓围的历史，而家族代际之间的遗产传承，这种由祖先到子孙的物质文化传递记录了白人族群对传统价值观念的维护与传布。除了时间轴上的纵向传递，家族成员之间的横向关系——兄弟姐妹之间或合作或冲突的关系决定了家族传承的多元化道路，不同种姓的联姻、奴役及其他社交活动使得人际关系更加复杂。家族关系纵向延伸与横向拓展，形成了树状格局（family tree），其中并非白人嫡系一枝独秀，而是多元、杂糅的人物关系网络。

　　第二章聚焦于女性人物的身份问题。她们位于家族系谱的交叉点，是人物关系复杂化的关键，这在麦卡斯林家族始祖的婚生子女、混血后裔以及与埃德蒙兹和普利斯特两个联姻支脉中得到淋漓尽致的体现。与前期作品相比，福克纳这一时期对南方淑女形象的刻画大为减少，将关注的焦点从婚恋转向家庭与工作、社交、社区服务之间的关系问题。即使是在家庭婚姻问题上，作家特别突出了人物过去的言行对后来家庭生活造成的持续性影响。这在《修女安魂曲》女主人公坦普尔身上表现得十分明显，她延续了《圣殿》中暴力犯罪受害者的角色，内心矛盾与思想斗争展露无遗：个人感情上的一时失足造成婚后家庭生活不可挽回的伤害——次子遭杀。这部小说的另一个特点是个人过去与社区历史的对位呈现，后者对于女性的道德压制也在叙事结构上有所体现：三幕戏剧部分各冠之以一篇散文，分别叙述杰斐逊镇意识形态国家机器的创建历程。女性形象的变化还体现于《大宅》中的琳达身上，这部斯诺普斯三部曲末作的主要社会背景是第二次世界大战前后女性走出家庭选择就业，由此产生夫妻和亲子关系变化，进而对南方社会产生深重影响。另外，老年女性形象不再扁平化，她们主动参与社会活动，帮助幼弱群体，维护南方的正面形象。

第三章着重探讨家族关系的跨种族构成问题，主要分析白人贵族在与美洲原住民、黑人、犹太人等不同族裔群体交往过程中形成的权力关系。该章首先辩证分析"白人负担"这一西方文化命题，虽然吉卜林的原意含有明显的殖民主义色彩，一旦置于美国南方历史与社会背景中，福克纳的家族罗曼史创作便带上了新的含义和反讽意旨。然后，该章以《小镇》为个案分析了20世纪早期白人与印第安人之间的种族关系，探察弃儿现象背后的亲属缺位与虚构亲属关系的形成。本书以拉特利夫及其家族的旅居经历为基础，讨论约克纳帕塔法县内犹太人在美国南方的国家认同历程。福克纳笔下的南方充满白人与不同族裔混居而形成的复杂社会关系，南方文化本身就是杂糅、多元而开放的。

第四章的中心议题是南方家族融合背景下的阶级对立与消解，主要考察福克纳后期小说中的种植园贵族与穷白人家族的历史变迁和社会变化，结合第二次世界大战之后南方社会转型，深入探讨历史或记忆之于人物国家认同的意义。该章由打猎活动对于贵族、贫民等不同阶级的意义展开论述，分析其经济与符号功能，由此延伸至阶级差异与融合。有关斯诺普斯三部曲中明克与弗莱姆的冲突与决斗，本书从家族背景之下兄弟冲突发掘不同阶级在经济利益和社会地位上的差距与对立，发现作家并不赞同以暴制暴的解决方案。人物的阶级身份替代了早期小说中截然不同的种族差异，表现了作家倡导的渐进主义身份融合构想，为国家认同奠定前提和基础。

福克纳后期作品中的南方家族是各种人物和社会力量相交与角逐的场域，融历史、地域、种族、性别和阶级差异于一炉，客观上促成了人物反思过去、寄望未来、强化国家认同，同时也为作家重塑家族罗曼史、表达艺术理想与社会现实之间的矛盾冲突提供载体。福克纳在现实生活中是小说家，穷其一生模仿曾祖父——老法克纳（William Clark Falkner），梦想成为一名"现代贵族"，"在小说中批判旧南方，但在现实生活中却又模仿他们"[①]。福克纳不仅拥有曾祖父的名字，同样追求贵族生活方式：占有大量土地，蓄奴、骑马、打猎，驾驶飞机等现代化交通工具。这样的人生追求融合于文学创作上的致臻完美理想，如福克纳为1954年兰登书屋出版的《福克纳读本》撰写的序言所示：

> 人总有一天会消亡，但这已经无关紧要，因为在冷冰冰的印刷文字里茕茕孑立着本身就无懈可击（invulnerable）的东西，这种东西在人类心灵和肉体中一直激发出亘古不变、生生不息的激情。虽说有些心灵与肉体的所有者、保管者已经远逝，其后几代人却依然呼吸着同样的空气，依然罹受着同样的苦痛（generations from even the air he breathed and anguished in）。如果人们过去曾经成功地得以励志，不言自明的是，即使人类只剩一个死僵且渐愈暗淡的姓名，鼓舞人心的事物永恒不灭。[②]

在他看来，作家的职责与贡献正在于写出"无懈可击的东西"，通过激扬文字去"鼓舞人心"，这样的信念与抱负正是福克纳利用四十年时间书写南方家族的最好注脚。"同样的空气"和"同样的苦痛"既是作品体系中上至先祖下至玄孙"几代"人共同的

---

① 陶洁：《福克纳研究》，上海外语教育出版社2013年版，第108页。
② James B. Meriwether, ed., *William Faulkner Essays, Speeches & Public Letters*, New York: The Modern Library, 2004, p.182.

遗产，也正是这些美国南方社会的虚构人物群像，叙说着作家关注国家前途命运的情怀，叙说他对人类苦熬与不朽精神的颂扬。福克纳与性格各异人物的衔接点，即树立了多个小说人物原型的曾祖父，他化身于沙多里斯、康普生、萨特潘、麦卡斯林乃至斯诺普斯等家族的主要人物。福克纳将家族记忆融入故乡的历史记载和风土人情，结合个人丰富的想象和革新性的叙事手法，描绘出一幅美国南方的家族风情画。

第一章　约克纳帕塔法的家族罗曼史

　　福克纳绘制过两幅约克纳帕塔法县地图，一幅出现于1936年10月兰登书屋出版的《押沙龙，押沙龙!》，另一幅附在十年后出版的《袖珍福克纳读本》书尾，两幅图均突出标示了福克纳小说中各大家族宅邸的方位。在第一幅地图上，作家还明确标注了全县的人口：6298个白人，9313个黑人。① 这样的数据到了《修女安魂曲》散文部分记述的1950年时，增长到了201092人。② 当然，福克纳不可能将如此庞大的人口一一呈现，各小说或短篇故事会选择某些作为主要人物和次要人物，而次要人物又分为有名有姓和无名无姓两种。据有关学者统计，福克纳的全部作品总计出现了1200位有名有姓的人物，其中大约有175个至少在两部作品中出现或者被提及。③ 这两个统计数字足以表明福克纳作品中的人物数量之众。大量人物共生于一个虚构的文学空间，相互之间结成十分复杂的人物关系网，其中家族关系是福克纳在不同作品中着力展现的对象。

---

① William Faulkner, *Absalom, Absalom!*, *Novels 1936—1940*, Joseph Blotner and Noel Polk, eds., New York: Library of America, 1990, p. 3.

② William Faulkner, *Requiem for a Nun*, *Novels 1942—1954*, Joseph Blotner and Noel Polk, eds., New York: Library of America, 1994, p. 548.

③ Robert W. Kirk, *Faulkner's People: A Complete Guide and Index to Characters in the Fiction of William Faulkner*, Berkeley and Los Angeles: University of California Press, 1963, p. Ⅷ.

福克纳塑造的人物众多，相互关系复杂。在早期发表的短篇故事《献给爱米丽的玫瑰》（"A Rose for Emily"，1930）中，主人公爱米丽·格里尔生（Emily Grierson）丧父之后爱上了北方来的包工头，镇民们叫来她的远房"亲戚"（relations）向其施压，以期切断这段跨越南北方的恋情，"这下她的屋檐之下便又有了血亲（blood-kin）"。① 血浓于水，爱米丽疯姑妈的两个女儿在镇民们看来，毕竟也是血缘亲属。在后期小说《去吧，摩西》的开篇，年届八旬的艾克②——艾萨克·麦卡斯林（Isaac McCaslin）的昵称——一位鳏夫，"半个县的人都叫他大叔，但他连个儿子都没有（uncle to half a county and father to no one）"③，全知叙述者以此并列结构暗示："艾克大叔"膝下无儿女的晚年生活境况非常值得同情，但又因显赫的家族背景赢得四邻八方的尊敬。无论爱米丽还是艾克，这类主要人物均被置于一个以血缘为主、邻里为辅的社区关系网中，在多种社会力量的相互关系或约束中展现自我性格、追求个人目标、实现各自价值，也许这就是福克纳"最有效、最动人、最彻底"④地讲好故事的秘诀。

诚然，人作为一切社会关系的总和，无法摆脱周围的社会环境，个人与社会的关系顺理成章地成为福克纳创作中的一个重要议题。作家的故乡是位于美国南方腹地的奥克斯福，这个密西西比州北部小镇的种族关系异常复杂、经济社会发展相对滞后、社会冲突时隐时现。此类社会隐患在福克纳多部文学作品中表现为多元复杂的社会关系。从社会现实的剖面来看，首先便是家庭的

---

① William Faulkner, *Collected Stories of William Faulkner*, New York: Vintage, 1995, p. 127.

② 本书涉及作品人物众多，为免繁复，主要人物省略姓氏只用昵称（第一次出现时使用括号给出全名），其他人物在不影响理解的前提下以姓氏指称。

③ William Faulkner, *Go Down, Moses, Novels 1942—1954*, Joseph Blotner and Noel Polk, eds., New York: Library of America, 1994, p. 5.

④ Malcolm Cowley, *The Faulkner-Cowley File: Letters and Memories, 1944—1962*, New York: Penguin Books, 1966, p. 14.

成员结构及相互关系，包括夫妻、亲子以及兄弟姐妹之间的关系。例如《喧哗与骚动》中康普生夫妇之间的关系，《押沙龙，押沙龙!》里萨特潘与两个儿子查尔斯·邦和亨利之间的父子关系，《我弥留之际》中卡什、达尔、朱厄尔、瓦达曼和杜威·德尔之间的同胞关系。然而，家庭关系主要涉及父母与子女构成的核心家庭成员。福克纳后期作品更关注南方贵族和穷白人的家族历史，侧重于探讨人物关系的历史维度和横向社会关系，注重祖辈行为对后代人带来的心理和价值观上的影响，强调不同家族之间的婚姻、经济、亲朋好友等关系。简单说来，福克纳在后期创作中延展了家族历史传承的线性关系，以家族联姻为基点对不同人物之间的姻缘、亲缘和地缘关系进行了横向拓展，强化大家族内部不同支脉之间的情感纽带，突出阶级差异明显的家族之间对立或共处，寻求缓和冲突之道。福克纳的约克纳帕塔法实现了家族关系历史化和社会化的统一。

家族罗曼史在福克纳后期作品中既属于作家承自南方种植园文学传统的写作题材，又作为文学形式实验的渠道和途径，表达了作家基于社会现实，又未亦步亦趋地反映现实的创作理念。理查德·金在《南方文艺复兴》一书中着重强调了前一个层次，尽管福克纳以现代主义形式实验著称文坛，然而细察之后会发现，他的小说并未脱去南方种植园小说的本质色彩，延续了家族的题材、人物关系和遗产继承等重要元素，甚至在人物塑造中依稀可辨理想化、乌托邦的色彩。但是，福克纳又绝不像旧南方作家，而是在对家族记忆和文化遗产的理性思辨中描摹人物在社会现实面前的内心冲突，描摹他们对社会问题的心理愿景与主观建构。正是在与社会现实拉开审美距离的过程中，福克纳融合了欧洲大陆的家族小说或长河小说，辅之以霍桑的罗曼史理念为代表的美国浪漫主义文学创作范式，以家族罗曼史为依托折射南方社会问题的复杂化与可能的解决方案。家族罗曼史是文学题材与写作范式的统一，构成了社会现实与理想愿景的统一，为人物国家认同中融合身份差异奠实了心理基础。

在某一个家族内部，福克纳侧重描绘祖辈与后代之间的父子、祖孙关系，同辈间的兄弟姐妹、堂/表兄妹关系，以及夫妻、私生及舅甥关系等。祖孙与父子关系代表了家族遗传的血缘关系，承载着福克纳书写的美国南方社会历史文化变迁，不同代际之间价值观念的契合与冲突构成小说人物刻画的核心。兄弟姐妹和堂/表兄妹之间的同胞关系因人生经历的差异性，不可避免地出现认知能力和人生阅历的复杂多样性，最能体现作家对南方传统宗族社会封闭性的思想认识。婚姻内外的情感关系则反映了福克纳对爱情和婚姻问题的深入思考。福克纳的这一写作聚焦点表明，尽管人物之间的种族和阶级背景存在差异，但是人与人之间的本真情感会消弭不同身份的物质差异，最终走向一种你中有我、我中有你的互构、互利型身份认同。

福克纳构建的约克纳帕塔法世系不仅是跨家族的，也是跨文本的。继《沙多里斯》和《没有被征服的》中的沙多里斯家族、《喧哗与骚动》中的康普生家族和《押沙龙，押沙龙!》中的萨特潘家族故事之后，福克纳在1942年出版的《去吧，摩西》中集中描绘了另一个地位显赫的南方种植园家族——麦卡斯林，并在后续作品中从不同侧面陆续完善了家族图谱。这也解释了《坟墓的闯入者》《大森林》《掠夺者》与《去吧，摩西》之间的互文关系。《坟墓的闯入者》将《去吧，摩西》中老麦卡斯林的混血后裔卢卡斯·比彻姆升格为主要人物，《大森林》重复了《去吧，摩西》中艾克狩猎的故事，《掠夺者》则围绕卢修斯、布恩和内德之间的雇佣和奴役关系回到《去吧，摩西》的家族人物关系网。应该说，麦卡斯林家族支撑起了福克纳后期多部作品的叙事框架和不同文本之间的互文性。

麦卡斯林世系的家族构成异常庞大，嫡系之外还包括母系的埃德蒙兹和普利斯特两条支脉，比彻姆[①]的混血后裔构成另一条

---

① 李文俊和陶洁分别译作"布钱普"和"布香"，本书根据《英语国家姓名译名手册》进行音译。

支脉，此外还涉及美洲原住民家族。这种人物结构上的庞杂性在福克纳作品体系中是前所未有的，主要人物的事迹单纯靠某一部作品难以完成讲述，客观上要求作家在不同小说中反复使用一些主要人物，或者将前一文本的次要人物上升为主要人物。人物在多作品之间的流动性增强了约克纳帕塔法体系的连贯性，轻重主次的动态变化赋予福克纳不同作品的叙事多样性，人物活动的家族背景也渐次清晰起来。

第一节 白人家族的创始与传承

西方小说史上，人物之众、关系复杂程度之高的当推19世纪现实主义小说，巴尔扎克、托尔斯泰以及狄更斯均写出了典型的此类小说。到了20世纪初期，家族小说演化为一个颇受欢迎的亚类，其中人物关系复杂，族谱（genealogy）图呈现金字塔形分布。因身份与性格的发展变化，有些人物出现于同一作家的多部作品中，形成"跨文本人物"，这是作品之间实现有效衔接的一种话语机制。福克纳的后期文本中出现次数最多的人物是加文·史蒂文斯。作为南方知识分子的典型代表，他最早出现于《八月之光》的结尾处，后来多次现身于《去吧，摩西》《坟墓的闯入者》《修女安魂曲》中，到了《骑士的策略》《小镇》《大宅》里上升为主要人物。当然，有些人物形象在不同作品中表现出的性格差异较大，如《我弥留之际》《八月之光》中的亨利·阿姆斯蒂心地善良、乐于助人，《村子》中则变得异常愚蠢和贪婪，有评论家认为这个阿姆斯蒂前后简直"判如两人"[①]。此类跨文本人物是统一性和变化性兼具的个体，在文本中以姓名为基本标

---

① Dorothy Tuck, *Crowell's Handbook of Faulkner*, New York: Thomas Y. Crowell Company, 1964, p. 183.

记,但是"判如两人"的同一人物背后其实隐藏了社会变迁之大之深。

外部世界的变化改变了人物的性格与人生观,然而较难抹去的印迹是姓名。作为个人身份的重要表征,姓名本身就是家族背景和个体成员的统一,而家族内部不同代际之间的重名现象则成为家族传承更为直接的表现形式。已有国内学者注意到福克纳的这一人物命名手法,发现《沙多里斯》中四代家族成员中的六位男性取名为"约翰"或"贝亚德",作家通过人名重复旨在传达"家族的统治地位保持不变的愿望"①。然而,这只是问题的一个方面。《喧哗与骚动》中"昆丁"这个名字在不同场景中所指不同,康普生家族中不同辈分的两位"昆丁"甚至性别均不同,他们之间是舅舅与外甥女的关系。理查德森把文学作品中这种人物共享名字的现象称为"错觉变体"(illusory variant),区别于不同作品中反复出现的跨文本人物。② 这种人物变体是福克纳惯常运用的一种手法,以表现南方由来已久的家族文化的传承与断裂。为更好地分析它的修辞意义,笔者将理查德森的这一术语改称为"姓名错觉"(nominal illusion)。既是错觉,对于广大读者乃至译者而言,这种手法便带有较强的迷惑性。例如,福克纳小说的法文译者库安德娄曾经误将《喧哗与骚动》和《修女安魂曲》中的"南茜"视为同一个人,将其作为接续翻译两部作品"命中注定"的缘由。③ 实际情况却是,《喧哗与骚动》中的南茜不过是一匹马,并非后作中那位杀害坦普尔幼子的黑人女奴。厘清了同一名

---

① 朱振武:《福克纳的创作流变及其在中国的接受和影响》,人民文学出版社 2015 年版,第 139 页。

② Brian Richardson, "Transtextual Characters", *Characters in Fictional Worlds: Understanding Imaginary Beings in Literature, Film, and Other Media*, Jens Eder, Fotis Jannidis and Ralf Schneider, eds., Berlin: De Gruyter, 2010, p.529.

③ Maurice Edgar Coindreau, *The Time of William Faulkner: A French View of Modern American Fiction*, George McMillan Reeves, ed./trans., Columbia, SC.: University of South Carolina Press, 1971, p.94.

字的不同指涉，认识到姓名错觉的修辞意义之后，我们便可以更好地走进福克纳构建的家族图景。

30 年代早期福克纳创作的短篇故事《殉葬》和《正义》对美洲原住民有过精彩的描绘。故事中的人物及其关系并不复杂，主要人物形象也相对平面化。真正对该群体进行深入且系统的描写是从《去吧，摩西》开始的，这部小说将部分美洲原住民融入白人家族的人际交往中，后续的《康普生附录》和《修女安魂曲》在叙事时间上向前推进了一大步，折射了美国历史上《印第安人迁移法案》(*Indian Removal Act*，1830) 颁布前后这一族群的整体遭遇。对福克纳创作中有关美洲原住民描写感兴趣的学者多以史实为依托，认为福克纳对这些原住民缺乏足够的了解，存在很多与史实和文化背景相悖的错误。[1] 不过，学者们大都承认福克纳很了解这个群体，强调约克纳帕塔法县域内美洲原住民的历史先在性 (anteriority)，即欧洲白人殖民者强行霸占了原住民早已拥有的土地和财富。这一批评姿态从根本上将约克纳帕塔法的历史推向"史前"——欧洲殖民者发现新大陆 (1492 年) 之前的情景。客观地说，福克纳小说中美洲原住民的生活境况不过是欧洲白人移民定居新大陆的叙事前奏。

福克纳对文学地图的命名也体现了这一点。据史料记载，拉斐耶县 (Lafayette) 南端的约克纳河 (Yocana River) 有时会被记作 "Yocanapatafa" 或 "Yocanapatapha"。美洲原住民的契卡索 (Chickasaws) 部落语汇中的两个单词 "yocana" 和 "petopha"，合起来指的是"河流慢慢流淌过平地"。[2] 据美国学者金尼考证，"约克纳帕塔法"的字面意思是"开垦、耕种的土地或地

---

[1] Lewis M. Dabney, *The Indians of Yoknapatawpha*, Baton Rouge: Lousiana University Press, 1974, p. 3; Annette Trefzer, *Disturbing Indians: The Archaeology of Southern Fiction*, Tuscaloosa: The University of Alabama Press, 2007, p. 24.

[2] Dorothy Tuck, *Crowell's Handbook of Faulkner*, New York: Thomas Y. Crowell Company, 1964, p. 2.

区",本身蕴含着白人殖民者的垦荒痕迹。① 由此可见,印第安语汇中的自然韵味,被作家纳入新造的词语之中,带有白人改造自然的含义。作家的文学王国不仅具有美洲原住民的文化色彩,亦暗含着他们与来到新大陆的早期白人殖民者之间的友好交往与暴力纷争。

美洲原住民先于白人殖民者而存在,这一史实隐含于福克纳虚构的故事世界。它以文学的形式呈现出来,将约克纳帕塔法种族混居的文化版图向过去推进了一大步,作家崭新的笔触重构了这个多元文化的异质空间。在泰勒(Melanie Benson Taylor)看来,美洲原住民的历史存在和当今文化印迹足以解构美国南方白人与黑人二元对立的主流种族格局。② 可以说,福克纳的约克纳帕塔法县域空间首先是个历史概念,其次才是一个由美洲原住民、白人和黑人混居的多元而开放的文学想象空间。文学文本化的历史大多是断代的,地域空间也势必是片段化的,二者融为一体,为作家探索人类社会命运的宏旨打好坚实的基础。

福克纳在与考利的谈话中提到,南方的家族观念形成于欧洲移民初到美洲新大陆的拓殖时期。他认为"边疆意识"决定了早期移民"不得不求助于亲属,因为那时法律是靠不住的"。③《修女安魂曲》详细追溯了沙多里斯、康普生、萨特潘和麦卡斯林等四大家族先祖到来之前的情形,结合《去吧,摩西》对山姆·法泽斯家族背景的刻画,我们便可以更加清晰地拼贴出原住民契卡索部落首领伊塞梯贝哈的家族世系,明晰约克纳帕塔法全

---

① Arthur F. Kinney, *Go Down, Moses: The Miscegenation of Time*, New York: Twayne Publishers, 1996, p. 21.

② Melanie Benson Taylor, *Reconstructing the Native South: American Indian Literature and the Lost Cause*, Athens & London: The University of Georgia Press, 2011, p. 127.

③ Malcolm Cowley, *The Faulkner-Cowley File: Letters and Memories, 1944—1962*, New York: Penguin Books, 1966, p. 110.

县"最古老的三大姓氏"——霍尔斯顿、哈贝夏姆和格雷尼尔家族①创建杰斐逊镇的历程。伊塞梯贝哈与接踵而至的白人殖民者开展土地和奴隶交易,为整个家族乃至部落的覆灭埋下了伏笔。

约克纳帕塔法县城驻地杰斐逊镇的创建充满了戏剧性。1799年,哈贝夏姆父子与路易斯·格雷尼尔和埃里克·霍尔斯顿四人越过阿巴拉契亚山脉来此定居,建立了一个原住民事务署兼贸易站。哈贝夏姆是医生,格雷尼尔为他打长工,而霍尔斯顿则开办了第一家旅店。康普生家族先祖杰生、麦卡斯林家族先祖卢修斯、沙多里斯家族先祖约翰以及萨特潘家族先祖托马斯先后抵达定居点,1831年时该定居点正式演变为小镇。② 此前这个定居点一直以哈贝夏姆家宅相称,发生了罪犯越狱且铁锁丢失的案件之后,白人殖民者们为讨好联邦邮递员(全名为 Thomas Jefferson Pedigree),就以其中间名命名了该镇。该邮递员的姓氏"佩蒂格雷"(英语本意为"门第、出身")也具有较强的反讽性,这一身份决定了杰斐逊镇先天的文化基因。

福克纳在人物命名上对门第或血统的强调,可能与他本人使用的一个笔名有关。1937年6月在加州一次酒会上,福克纳为满座宾客朗诵了一个短篇故事,据称是出自名为"欧内斯特·韦·特鲁布拉德"(Ernest V. Trueblood)的一位年轻作家之手,故事主角便是福克纳本人。作品讲述了福克纳奋勇救牛的一段经历。当时福克纳几个年幼的侄子在牧场玩火,结果引燃了牲口棚,情急之下作家不顾个人安危冲了进去。或许慑于弥漫的浓烟,这头倔牛坚决不肯出来,反而喷了福克纳一身粪便,幸好大火被闻讯赶来的家人和四邻及时扑灭了!当福克纳声情并茂地将这篇故事读完,急切地询问三位宾客是否觉得好玩时,其中两位不假思索

---

① William Faulkner, *Requiem for a Nun*, *Novels 1942—1954*, Joseph Blotner and Noel Polk, eds., New York: Library of America, 1985, p. 478.

② John Kenny Crane, *The Yoknapatawpha Chronicle of Gavin Stevens*, Cranbury: Associated University Press, 1988, p. 49.

地予以否认，只有来自法国的库安德娄看出了个中的玄机，识趣地默笑起来。这位福克纳小说的忠实译者当时正在翻译《喧哗与骚动》，为了求证细节，专程来拜访作家。宴会之后，福克纳异常欣喜地把这篇题为《母牛的午后》（"Afternoon of a Cow"）的故事打印稿赠送给库安德娄，并且用法语签写了一句话："谨以此纪念这位勇敢的特鲁布拉德。"① "勇敢"一词颇有深意，原故事由"特鲁布拉德"以第一人称讲述，"勇敢"地记录了福克纳的"勇敢"经历，据此可推断出作者、叙述者与故事人物三合为一的事实。福克纳笔名中使用的这个词并非无源之水。它的英文字面意为"真正之血"，用于奋勇救牛的虚构人物身上正合适，体现了他性格中勇毅的一面。它或许模仿了另一个词"trueblue"（忠诚），暗示了特鲁布拉德具有高贵血统之意。

正如姓名的高贵寓意，沙多里斯和康普生两大家族在前期作品中均有过辉煌的家史，先祖功勋卓著会荫福子孙后代。1936年出版的《押沙龙，押沙龙!》中，托马斯·萨特潘却展示了蓄奴制的罪恶，这位早期定居者虽然位列贵族却背负重婚和弃子的罪恶，最终难逃妻离子散、家破人亡的厄运。《去吧，摩西》中老麦卡斯林与女奴母女之间乱伦，这一罪恶好像达摩克利斯之剑，始终悬垂在后世尤其是白人子孙的头顶上方，给他们带来了极大的伦理和心理负担。后期作品中的这位关键人物虽然从未在任何一部小说中现身，但他的事迹不断推动叙事进程，受影响最大的莫过于其嫡孙艾克。

艾克在福克纳小说中占有十分重要的地位。《去吧，摩西》的七个长短不一的故事中，《熊》被认为是理解福克纳全部作品的一把钥匙，其中福克纳塑造了"第一位形象丰满的英雄人物"②。美国

---

① Joseph Blotner, *William Faulkner: A Biography (2 Vols)*, New York: Random House, 1974, p. 961.

② R. W. B. Lewis, *The Picareque Saint: Representative Figures in Contemporary Fiction*, Philadelphia and New York: J. B. Lippincott Company, 1959, p. 194.

学者刘易斯的这一判断强调了《熊》在福克纳小说体系中的核心价值，突出了艾克性格中积极与消极的统一性：他能够检视祖父对女奴母女犯下的伦理罪恶，通过放弃继承权试图进行自我和家族的救赎，尽管这种救赎是不彻底也是不现实的。至少，艾克代表了后世白人子孙走出先祖罪恶阴影的一次尝试，单凭这一点，他比优柔寡断的昆丁·康普生和悲观厌世的亨利·萨特潘更胜一筹。从艾克的成长环境看，他转向荒野的前提是父母之爱的缺失，引导人们发现老熊所代表的自然与人类文明之间的良性互动，这对理解福克纳的全部小说非常关键。

老麦卡斯林留下"作为动产的奴隶"（chattel slaves）成为后世子孙的另一种负担，成为不可承受的家族记忆之重。孪生兄弟布克和布蒂主动让出豪宅给奴隶们居住，布克之子艾克也放弃了庄园继承权。这种家族负担巧妙地反映于句法上，便是小说中部分句子的结构极端复杂，作者有意挖掘句子承载信息的极限。福克纳在给考利的信中自称擅写"蔓生无序的文风和无休止的句子"："我总是尝试在一句话中，也就是一个大写字母到句号的空间之内，把全部都讲完。如果可能的话，我是努力把一切都放到一个大头针尖上。"[①] 举例来看，《熊》中有一段话值得深读，当叙述者讲到账簿记录的奴隶信息时说：

> 这期间卡洛瑟斯·麦卡斯林继承与购置的奴隶——罗西乌斯、菲贝、图西迪德斯、尤妮丝以及他们的后代，还有山姆·法泽斯和他的母亲，这两人是卡洛瑟斯用一匹惯于慢跑的劣种阉马跟老伊凯摩塔勃换来的，他的土地也是从这位契卡索酋长那里买来的，还有谭尼·比彻姆，这是双胞胎之一的阿摩蒂乌斯在一次扑克牌戏中从邻人那里赢来的，还有那个怪人，他管

---

① Joseph Blotner, ed., *Selected Letters of William Faulkner*, New York: Vintage, 1978, p. 185.

自己叫珀西伐尔·布朗李,双胞胎中那个梯奥菲留斯买来的,干嘛要买,两位孪生兄弟显然都不清楚为什么从贝德福德·福勒斯特手里买过来,当时福勒斯特仍然是个奴隶贩子而不是将军……随着一页又一页、一年又一年的过去变得具体了,甚至还影影绰绰地有了生命,各自具备自己的激情与复杂个性。(the slaves which Carothers McCaslin had inherited and purchase— [1] Roscius and Phoebe and Thucydides and Eunice and their descendants, and [2] Sam Fathers and his mother for both of whom he had swapped an underbred trotting gelding to old Lkkemotubbe, the Chicksaw chief from whom he had likewise bought the land, and [3] Tennie Beauchamp whom the twin Amodeus had won from a neighbor in a poker—game, and [4] the anomaly calling itself Percival Brownlee which the twin Theophilus had purchased, neither he nor his brother knew why apparently, from Bedford Forrest while he was still only a slave—dealer and not yet a general … took substance and even a sort of shadowy life with their passions and complexities too as page followed page and year year.)

从句法上看,叙述者先用一个限制性定语从句"卡洛瑟斯·麦卡斯林继承与购置"来修饰先行词"奴隶",接着使用破折号引出一组同位语进一步修饰该先行词。这样的句式安排客观上突出了白人庄园主的支配性地位——"继承与购置",而黑人奴隶尽管人多势众,却只能处于附属性地位,他们的事迹以句子插入语的形式出现于附属性从句。比较吊诡的是,虽然该庄园主在从句中占据主语位置,作为"继承"和"购置"行为的发出者,"奴隶"竟然在句中充当了主语,并附上四个表类别的同位语:[1]是麦卡斯林继承的,[2]和[3]是"购置"的,[4]的来历明确,个中原因兄弟二人"显然都不清楚"。在冗长的插入语之后,这一分句才出现了并列谓语"变得""有了"和"具备"。这样的句法结构隐藏了一个重要历史事实,即内战前后的种族政治:黑奴的社会地位发生了从附属到主动的变化,翻身获得了政治意义上的人身自由。然而,这种看似进步的政治行为很快就被第[4]组中那位奴隶的模糊身份消解了。在叙述者看来,布朗李是个"怪人",享有其他奴隶并不具备的自取姓名权,但是叙述者使用 itself 而非 himself 来指称,字里行间蕴涵着对黑人奴隶的深深蔑视甚至物化。这种黑人奴隶的物化倾向,以及相应的主奴关系,反映出一种普遍化的社会心理:黑人需要依赖白人才能生存,白人则把大量奴隶的存在(尤其是在内战之后)视作社会的负担。麦卡斯林家族的账簿将黑人物化为可买卖的商品、可继承的财产,深刻揭示了旧南方社会问题的症结所在。

上述引文中的动词宾语成分被大大拉长,充之以多个松散分句,以期达到种植园主的财富绵延不绝、人的意识绵延不绝的双重艺术效果。南方种植园家族对历史的记忆是矛盾的,就如这个句子中的主从句安排一样,貌似合理的句法结构暗含了旧南方社会的权力政治。从主奴关系而言,艾克五年前的账簿阅读客观上让奴隶们"影影绰绰地有了生命",客观上促成了他放弃遗产的决定,因而麦卡斯林家族内部纷繁复杂的种族关系构成某种社会文本,复活于账簿这个历史文本中。也就是说,账簿记录的家族历史在艾克的阅读行为中演化为活生生的现实。

麦卡斯林家族历史在小说中还具象化为遗产和姓名的传承。福克纳笔下的南方贵族的家境早期都比较殷实,社会地位也较为显赫,拥有大片种植园和大量分工明确的黑人奴隶,有的还常年雇用穷苦白人耕种广阔的土地。然而世事难料,大家族的没落逐渐成为现实,福克纳通过描写贵族没落来"反映一个社会的崩溃和一个时代的结束"[①]。当然,辉煌的过去除了留给人们历史记

[①] 肖明翰:《大家族的没落——福克纳和巴金家庭小说比较研究》,广西师范大学出版社1994年版,第16页。

忆，也是家族文化传承中的重要纽带，其中包括有形的礼物、田产、房屋和遗物传承，以及非物质的姓名、家风家训等文化传承。

南方贵胄亲属之间的礼物赠送传达了家族永续的愿望。《去吧，摩西》中舅舅休伯特·比彻姆在艾克出生时赠送了一个"盛有金币的银质咖啡壶"①，但等到艾克成人之后才发现，金币早已被舅舅偷换为欠条，银质咖啡壶也被置换为铁皮的。多年以后，老年的艾克得知洛斯与家族亲属詹姆斯孙女有了私生子，当即把"康普生将军遗嘱中留给自己的，那个整张鹿腿皮包裹、银线缝好的号角"②送给孩子妈妈，要求这位黑人母亲远离他的亲属洛斯。两个礼物分别由比彻姆传到麦卡斯林，再由麦卡斯林传回到比彻姆（前提是黑人妈妈不与洛斯成婚），这样的家族传承路径形成了一个礼物流通的闭环。根据法国理论家莫斯（Marcel Mauss）的人类学研究，礼物交换中的接受方须承担回赠的义务，因为礼物中存在着灵（taonga），始终期待着能够回到赠予一方。在赠礼与回礼的这种契约式活动中，礼物负载着一种神圣的使命，表达出赠予者与回赠者之间密切的人际关系，暗含了前者对家族与个人生命永续的渴求。③ 在福克纳的艾克看来，他赠予号角的行为彰显了家族传承的心态。而另一部有关麦卡斯林家族成员的小说《坟墓的闯入者》则拓展了家族内部礼物交换的法则，将不同家族成员契克与卢卡斯之间的施助与受助关系物质化：契克落水时受到卢卡斯的救助，当场赠予金币表示谢意但遭到拒绝，后来便开始了几个回合的相互赠礼，直到小说中卢卡斯受惠

---

① William Faulkner, *Go Down, Moses, Novels 1942—1954*, Joseph Blotner and Noel Polk, eds., New York: Library of America, 1994, p. 233.

② William Faulkner, *Go Down, Moses, Novels 1942—1954*, Joseph Blotner and Noel Polk, eds., New York: Library of America, 1994, p. 268.

③ Marcel Mauss, *The Gift: Forms and Functions of Exchange in Archaic Societies*, Ian Cunnison, trans., London: Cohen & West Ltd., 1966, p. 9.

于契克的帮助而幸免于难,礼物流通的链条才得以终止。

礼物往来体现出人类文明的一面,但恶意攫取则将人性之恶展露无遗,《小镇》中斯诺普斯对岳父威尔·瓦纳遗产的觊觎充分说明了这一点。他以同意女儿离开杰斐逊镇去上大学为条件,逼迫妻子签署文件,确保获取岳父遗嘱中的一半财产,但是这份财产原本是尤拉身后留给女儿的。自威尔留给尤拉再往下传递至琳达,这种单向的代际传承却被弗莱姆截断,迫使本来由母至女的遗产传递,反向流转到了斯诺普斯手中。贪婪的本性促使他利用各种不道德的手段占有本不属于自己的财产,甚至将女儿的遗产据为己有,这就违反了莫斯所说的"赠予义务"原则①,凸显了财富攫取者的道德沦丧。弗莱姆对物质财富过于关注,全然不顾家族名誉和血缘亲情,最终落得被堂兄杀害的下场。这样的结局恰好反证了"血族关系"和南方传统价值观之间的内在联系,作家通过描述斯诺普斯家族的分崩离析,强调了亲属纽带理应在家族的凝心聚力上发挥更大的作用。②

礼物和遗产是物质性的,家族姓氏的保留与遗弃则表现为文化上的传承。姓名是指称人物身份的基本语言符号,名代表个体身份,姓则显示家族背景,姓名可谓个体选择与家族传承的统一体。文学作品中的人物命名通常来自"作品内部的逻辑命名者",即人物自身、父辈及其他社会地位高的人,不同的命名方式表达了"小说作者的命名意图"。③ 从福克纳的个人经历来看,姓名是自我形塑的有力工具。福克纳1918年加入加拿大皇家空军飞行大队时,便已经开始了他的身份表演。他把姓氏从原来的法克纳

---

① Marcel Mauss, *The Gift*: *Forms and Functions of Exchange in Archaic Societies*, Ian Cunnison, trans., London: Cohen & West Ltd., 1966, p. 10.

② 韩启群:《转型时期变革的多维书写——福克纳斯诺普斯三部曲的物质文化批评》,苏州大学出版社2017年版,第88—89页。

③ 朱振武:《福克纳的创作流变及其在中国的接受和影响》,人民文学出版社2015年版,第135页。

(Falkner) 改拼成了现在的福克纳 (Faulkner)，入伍登记的籍贯、出生日期等个人基本信息均有别于真实信息。这样的更名经历表明姓名在福克纳心目中的重要性，客观上影响了对小说人物的命名。

从词语构成上看，福克纳小说中有些人物的名字较为复杂，往往包含个人、家族及其他相关信息。《去吧，摩西》中卢卡斯的全名为"卢卡斯·昆图斯·卡洛瑟斯·麦卡斯林·比彻姆"，前四部分与祖父的名字高度相似。这位混血私生子保留了祖父名字四个词中的三个，"仅仅把〔老麦卡斯林的名字卢修斯（Lucius）〕接过来，加以改造，变了一下，使它不再像白人的名字而是他自己的名字（Lucas），是他自己起的，是自我繁殖和命名的，自己做了老祖宗"。① 他的身世在《去吧，摩西》和《坟墓的闯入者》中有详细交代，身为老麦卡斯林的混血后裔，"父系中一员"② 的身份令他自豪地宣称："我是一个麦卡斯林。"③ 卢卡斯强调先祖姓氏这一遗产的重要性，又在很多场合与白人家族保持一定距离，总体来看叙述者强调的是这位黑人自我命名的主体性，他并无多少家族历史的背景，因而是"自我繁殖"的。

然而，卢卡斯强烈的自主意识与老麦卡斯林仍有相当大的性格共通性。《掠夺者》中有位人物明确指出，卢卡斯与老麦卡斯林除了肤色其他方面都很像，言谈举止"同样地傲慢，同样地顽固，同样地偏狭"④。叙述者刻意强调卢卡斯不仅承袭了祖父之名，两人在性格上也颇为相似，亦即姓名的传承决定了性格上的

---

① William Faulkner, *Go Down, Moses*, *Novels 1942—1954*, Joseph Blotner and Noel Polk, eds., New York: Library of America, 1994, p. 208.

② William Faulkner, *Go Down, Moses*, *Novels 1942—1954*, Joseph Blotner and Noel Polk, eds., New York: Library of America, 1994, p. 34.

③ William Faulkner, *Intruder in the Dust*, *Novels 1942—1954*, Joseph Blotner and Noel Polk, eds., New York: Library of America, 1994, p. 297.

④ William Faulkner, *The Reivers*, *Novels 1957—1962*, Joseph Blotner and Noel Polk, eds., New York: Library of America, 1999, p. 909.

相近。法国社会学家哈布瓦赫（Maurice Halbwachs）相信，家族成员中的个体以其鲜明的性格特征表现了家族内部特殊的"地貌特征"，而个人的名字同时"指代一种亲属联结性和他本人"。①卢卡斯的姓名是个矛盾统一体，正如他的矛盾性格一样。

小说人物对名字的重视亦在说明公共身份的重要性。在《掠夺者》的最后，布恩·霍根贝克的儿子降生，母亲为他取名为"卢修斯·普利斯特·霍根贝克"②，以此表达布恩夫妇对小说主人公卢修斯·普利斯特撮合两人婚事的感激之情。这一事件似乎表明，姓名可以超越家族背景和阶级差异，能够增进不同群体之间的情感纽带。福克纳后期小说中另一个拥有长名的角色是黑人内德，全称是内德·威廉·麦卡斯林·杰斐逊·密西比（Ned William McCaslin Jefferson Missippi），其中有州名（简化）、镇名和白人家族姓氏，充分展现了黑人身份的混杂性，客观表明了人物内心较强的乡土意识，以及作者暗藏的讽刺口吻。

福克纳的不少人物非常看重姓氏的价值。弗莱姆得到岳父赠予的一处毫无价值的破旧房产，"接受了妻子道德堕落和羞耻的负担，以及那个无名婴儿的另一重负担——给他一个姓氏"。弗莱姆在婚事上感觉吃亏，以商品社会的等价交换原则衡量尤拉的嫁妆与私生女之间的利弊关系，毕竟这是"他拥有的唯一姓氏"。接着，叙述者反思道："即使是瓦纳（对，或者沙多里斯或者德·斯班或者康普生或者格雷尼尔或者哈贝夏姆或者麦卡斯林或者约克纳帕塔法县志里其他任一个有着辉煌过去的姓氏），他也只是拥有一个。"③ 表面看来，叙述者将斯诺普斯家族与这些"有着辉

---

① Maurice Halbwachs, *On Collective Memory*, Lewis A. Coser, ed. /trans., Chicago and London: The University of Chicago Press, 1992, pp. 69, 71.

② William Faulkner, *The Reivers*, Novels 1957—1962, Joseph Blotner and Noel Polk, eds., New York: Library of America, 1999, p. 971.

③ William Faulkner, *The Town*, Novels 1957—1962, Joseph Blotner and Noel Polk, eds., New York: Library of America, 1999, p. 238.

煌过去"的家族并立起来，然而在姓氏传承方面却看法一致，即姓氏的唯一性。

南方家族的姓名和遗产传承勾勒了一条社会历史的演进轨迹，强化了早期移民渴望永久立足、造福子孙后代的愿望，后世的继承行为也表现出他们对家族历史和记忆的内心矛盾之处。人类社会在向前推进，家族的过去却在亲属的记忆沉淀中变得或浓或淡，差异体现于同一代人的不同人生观和价值观上，反映着同胞之间的竞争与合作。

第二节　同族兄弟姐妹的竞争与合作

家族的创始与传承强调的是历时性，截取某一代人作为剖面，探析同族兄弟姐妹之间既合作也不乏竞争的关系，则系共时性阐释。在福克纳的后期小说中，南方各大家族内部人物关系复杂，同一辈分的成员数量众多，法国人湾地区的白人家族尤甚。老瓦纳养育了乔迪、尤拉等共十六个子女，女婿弗莱姆·斯诺普斯则有两个妹妹和一个弟弟，另有八九个堂兄弟。这些数量众多的人物在故事世界中形成一张异常复杂的家族关系网，相互之间存在不同程度的竞争与合作关系。例如，老麦卡斯林有三位婚生子女：布克、布蒂和卡洛琳娜，私生子托梅的图尔（Tomy's Turl）又育有两子一女（夭折的除外）：詹姆斯、卢卡斯和索凤西芭，勒缪尔·史蒂文斯的孙子加文则和玛吉是一对双胞胎。布克和布蒂合作去追捕逃奴托梅的图尔，后者实为同父异母的弟弟，而图尔的三个孩子之中只有卢卡斯在内战之后选择了留在麦卡斯林的庄园，并与堂兄艾克·麦卡斯林、表兄麦卡斯林·埃德蒙兹形成竞争关系。卢卡斯、艾克和麦卡斯林三人对待家族遗产的不同态度显示了个人在历史负担面前的不同选择。德国社会学家曼海姆（Karl Mannheim）曾阐发艺术史研究中的一个概念"同代人的非同代性"（the non-contemporaneity of the contemporaneous）：个人对时间和社会现实的体验不同，有的沉溺于旧的世界不能自拔，有人却积极拥抱新鲜事物，这就造成了同代人具有生活于不同时代的主观感受。[1] 在福克纳作品中，这种非同代性多来自个体的年龄、性别、种族、经济状况和社会地位差异。

"同代人的非同代性"概念是基于"不同代人的同代性"得出的。某个特定的社会机构（如家族）内部大多数情况下拥有不同代际的个体，不管是某一核心家庭内部的兄弟姐妹（siblings），还是同一家族内部的堂/表兄弟姐妹，均系同胞关系。人的生命毕竟是有限的，"一代人中的个体只能参与到有限的历史进程之中"[2]，个人留下的经验空缺最可能由家族中的近亲来填充，这是人物关系繁杂家族的优势所在。福克纳的家族罗曼史即是对此类家族的摹写。《小镇》开篇展示的是在斯诺普斯家族进驻杰斐逊镇这一历史事件面前，叙述者契克焦虑而庆幸的内心感受："那时我还没有出生，多亏表兄高文在场，等我长到足够懂事的年龄，他才会把看到的、记住的统统讲给我听。"[3] 契克与高文年龄相差十余岁，两人对不同历史时期的记忆刚好还原了斯诺普斯进城前后完整的历史面貌，叙述者以这样的方式强化了叙事的可信度。

虽然年龄差异可以实现记忆的互补，家族关系中还存在一种特殊的共时现象——双胞胎。他们是曼海姆所谓的"同代人"，因社会经历上的可能差异而造成身份、事业乃至命运上的较大不同。福克纳在此类人物身上倾注了较多的笔墨，反映出更为深刻

---

[1] Karl Mannheim, *Essays on the Sociology of Knowledge*, Paul Kecskemeti, ed., London: Routledge & Kegan Paul Ltd., 1952, p. 283.

[2] Karl Mannheim, *Essays on the Sociology of Knowledge*, Paul Kecskemeti, ed., London: Routledge & Kegan Paul Ltd., 1952, p. 292.

[3] William Faulkner, *The Town*, *Novels 1957—1962*, Joseph Blotner and Noel Polk, eds., New York: Library of America, 1999, p. 3.

的社会问题。除了早期作品《沙多里斯》中的约翰和贝亚德·沙多里斯兄弟以及拉斐尔和斯图亚特·迈克凯勒姆兄弟，福克纳塑造的代表性双胞胎人物还包括表1-1所列作品中的：

表 1-1　　　　　　福克纳后期作品中的双胞胎人物

作品	双胞胎人物
《去吧，摩西》	老麦卡斯林的儿子布克和布蒂
《坟墓的闯入者》	纳布·高里的第四、五子瓦达曼和比尔博
《骑士的策略》	安塞姆和维吉涅斯·霍兰德兄弟
《小镇》	艾·奥·斯诺普斯与第二任妻子育四子，其中的瓦达曼和比尔博
《坟墓的闯入者》和《小镇》	加文和玛吉·史蒂文斯

福克纳的家族罗曼史中出现如此多的双胞胎人物，内中原因值得进一步探究，作家旨在强调先天因素相同的前提下社会文化对人造成的后天影响。作家在社会历史变迁中着力勾勒双胞胎人物表现出的个性和心理差异，在家族关系中构建一种与血缘亲情逆向的力量。人物身份建构过程中的先天和后天因素在福克纳创作中表现出较强凝聚力的同时，流露出更大的差异。

根据人物不同的家族背景，双胞胎人物大致可以分为穷白人、贵族子弟以及中产阶级三大类。第一类，居住于法国人湾地区的穷苦白人家庭子女众多，其中双胞胎人物表现出家族基因和后天环境对人物身份影响的同向性。《坟墓的闯入者》中的瓦达曼和比尔博兄弟是一对同卵双胞胎，长得像是"服装店里两个完全一样的假人模型""一根晾衣绳上的两个夹子"，他们"完全相同的两张脸上甚至连岁月的痕迹都惊人地一致，那么粗暴冷峻，那么气定神闲"[①]。因为家境贫寒、人口众多，兄弟二人没有机会接受教育、学习一技之长，只得一起打猎、一起睡光地板。日常相处并未增进同胞兄弟之间的温暖亲情，反而因经济利益问题酿

[①] William Faulkner, *Intruder in the Dust*, *Novels 1942—1954*, Joseph Blotner and Noel Polk, eds., New York: Library of America, 1994, p.407.

成嫌隙甚至反目成仇，在小弟文森失踪之后，瓦达曼和比尔博兄弟两人竟表现得麻木不仁。叙述者对两位高里兄弟进行了精细刻画，他们在外貌和神情上高度相似，契合了后天影响因素的共享境遇，两人不得不选择在家务农的生活道路。穷白人双胞胎的基因和后天成长环境是高度重合的，两者之间并无显著的差异，在福克纳笔下大多作为扁平人物而存在。经济因素最终制约了双胞胎人物的生活空间。

第二类是南方庄园主家族中的孪生兄弟，以布克和布蒂·麦卡斯林为代表。他俩的事迹最早出现于《没有被征服的》中，叙事时间正值内战爆发，兄弟二人打扑克牌决胜负：布克加入南方邦联的队伍，布蒂则留下来管理庄园和奴隶。《去吧，摩西》进一步强调了这对双胞胎兄弟先天和后天因素的异同。两人在父亲老麦卡斯林去世之后，延续了家族账簿记录的传统，竭力维护种植园生活秩序的稳定。他们在对待黑奴贩卖问题上表现出了惊人的一致，尤其是成功掩盖了老麦卡斯林与黑奴母女乱伦的事实。账簿中关于女奴尤妮丝的记录包含了大量信息："1807年父亲在新奥尔良以650元购得。1809年与涂希德斯结婚，1832年圣诞节在溪中溺死。"然后兄弟二人以笔记的方式展开讨论：为什么尤妮丝会溺水而亡？老麦卡斯林花重金、跑远途买来尤妮丝，两年之后才许配给涂希德斯，最有可能的解释是在此期间他霸占了尤妮丝。当发现她怀有身孕之后，老麦卡斯林才答应将其嫁出，而溺亡是在她发现真相之后。兄弟两人以"是年星辰陨落"[①]的感叹表达了各自的遗憾与无奈，并就此搁笔，以无声的默契替父掩盖了丑恶的事实。他们选择搁置策略，将家族秘密留给后人去寻求问题的解决。

第三类双胞胎人物来自中产阶级，其中不乏知识分子形象，

---

① William Faulkner, *Go Down, Moses, Novels 1942—1954*, Joseph Blotner and Noel Polk, eds., New York: Library of America, 1994, pp. 197-199.

史蒂文斯家族的玛吉和加文姐弟是典型代表。加文以优异成绩毕业于哈佛大学，参加过第一次世界大战，后来在德国海德堡大学获博士学位，是相对封闭的杰斐逊镇上一位见多识广的人。然而，在思想观念上他却颇为守旧，坚信"妇女的纯洁与道德应得到保护"①，在很多场合以迂腐的形象示人，常被周围的人冷嘲热讽。相比之下，玛吉这个角色则主要依据人物关系进行定位：妻子、母亲和孪生姐姐，正如《小镇》的叙述者之一契克所说，血脉相连让"妈妈摸透了加文舅舅的烦心事"②。在对待尤拉的问题上，玛吉虽然没有明确支持加文，但她对杰斐逊镇民的一致看法心知肚明：女人并不在意她干了什么，更在乎"她的样子"，"杰斐逊的男人们观看她的样子"③。也就是说，玛吉有意无意地成了杰斐逊妇女的代言人，与弟弟加文一起共同抵制着来自外界的影响。

　　作家擅长利用人物之间或亲或疏的关系构建社会活动的地理空间，有效拓展小说的叙事空间。除了双胞胎形象，约克纳帕塔法世系小说还突出展示了舅甥（avuncular）和堂兄弟关系。两种人物关系称谓的英语表达分别是 uncle 和 cousin，但后期小说中"堂/表兄弟"④一词带有较强的模糊性，因为家族背景的不同可能意味着关系的亲疏。尽管英语的称谓体系不像汉语那样复杂，对同辈人物关系并不区分父系或母系，然而 uncle 一词还带有另一层含义——表亲，泛指具有同宗同源的同辈或者长、晚辈亲属

---

① William Faulkner, *The Town*, *Novels 1957—1962*, Joseph Blotner and Noel Polk, eds., New York: Library of America, 1999, p. 67.

② William Faulkner, *The Town*, *Novels 1957—1962*, Joseph Blotner and Noel Polk, eds., New York: Library of America, 1999, p. 40.

③ William Faulkner, *The Town*, *Novels 1957—1962*, Joseph Blotner and Noel Polk, eds., New York: Library of America, 1999, p. 42.

④ 汉语中的亲族称谓体系比较复杂，同姓为堂而异姓为表，即父亲兄弟的子女称为堂兄弟、堂姐妹，父亲姐妹、母亲的兄弟姐妹之子女分别唤作姑、舅、姨表兄弟姐妹。本书作者在翻译时充分考虑到了这种文化差异，必要时模糊处理为"堂/表兄"。

成员。麦卡斯林家族中的艾克和卢卡斯之间同时是表兄弟和表叔侄关系，因为卢卡斯的祖母托马西娜既是老麦卡斯林的情妇又是亲生女；而艾克与卡斯（即麦卡斯林·埃德蒙兹）之间则确定是表舅甥关系，《熊》的叙述者仍使用"表亲"（cousin）来指代①。《古老的部族》叙述者对两人的关系做了更为明确的交代："孩子的表亲麦卡斯林·埃德蒙兹，他是孩子姑妈的孙子，但比孩子大十六岁，因为他和麦卡斯林都是独子，孩子出生时他父亲都快七十了，因此这个麦卡斯林与其说是他的表外甥还不如说是他的长兄，但是比起这两种身份来又更像是他的父亲。"② 三人的家族内部关系如图1-1所示。

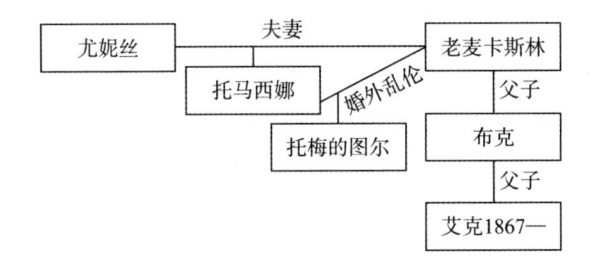

图1-1 麦卡斯林家族关系（详见附录）

人物之间年龄和辈分差异的影响因素多种多样，但曼海姆的"同代人的非同代性"决定了他们可以突破原有核心家庭乃至家族关系的限制，形成一个新型的共生群体。这一事实说明：家族的凝聚力和人性非常强大，成员可以据此抵抗外来的影响与冲击。

堂兄弟关系的典型代表来自斯诺普斯家族。根据旅行推销员拉特利夫的观察，弗莱姆·斯诺普斯及其族人无异于"群居的老

---

① William Faulkner, *Go Down, Moses, Novels 1942—1954*, Joseph Blotner and Noel Polk, eds., New York: Library of America, 1994, p. 187.

② William Faulkner, *Go Down, Moses, Novels 1942—1954*, Joseph Blotner and Noel Polk, eds., New York: Library of America, 1994, p. 122.

鼠或者白蚁"①。弗莱姆初到杰斐逊镇之后采取人多势众的制胜策略，在饭店、学校、银行、铁匠铺等各行各业到处"播撒"自己的家族成员，"蛊惑人心的本领让他能够利用人数优势来满足个人私欲"②。他的私欲即是借着家族势力实现个人在权力、财富与社会地位上的野心，后来从一个餐馆老板平步青云成为银行副董事长和杰斐逊镇长，结果证明弗莱姆的人口手段奏效了。当然，他的阴谋得逞需要一个更大的前提：南方白人贵胄当权集团的没落，导致统治阶级的内聚力趋弱。杰斐逊镇能够接纳斯诺普斯家族，意味着已经走向开放，通过吸收外来力量来维持自身的生命力。换句话说，没落的贵族势力被以斯诺普斯为代表的穷白人取代，这意味着南方社会在家族势力的角逐中发生了转型。

家族内部个体与集体之间时有利益纷争。斯诺普斯家族其他成员在弗莱姆之后陆续涌入杰斐逊镇，经济条件和社会地位上的差异造成意见相左，甚至出现不可调和的矛盾。堂兄明克因谋杀罪被判入狱，庭审期间他抱定那条"亘古不变的纯粹血亲法则"③，相信弗莱姆作为"家族中唯一一位有能力、有理由、至少有指望"④的成员肯定会前来相救。实际情况却是，弗莱姆刻意回避了这场生死攸关的庭审，甚至后来还落井下石，利用堂侄蒙哥马利作为监控明克的暗哨，怂恿后者乔装越狱。这样的双重打击激起了明克的复仇欲望。弗莱姆与明克之间的冲突乃至仇杀冲破了家族成员之间互爱互助的人伦法则，酿成堂兄弟之间手足相残的人间悲剧。此种纠葛在《坟墓的闯入者》中高里一家的克劳福德与文森

---

① William Faulkner, *The Town*, Novels 1957—1962, Joseph Blotner and Noel Polk, eds., New York: Library of America, 1999, p. 36.

② William Faulkner, *The Town*, Novels 1957—1962, Joseph Blotner and Noel Polk, eds., New York: Library of America, 1999, p. 28.

③ William Faulkner, *The Mansion*, Novels 1957—1962, Joseph Blotner and Noel Polk, eds., New York: Library of America, 1999, p. 335.

④ William Faulkner, *The Mansion*, Novels 1957—1962, Joseph Blotner and Noel Polk, eds., New York: Library of America, 1999, p. 333.

这对亲兄弟之间早已出现，系福克纳后期创作突出南方白人家族血缘关系被践踏的典型事件。

福克纳后期作品聚焦血缘纽带遭破坏的事例，反证了家族关系在维持南方社会稳定上发挥的重要作用，而人物关系网的拓展可视为作家推进创作、追求自我改写的工具。《去吧，摩西》中麦卡斯林家族的艾克与卡斯是近亲，两人关系的复杂性在本节开头已有论述，若从《熊》这个故事的文本演变史来看，福克纳逐步复杂化了主要人物之间的关系。早期版本《狮子》（"Lion"，1935）并没有描写两位近亲有关庄园收支账簿的对话，后来的短篇故事版《熊》（1942年5月9日刊登于《星期六晚邮报》）的叙述者昆丁·康普生与父亲讨论的则是勇敢、诚实、坚韧等道德问题。《去吧，摩西》将对话双方替换成麦卡斯林家族的后辈艾克和卡斯这样一对舅甥。同一文本的演进中，主要人物及其相互关系发生如此变化，表明福克纳将前期文本探讨的家庭内部问题拓展为家族历史维度上的遗产传承问题，进而升华了作品的主题。整部小说最为关键的第五章《熊》第四节开篇不久便涉及家族继承的话题：

这回，[艾克] 本人和他的表外甥并不是在大森林前并肩而立，而是在他即将继承的那片驯服的土地之前（himself and his cousin juxtaposed not against the wilderness but against the tamed land），这是他的祖父老卡洛瑟斯·麦卡斯林用白人的钱从野蛮人那里买来的（他们那些没有枪的祖先曾在这儿打猎），祖父驯服了土地并且对它发号施令，或者说他相信自己已经驯服了它也可以对它发号施令（tamed and ordered or believed he had tamed and ordered it），原因是他所奴役的并对之握有生杀大权的那些人从这片土地上清除了森林，汗流浃背地刨地，深度也许能有十四英寸，令这儿过去没有的作物得以生长并且重新变成钱，这钱是相信自己买下了土地的人为了得到地、保住地并拿到一份合理的收益而曾经不得不付出的。①

从人物的年龄来看,晚辈卡斯比舅舅艾克还要年长17岁,艾克十岁丧母之后,一直跟着埃德蒙兹一家人生活,用小说中人物的话说,他俩是"远房表亲"(second cousins)②。然而,卡斯和艾克之间构成实际意义上的养父子关系,年龄上的差异与同时代性契合了现代主义意识流小说中常用的时空倒错手法(anachronism)。叙述者也正是在遗产继承问题上展开了自由联想:从上节中的"大森林"转向本节中"驯服的土地",从美洲原住民们"没有枪的祖先"联想到非裔黑人"从这片土地上清除了森林,汗流浃背地刨地"的种植园劳动。叙述者特意使用juxtapose(并置)一词描述艾克21岁时面临遗产继承时的被动心态,他却将祖父遗产主动让渡给了卡斯,表面看来是舅舅赠予外甥,实际展示了艾克对养父之爱的回馈。当然,艾克被动处理遗产问题,彰显了他对祖父业绩的质疑与矛盾——后者单方面"相信自己已经驯服了它也可以对它发号施令",此种权威性仅仅停留于句法层面。"野蛮人"的祖先是土地拥有者,却无法支配白人买者,屈居附属性的定语从句之中(李文俊翻译时处理成括号)!如此一来,福克纳在一个简单的分句中通过麦卡斯林家族的遗产继承,涵盖了美洲原住民、白人殖民者及其奴役的非裔美国黑人三大族群三百多年的交往史,是对早期娴熟使用的意识流写作手法的高度凝练与深度推进。

上述艾克对家族史的记忆,系作家运用意识流手法呈现的。"意识流"(stream of consciousness)一语最早是由美国心理学家

---

① William Faulkner, *Go Down, Moses, Novels 1942—1954*, Joseph Blotner and Noel Polk, eds., New York: Library of America, 1994, pp. 187-188.

② William Faulkner, *Go Down, Moses, Novels 1942—1954*, Joseph Blotner and Noel Polk, eds., New York: Library of America, 1994, p. 231.

威廉·詹姆斯（William James，1842—1910）在《论内省心理学所忽略的几个问题》（"On Some Omissions of Introspective Psychology"，1884）一文中提出的。他认为："意识并不是片段的衔接，而是流动的，用一条'河'或一股'流水'的比喻表达它是最自然的了"，也可以称之为"思想流"或"主观生活之流"。① 在英美文学史上，塞缪尔·理查逊（Samuel Richardson，1689—1761）的小说中已有较多的自我反思性描写，亨利·詹姆斯（Henry James，1843—1916）的小说叙述者详细记录了人物的内心活动。进入20世纪，意识流越来越多地被用作一种叙事样式，"再现人物心理活动过程的整个轨迹与持续流动"②。福克纳在美国文学史上是意识流写作的集大成者，时空倒错、内心独白、自由联想、多重叙述等不同表现手法在《喧哗与骚动》《我弥留之际》《押沙龙，押沙龙！》等小说中比比皆是。1942年之后，作品故事性有所增强，意识流仍较为常见，且运用更为娴熟，能够结合故事情节深化作品的主题意义。艾克对家族史的"流动性"叙述真实再现了在祖先罪恶面前人物纷乱的内心世界。

作为舅甥关系的一种变体，福克纳笔下的叔侄关系有时对推进情节发展也很重要，史蒂文斯家族的加文和高文便是一个典型的例子。叔叔思维守旧、不愿接受新的社会事物和思想，而高文则"几乎是某个类别"③的典型代表：生于两次世界大战之间，家庭经济状况良好，教育背景优越，从事体面的金融行业。高文是富有反抗精神的年轻一代，亲生孩子被女奴扼杀之后，面对叔叔为谋杀者辩护的局面，他百思不得其解。高文不无讽刺意味地

---

① 转引自李常磊、王秀梅《传统与现代的对话：威廉·福克纳创作艺术研究》，外语教学与研究出版社2010年版，第124页。

② Meyer Howard Abrams and Geoffrey Galt Harpham, eds., *A Glossary of Literary Terms* (10th ed.), Beijing: Peking University Press, 2014, p.380.

③ William Faulkner, *Requiem for a Nun*, *Novels 1942—1954*, Joseph Blotner and Noel Polk, eds., New York: Library of America, 1994, p.508.

反问加文：为什么未对亲人抱有怜悯之情？[①] 要回答这个问题，需要在社会正义与家族亲情之间做出选择。高文的质问反映出他对家庭的深挚关爱，而家族关怀则在更大范围内呈现为家族关系与社会关系，需要人物进行更为细致的辨别与衡量。

无论是前、晚辈之间的舅甥或叔侄关系，还是同辈之间的堂兄弟关系，家族成员之间须遵循基本的人伦法则，南方社会发生深刻变革的历史背景下，个体也可能会做出牺牲家族利益的行为。这种劣根行为深刻反映了社会转型时期个人价值与社会价值的矛盾冲突，反映了外部变化给人们的价值观念带来的潜移默化影响。南方工商业的快速发展推动了社会现代化的总体进程，也带来了家族关系以及更广义人际关系的一系列改变，过去那种以血缘情感为核心的家族纽带逐渐遭到破坏。其中一个典型的剖面，便是家族之间逐渐复杂化的婚姻关系。

第三节　家族联姻的理想与现实

第一节探讨家族遗产继承时，我们看到麦卡斯林家族两件非常重要的遗产——咖啡壶和号角，在《去吧，摩西》推进情节发展过程中的作用凸显出来。这只咖啡壶是由麦卡斯林家族中的女性分支老比彻姆先生下传至艾克，没有它就无法引出艾克放弃家族遗产的决定；若干年过去之后，艾克将来自康普生将军的礼物——那支猎用号角接续传给另一女性分支埃德蒙兹的情妇，没有它，家族传承及其罪恶的闭环就无以显形。这种家族内部不同支脉之间的跨代赠予活动实现了家族价值观念的历史传承，又凸显了婚姻在家族系谱构建和拓展中占据的重要地位。

[①] William Faulkner, *Requiem for a Nun*, *Novels 1942—1954*, Joseph Blotner and Noel Polk, eds., New York: Library of America, 1994, p.513.

婚姻在福克纳的家族罗曼史叙事中十分重要，而婚姻与家庭历来受到文学家重视。据神话原型批评学者的考证，史前人类围绕篝火席地而坐以抵御严寒、驱逐野兽，这构成后世文学中有关家庭描写的一个"统摄性意象"[①]。在西方文学传统中，篝火历经衍化，定格于家庭中常见的壁炉（hearth），它象征着家庭生活的温馨，与外部自然的潜在威胁形成鲜明对照。即使是在家居现代化之后，壁炉的燃料由木柴衍化为电能，甚至电视也被有的学者类比为"电子壁炉"[②]。从文学史上看，乔叟的《坎特伯雷故事集》、霍桑的浪漫主义小说《红字》以及狄更斯的批判现实主义小说《大卫·科波菲尔》等英美名作中常常描写到人物围炉而坐阅读、讲故事的情景，后来 D. H. 劳伦斯在《查泰莱夫人的情人》中描写到由壁炉引发的性爱遐想。对于福克纳这位南方作家而言，壁炉及燃烧的炉火意味着"边疆记忆"[③]，早在美洲殖民地创立之初，壁炉里的火光暗含了家园和家族的凝聚力量。

在《去吧，摩西》第二章中，卢卡斯家中"总燃着一小堆火"[④]，即使是夏天，其中的炉火也未曾熄灭。另一章名为《大黑傻子》的故事中，雷德埋葬完妻子回到家中，感到新婚妻子的亡灵并未离去，就连婚后短短六个月的共处时间，也像是有了灵性一般"挤缩到壁炉前面"，"这里的火焰本该一直点燃，直到他们白头偕老的"，但现在火已经"变成一摊又干又轻的肮脏的死灰"[⑤]。此

[①] Sven Armens, *Archetypes of the Family in Literature*, Seattle and London: University of Washington Press, 1966, p. 26.

[②] Cecelia Tichi, *Electronic Hearth: Creating American Television Culture*, New York: Oxford University Press, 1991.

[③] Malcolm Cowley, *The Faulkner-Cowley File: Letters and Memoirs, 1944—1962*, New York: Penguin Books, 1966, p. 110.

[④] William Faulkner, *Go Down, Moses*, *Novels 1942—1954*, Joseph Blotner and Noel Polk, eds., New York: Library of America, 1994, p. 85.

[⑤] William Faulkner, *Go Down, Moses*, *Novels 1942—1954*, Joseph Blotner and Noel Polk, eds., New York: Library of America, 1994, p. 105.

处作者将时间具象化,让它随人物一起来怀想家庭曾经带来的温馨浪漫,"死灰"预示着黑人男子也将随亡妻而逝。丧妻之痛奇迹般地将人物记忆中的亡妻复活,通过人物的主观感受实现生死鸿沟的跨越,取得了感人至深的艺术效果。

上述作品中对黑人群体家庭生活的突出强调,代表了南方小说创作在 20 世纪上半叶的一次转型,即从注重描摹白人群体转向对黑人群体的强调。从文学史上看,19 世纪后半叶开始,美国南方的肯尼迪(John Pendleton Kennedy,1795—1870)、佩奇(Thomas Nelson Page,1853—1922)和哈里斯(Joel Chandler Harris,1848—1908)等种植园文学家在多部小说中着力美化蓄奴制,宣扬家庭温馨与荒野严酷的鲜明对比,白人家中的灶火与炉床常常是这几位小说家关注的对象。① 与之形成鲜明对比的是,福克纳批判地继承了 19 世纪后半叶以来南方种植园文学中的家庭生活母题,将关注的重心从白人庄园主家中的炉床移植到黑人群体上。这一做法既延续南方种植园文学中的意象描写,又相当深刻地实现了种族意识形态上的革新,强调黑人的家庭生活,便是在寻找不同族裔群体的共同情感表达。

福克纳的后期作品中,建基于旧社会婚姻制度下的两性关系并不稳定,男女性人物在复杂的社会变迁面前逐渐形成夫妻疏远乃至冲突的价值理念,家庭内部矛盾经过亲属机制的过滤变得公开化,有悖于家族乃至整个南方社会的稳定。麦卡斯林家族中比彻姆和埃德蒙兹两条支脉与嫡传的麦卡斯林家族后裔在婚姻或非婚关系的基础上缔结了既有竞争更有合作的共同体,强化了家族纽带的重要性。《修女安魂曲》中高文和坦普尔的婚姻承载了个人因酗酒、遗弃、强奸和伪证等一系列事件(具体故事内容见《圣殿》)的道德阴影,女黑奴为阻止坦普尔私奔而扼杀女婴,叔

---

① Louis D. Rubin, Jr. *The History of Southern Literuture*, Baton Ronge and London: Louisiana Stute University Press, 1985, pp. 210 – 216.

叔加文作为辩方律师介入，使婚姻问题牵涉了家族背景和种族正义。《小镇》里弗莱姆和尤拉的婚姻具有隐形的包办性质，为后来夫妻关系名存实亡、尤拉婚外情埋下了伏笔。综合以上三对婚姻关系可见，婚姻本应作为家庭和睦的前提和保障，在个人欲望和经济利益面前却表现得十分脆弱，婚姻关系的破裂也就预示着旧式家族势力的分崩离析和穷途末路。

家族联姻机制的维系需要一定的物质基础，但过度依赖于财富和物质利益的婚姻关系一定不会长久，《去吧，摩西》中艾克的婚姻充分说明了这一点。新婚之际，艾克充分尊重婚姻的神圣性：

> 他们结婚了，婚后生活是一个新的天地（the new country），也是他祖传的一笔遗产（heritage），因为这也是全人类的祖传遗产（heritage of all），由土地而来，超出土地但是仍然属于土地（out of the earth, beyond the earth yet of the earth），因为他的遗产也是土地漫长编年史的一部分（of the earth's long chronicle），也是他的遗产，因为每一个人必须和另一个人共同分享才能进入这种经验……①

人物的新婚体验就如进入一个"新的天地"，叙述者运用 country 一词取得了双关乃至多重的修辞效果。首先，艾克眼中的新"天地"将婚姻抽象化、隐喻化；其次，叙述者把这块"天地"通过"祖传的一笔遗产"与"土地"联系起来，使得婚姻生活具象化，也为接下来探讨遗产继承问题做好铺垫。更为重要的是，叙述者有意联想到"全人类的祖传遗产"，通过连续重复 earth 一词将艾克的人生经历升华为人类整体经验，隐含着基督教宣扬的人来自尘土又回归尘土的理念。从个人经历中管窥人类经验本身，是福

---

① William Faulkner, *Go Down, Moses, Novels 1942—1954*, Joseph Blotner and Noel Polk, eds., New York: Library of America, 1994, p. 231.

克纳研究界的一贯范式,然而也要看到,叙述者使用的 country 一词以及紧跟其后的"遗产""土地"等词,隐约暗示了欧洲白人移民新大陆初期垦荒、拓殖、建国的那段历史,并从土地的归属权问题上为殖民者的定居及建国历程寻找合法性。从更广的视角来看,欧洲白人来到新大陆,这不也是两个大陆之间的联姻吗?

在艾克的新娘看来,只有麦卡斯林家族"那个庄园,我们的庄园,你的庄园"① 才能成为维系两人婚姻的纽带,争取到庄园继承权是她嫁给艾克、走向家族联姻的首要和最终目标。然而,艾克却始终相信土地历来就是不能私有或继承的,这一分歧的最终结局便是婚姻关系破裂。

相比之下,斯诺普斯三部曲中弗莱姆与尤拉的婚姻,则是建立在一项名义上的君子协定基础之上:因为尤拉未婚先孕,老瓦纳为了维护家族名誉,便承诺以丰厚的嫁妆招弗莱姆入赘,白手起家的弗莱姆欣然应允。这种父母包办婚姻模式在福克纳早期创作中十分常见,如《喧哗与骚动》中康普生夫人将失贞的凯蒂强行许配给赫伯特·海德,《押沙龙,押沙龙!》中的萨特潘夫人撮合查尔斯·邦与朱迪斯成婚。福克纳经常将婚姻作为推动情节发展的手段,而婚姻的物质基础——家族遗产或者嫁妆又可视作不同小说之间实现有效衔接的重要元素。《村子》中尤拉的嫁妆——那处破败的老法国人房产,为弗莱姆夫妇进入杰斐逊镇提供了原始资本,也埋下了另一部小说《小镇》中拉特利夫与弗莱姆持久对抗的物质基础。这处房产在《修女安魂曲》中追溯到杰斐逊建镇之前的白人定居点,而在《圣殿》(1931)中成为私酒贩子和杀人犯金鱼眼聚集的地方。

家族联姻的达成受制于家族地位与财产,但成婚时机的选择又颇具偶然性,或者是以游戏的手段决定。《去吧,摩西》的第一篇故事《话说当年》中,布克与索凤西芭、托梅的图尔与谭尼两

---

① William Faulkner, *Go Down, Moses, Novels 1942—1954*, Joseph Blotner and Noel Polk, eds., New York: Library of America, 1994, p.232.

对夫妇的成婚经历即是如此。艾克追逃奴未果，不得不留宿比彻姆的华威庄园，却阴差阳错地睡到了庄园主妹妹的闺房，两人被迫订婚。同时，逃奴对谭尼的追求也得到了同样的结果，是由布克的双胞胎兄弟布蒂通过扑克牌游戏赢得。其实，弥漫于故事中的游戏色彩，背后隐含一种宿命论式的人生观，不仅种植园奴隶，甚至包括庄园主子弟，都无法把控个人的命运。

《骑士的策略》讲述了另一种形式的婚姻。小说标题来自国际象棋中排兵布阵的一种策略，knight 表示棋子"马"，而 gambit 源出意大利语单词 gambetto，本意为"腿"，含"伸腿绊倒人"之义，进一步引申为"策略"。根据奕棋规则，棋手在开局阶段一般先出"兵"（pawn），有时也会主动弃"兵"，之后便可更为高效地出动"马"、"相"（bishop）和"车"（castle 或 rook）等棋子，提前完成布局。这种奕法便是布局策略之一——"弃兵"，根据弃子位置的不同又分为王翼弃兵（King's Knight's Gambit，常简称为 Knight's Gambit）和后翼弃兵（Queen's Knight's Gambit）两种。福克纳的故事开始时，律师加文正处于个人和国家危机来临的前夜：老情人哈里斯夫人的儿子企图谋杀母亲的追求者，阴谋败露之际传来日本偷袭珍珠港的消息，男孩与追求者双双应征入伍，加文得以和旧情人成婚。福克纳在故事中多次写到加文与外甥契克弈棋的场景，由此暗示加文的处境就像一个棋局：这位南方骑士（"马"）成功牵制了旧情人梅丽桑达（"后"）及其女儿的追求者瓜尔德雷斯中尉（"车"）。破局之策需要两害相权取其轻：蓄谋杀人的麦克斯及其目标人物在加文劝解之下入伍，阻止了谋杀的发生，加文成功娶到梅丽桑达。作家使用国际象棋形象地展现了加文的内心冲突——深陷于正义与罪恶、爱情与仇恨、过去与现状、个人与社会的"两难境地"[①]。福克纳似乎在暗示我

[①] Robert W. Hamblin and Charles A. Peek，eds.，*A William Faulkner Encyclopedia*，Westport，CN.：Greenwood Press，1999，p. 217.

们，家族联姻的前提是衡量得失，不仅是物质层面，还包括人物的过去经历或个人记忆。

《修女安魂曲》中的婚姻也具代表性。高文·史蒂文斯与坦普尔·德雷克并非两情相悦，据高文所言，"娶她是最地道的老弗吉尼亚做法"①。所谓的"老弗吉尼亚做法"无非高文的叔叔加文遵循一生的信条，即绅士理应保护南方淑女，这是美国旧南方残余价值观念的侧影，带有强烈的欧洲中世纪骑士制度的影子。从高文的经历来看，在《圣殿》中因为醉酒，他没能尽到保护坦普尔的职责，后者被强奸之后投入孟菲斯的妓院，这段创伤性记忆"迫使"两人后来结婚，《修女安魂曲》中称高文为了这次"失职"持续戒酒八年。"从法律角度看，男人是不应该去忍受痛苦的：他们只能作原告或被告。法律只会同情妇女儿童——特别是妇女，尤其是染上毒瘾的黑鬼妇女，尤其是那些扼杀白人孩子的黑鬼妇女。"②上述怨言是高文结束戒酒时有感而发的，从中可见他对南方传统性别观念颇有微词，甚至自视为受害者。

福克纳的后期小说中还出现了另一种较为传统的婚姻形式。福克纳名为罗湾橡树的故居橱柜里陈列着一块玻璃板，上面依稀可辨刻着一个人名。有关它的来历，据霍金斯（E. O. Hawkins）考证，刻字者是奥克斯福的一位女子，内战中看到南方军队败退时，匆忙间用石头刻下自己的名字，后来她嫁给了福勒斯特将军的儿子。③ 福克纳以此逸事为基础，在多部作品中反复讲述这个故事。《没有被征服的》里提到，"一天福勒斯特将军策马经过奥克斯福南大街时"，一位名叫塞西莉亚·库克的女孩"从窗户里

---

① William Faulkner, *Requiem for a Nun*, *Novels 1942—1954*, Joseph Blotner and Noel Polk, eds., New York: Library of America, 1994, p. 521.

② William Faulkner, *Requiem for a Nun*, *Novels 1942—1954*, Joseph Blotner and Noel Polk, eds., New York: Library of America, 1994, p. 513.

③ E. O. Hawkins, Jr., "Jane Cook and Cecilia Farmer", *Mississippi Quarterly*, Vol. 18, No. 4, Fall 1965, p. 250.

向外望着他，用钻石戒指在窗玻璃上刻下自己的名字"。① 《坟墓的闯入者》中叙述视角转换到男方："一支邦联的旅队败退到镇上"，带队的是一位"胡子拉碴的中尉"，两人四目相接，虽然互相不知姓名，"六个月后他成了她的丈夫"。② 最为完整的版本出现于《修女安魂曲》中，塞西莉亚·法默是一位狱吏的女儿，用祖母的钻戒在玻璃窗上刻下自己的名字，恰好被战场上败退的一位军官看到，后来成功嫁给了他，两人养育了 12 个儿子。③ 福克纳之所以如此着迷于这个故事，可能与它的内战背景以及南方传统女性婚姻观有关。这里的塞西莉亚在战争迫近的恐惧中刻下自己的名字，代表了一种不愿屈服的韧性，后来心甘情愿地嫁给南方邦联的军人，成为"南方淑女"的典范。

如果说塞西莉亚是南方传统女性的典范，作者似乎是在强调：婚姻关系稳固的前提必须是女方恪守淑女风范，和谐两性关系的维护也必须以牺牲女性欲求为前提。弗莱姆和尤拉的婚姻就是明证。福克纳在大学课堂上评价尤拉时说，她"大于生活""超脱于这个世界"。④ 在斯诺普斯三部曲首部《村子》中她是地母神的象征，《小镇》里她移居杰斐逊镇之后，被镇民们视作古希腊神话中的海伦，作为绅士们性幻想的对象。弗莱姆顺势而为，纵容妻子与德·斯班的奸情，以此为筹码换取越来越高的社会地位，反倒是加文·史蒂文斯不忍，在舞会上与德·斯班大打出手。可见，加文力图扮演一个传统的骑士角色，救贵妇于水火，但尤拉本身并非一味被动，这就颠覆了罗曼史的传统性别角色定位。福克纳塑造的这个女性

---

① William Faulkner, *The Unvanquished*, *Novels 1936—1940*, Joseph Blotner and Noel Polk, eds., New York: Library of America, 1990, p. 200.

② William Faulkner, *Intruder in the Dust*, *Novels 1942—1954*, Joseph Blotner and Noel Polk, eds., New York: Library of America, 1994, p. 321.

③ William Faulkner, *Requiem for a Nun*, *Novels 1942—1954*, Joseph Blotner and Noel Polk, eds., New York: Library of America, 1994, pp. 627-649.

④ Frederick L. Gwynn and Joseph L. Blotner, eds., *Faulkner in the University*, Charlottesville: University Press of Virginia, 1995, p. 31.

人物显然"大于生活",即加拿大著名文学批评家弗莱(Northrop Frye)所言"主人公的行为能力优于其他人及其环境"[①]。换句话说,福克纳的《小镇》是一部没有传统意义上的男主人公的小说,女性人物的婚外恋突破了旧南方的道德束缚,而且她们在叙事中超越了被动拯救的公主或贵妇角色定位,实现故事和话语层上的双重越界。在尤拉·斯诺普斯身上,集中了福克纳塑造的女性人物未婚先孕(如《喧哗与骚动》中的凯蒂)和婚后出轨(如《修女安魂曲》中的坦普)两种经历,实现了相对于社会现实的"超脱"。

让我们重新回到福克纳勾勒的约克纳帕塔法版图。以《袖珍福克纳读本》中的地图为例,作家标注之中最显眼的要数小说标题,如右上角的《去吧,摩西》、中间偏右的《喧哗与骚动》、右下方的《村子》和《老人河》(《野棕榈》中的另一个故事)、中间偏左的《八月之光》、左上方的《押沙龙,押沙龙!》等。标题下方是以显赫家族姓氏命名的宅邸,显然是除了山川、河流、铁路、机场最重要的地标,如"康普生大宅""萨特潘百里地"等,此种标记方式显示了福克纳将南方贵族的家史空间化和时间化的一次尝试,目的是让这些家族的历史变迁隐喻约克纳帕塔法县全域的历史风貌。第三类条目是福克纳小说中的重要事件和大量逝者的名字,如"沃许·琼斯在此砍杀萨特潘""金鱼眼枪杀汤米"等,由此看出这幅文学地图满含着暴力与死亡,同时又构成了家族历史本身。家族是人的聚合体,人在历史和地理空间中的活动轨迹构成文学再现的最原始也最本真的素材,福克纳在书写南方家族罗曼史的过程中照见了南方历史、美国历史和人类社会历史。历史的参与者和缔造者之中,女性群体占据着重要地位,也是福克纳家族罗曼史着力塑造的一个群体。

---

① Northrop Frye, *Anatomy of Criticism: Four Essays*, Shanghai: Shanghai Foreign Language Education Press, 2009, p. 33.

第二章 家族女性人物的多元塑型

在福克纳的家族罗曼史中，女性处于家族系谱结构的交叉点，她们的形象随着社会发展、人员流动和婚姻状况的改变而不断发生变化，对家族整体命运产生较大的影响。在四十余年的文学生涯中，福克纳创造了很多个性鲜明的女性形象，如《献给爱米丽的玫瑰》中与尸为伴的爱米丽小姐，《喧哗与骚动》里受康普生三兄弟极大关注的凯蒂，以及《小镇》之中貌如海伦、言行却似包法利夫人的尤拉，等等。美国评论家费德勒（Leslie Fiedler）曾经指出，福克纳在后期作品中试图扭转前期塑造的部分女性负面人物形象，结果却不尽如人意，主要是由于作家耽于好坏女孩相互转变的刻板观念。① 另有学者从作家的生活经历入手，企图寻找人物形象发生转变的诱因，认为40年代后期以来作家的知名度有了较大提升，夫妻感情也得到了改善，使他燃起重塑女性群体形象的内在需求。② 还有学者并不认可这种女性形象转变的说法，声称福克纳的不少女性人物带有双性（epicene）气质，她们在不同作品、不同人生阶段表现出的前后差异性恰好证实了人本身性格的复杂性，我们不能简单以性格变化为由进行阐释。③ 布鲁克

---

① Leslie A. Fiedler, *Love and Death in the American Novel*, New York: Criterion Books, 1960, p. 314.

② Gwendolyn Chabrier, *Faulkner's Families: A Southern Saga*, New York: The Gordian Press, 1993, p. XI.

③ Cleanth Brooks, *William Faulkner: Toward Yoknapatawpha and Beyond*, Baton Rouge and London: Louisiana State University Press, 1978, pp. 124 – 127.

斯所称女性人物的这种双性气质的产生和维持的驱动因素大多来自外部社会环境。

福克纳生命的后二十年（1942—1962），美国面临着复杂多变的国内外形势，南方社会也发生了深层次、多维度的变化。在对外政策上，美国捐弃之前奉行的孤立主义政策，投身于第二次世界大战、积极援助欧洲战后重建、确立以苏联为敌手的两极争霸的世界格局。在国内，政府部门和各类宣传机构积极动员广大女性战时上岗就业，战后推行麦卡锡主义，民间掀起以黑人和女性群体组织的民权运动，这些社会活动均在不同程度上加剧了广大女性的不安与焦虑。她们一方面无法摆脱祖辈与父权的阴影，一方面寄望于外部社会活动为身心解放提供前提，可以说很多女性在这一历史阶段身处家族与社会环境的中间地带。

从作家个人经历看，福克纳从40年代的默默坚守助其成长为诺贝尔文学奖桂冠得主。文艺创作上，福克纳在战争期间积极响应号召，发表了《两个士兵》和《不朽》等战争题材的短篇故事，为好莱坞的华纳兄弟、美高梅和二十世纪福克斯公司编创了《戴高乐的故事》《战争呐喊》等多部电影剧本。他多次深入大学课堂（1947、1957—1958），为青年学生解读自己的文学创作，阐述个人对国内外政治和文化问题的看法。创作和社会活动之余，福克纳还接受美国国务院的委托，先后出访委内瑞拉、马来西亚、日本、希腊、冰岛等国，扮演了宣传美国价值观的文化大使角色。[①] 1955年夏福克纳访日期间，美国新闻处印制的小册子上刊登了他一篇名为《告日本青年》（"To the Youth of Japan"）的短文，其中有如下一段话：

> 我相信，主要是战争与灾难在提醒人类，他需要为自己的耐力与坚强留下一份记录。我认为，正因如此，在我们自

---

① Robert W. Hamblin, *Myself and the World: A Biography of William Faulkner*, Jackson: University Press of Mississippi, 2016, pp.110 - 123.

己的那场灾难之后,在我自己的家乡,也就是南方,才会涌现出优秀的文学创作,那样的文学创作质量确实不错,使得别国人士开始谈论新出现的一种南方"地区性"文学,也因此竟然使我——一个乡下人——成为美国文学之中日本人较早谈论与倾听的一个名字。①

这里福克纳所谓日本的"灾难"是第二次世界大战,而作家"自己的那场灾难"则是指南北战争中南方的败绩,双方作为战败者的共同之处激起了作家的心理共鸣。当然,福克纳的重点是鼓励日本青年,让他们在逆境中振作精神,苦熬到曙光将至的时刻。福克纳认同的是败中思进,这是南方"地区性"文学繁荣的根本要素,也为他带来了海外的知名度。显然,这是一种外交策略,福克纳弘扬的是美国文化——确切地说是南方文学——的韧性与成就。作家身份的改变与多元化不可避免地传导到女性形象塑造上。

1942 年之前,福克纳并未忽略女性社会角色变化等问题,而是把对它们的关注嵌入文学作品的内部,以某种曲折的方式间接呈现。后期作品通过很多人物之口明确表达了作家对传统性别角色的看法。随着作家身份的多元化,后期小说中人物塑造方式也发生了较大的转变,尤其是在《修女安魂曲》中的坦普尔和《小镇》中的尤拉身上。《坟墓的闯入者》中十六岁的契克曾经高度评价女性的"机动灵活",同时指责她们在大是大非面前"像没有实质的风和空气那样"不假思索地放弃个人的立场和原则。②在福克纳的创作中,"机动灵活"既是女性的长处又可看成一种致命弱点,在立场问题上她们容易犯错。女性的这种善变和游移不定的性格,是对前期作品中女性人物性格的继承和沉淀,表现

---

① James B. Meriwether, ed., *William Faulkner Essays, Speeches & Public Letters*, New York: The Modern Library, 2004, p. 83.

② William Faulkner, *Intruder in the Dust*, *Novels 1942—1954*, Joseph Blotner and Noel Polk, eds., New York: Library of America, 1994, p. 363.

在后期作品中的哈伯瑟姆、坦普尔、伊芙碧和尤拉等人物身上，进而衍化出复杂的矛盾情感，着力再现她们的内心冲突。女性身份的变化构成了消解内心冲突的得力渠道，她们在对个人过去的内省和反思中走出记忆的阴霾，进入活生生的现实。

第一节　"南方淑女"的身份转变

"南方淑女"风范是福克纳小说的核心概念之一。一般而言，"南方淑女"出身于贵族世家，生活于庄园深宅大院，到达谈婚论嫁年龄的未婚女子，年轻貌美，性格活泼开朗，成为单身贵族绅士追求的理想对象。[①] 这个特殊的人物群体在南方文学文化中十分流行，逐渐取得了一个程式化的群体形象，被普遍认为是"南方年轻女性理想形象的最完美展示"[②]。南方社会对女性群体的道德期待构成一种特殊的行为规范体系，要求她们（尤其是贵族妇女）在婚恋问题上严守贞洁，而男性有义务维护女性名誉和人身安全，危急关头应该出手相救，全社会须共同维护这个群体的高洁形象。然而，严苛约束之下仍有不少未婚的年轻女子背离传统的道德约束，白人贵族女子自由放任，穷苦家庭女子则为生计所迫走向堕落。在福克纳笔下相对封闭落后的杰斐逊镇，这些行为失范的女性人物难免成为社会舆论诟病的对象。《修女安魂曲》中的坦普尔、《小镇》中的尤拉和《掠夺者》中的伊芙碧，她们的遭遇不尽相同：读大学时的坦普尔被陷害，尤拉主动走出婚姻的禁锢，而伊芙碧则是职业妓女。然而，她们都有过相似的逾越"南方淑女"风范的经历，这种逾越行为充分说明了女性身份

---

① Kathryn Lee Seidel, *The Southern Belle in the American Novel*, Tampa: University of South Florida Press, 1985, pp. 3-4.

② Giselle Roberts, *The Confederate Belle*, Columbia and London: University of Missouri Press, 2003, p. 10.

在社会转型时期发生的深刻变化。

　　作为福克纳获得诺贝尔文学奖之后的第一部小说,《修女安魂曲》探讨了在家族背景的映衬之下,女性人物的个人经历对后续婚姻生活的影响。标题中的"修女"指的是高文和坦普尔夫妇雇用的女奴南茜,她敏锐地捕捉到了坦普尔与人私奔的企图,不顾个人生命安危进行阻挠,之后残忍地扼杀年仅六个月的婴孩,以此极端的手段维护女主人的个人声誉和婚姻与家庭。用普尔克的话说,南茜杀婴属于全部福克纳小说中"最野蛮、令人发指"的犯罪行为。[①] 然而,坦普尔置这种极端暴力的杀婴行为于不顾,以南茜向善的初衷为由,主动去找州长为谋杀者求情。坦普尔曾经是典型的南方淑女,现在化身为贵族少妇,能够放低姿态为女奴辩护,其实主要出于个人经历的考虑。她婚前遭受金鱼眼的变态强奸之后,极大的心理重压迫使她做出偏离"南方淑女"风范的行为。福克纳在对人物之间婚恋关系的处理中,赋予坦普尔相当大的被动性。

　　首先,她对婚外感情的追求并非主动萌生,而是产生于皮特的无理要挟。皮特原打算利用情书敲诈一笔钱财,然而坦普尔很快服软,并计划与其私奔,这可能就是上文中提到的女性"放弃立场"现象。其次,坦普尔对家庭责任的认识也是被动的,由南茜舍身杀婴的惊世骇俗之举激发之后,或者说坦普尔和南茜分别代表了完整个体的恶与善两面,单从某一个人物角度来分析问题是不完整的。最后,坦普尔在州长面前讲述个人经历时,无法自始至终讲好"坦普尔·德雷克的故事",需要加文"展示她的另一面"[②]。这里,女主人公在个人记忆面前是矛盾的、分裂的,她只讲述了自己与金鱼眼、雷德的三角关系,而其中淑女风范观念

---

　　① Noel Polk, *Faulkner's "Requiem for a Nun": A Critical Study*, Bloomington: Indiana University Press, 1981, p. XIII.

　　② William Faulkner, *Requiem for a Nun*, *Novels 1942—1954*, Joseph Blotner and Noel Polk, eds., New York: Library of America, 1994, p. 578.

之下最难以启齿的部分——坦普尔写情书给雷德,后遭皮特敲诈,决定瞒着丈夫私奔,最终被南茜杀婴所阻止——则是由加文在第二幕第一场的后半部分讲述的,当时坦普尔基本消失于沉默之中。到那一场结尾,"整个舞台陷入彻底的黑暗之中"①,杀婴一幕开始上演。福克纳在这个场景转换中,通过坦普尔的眼光以回溯那个谋杀之夜,亦即作者放弃坦普尔作为叙述者,转向全知叙述(尽管戏剧中这一叙述手法比较特别,需要通过场景转换才能实现)。此种桥接手法的另一目的在于,丈夫可以成功地偷梁换柱,悄然坐到州长的位子上,而黑暗中的坦普尔依然"跪在桌子前"②,像面对神父一样忏悔自己的过去。本是夫妻间情感的冲突,现在牵扯了夫权和州权的强势介入,这象征着坦普尔罹受家庭内外权力的双重压制。

第二幕第二场前后的布景切换,可视作福克纳擅长的意识流叙事的一种变体,代表了作家在形式实验上的又一探索。早在《喧哗与骚动》和《我弥留之际》中,福克纳透过不同人物的多角度叙述,从不同的观察角度呈现康普生家族的没落和本德仑一家送葬行为背后的个人动机。福克纳曾援引美国意象派诗人史蒂文斯(Wallace Stevens)的一首诗《十三种观看画眉鸟的方式》,来解释自己拿手的这一叙述手法的用意:"只有当读者尝试了全部十三种观看画眉鸟的角度之后,才能自行建构出第十四种画眉鸟形象,这就是我所说的真理了。"③ 除此之外,人物的内心独白和自由联想打乱了传统的线性叙事模式,例如《喧哗与骚动》中33岁的白痴班吉听到高尔夫球场上传来呼唤"球童"(caddie)的声音就联想到了幼时与姐姐凯蒂(Caddy)一起玩耍的情形。这种

---

① William Faulkner, *Requiem for a Nun*, *Novels 1942—1954*, Joseph Blotner and Noel Polk, eds., New York: Library of America, 1994, p. 589.

② William Faulkner, *Requiem for a Nun*, *Novels 1942—1954*, Joseph Blotner and Noel Polk, eds., New York: Library of America, 1994, p. 603.

③ Frederick L. Gwynn and Joseph L. Blotner, eds., *Faulkner in the University*, Charlottesville and London: University Press of Virginia, 1995, p. 274.

对意识绵延性的认识来源于美国心理学家威廉·詹姆斯和法国哲学家柏格森（Henri Bergson，1859—1941）有关时间的哲学观点，福克纳本人也曾坦言受到的影响："我很同意柏格森关于时间流动性的理论。时间只有现在，过去和将来都可以包含于现在之中。"① 作家在《修女安魂曲》的戏剧部分充分展示了"过去融合于现在"的可能性，他将南茜杀婴的第二场穿插于第一、三场坦普尔面对州长的悔罪式坦白中，好像是把观众带入女主角记忆中的谋杀现场，取得了逼真的艺术效果。

福克纳的这种叙述手法适用于《修女安魂曲》更为宏观的叙述结构。全书采用戏剧剧本的形式，分三幕讲述坦普尔的创伤经历，每一幕之前分别用较大篇幅讲述了杰斐逊镇、法庭及监狱的创建和发展历程，与戏剧部分中坦普尔故事的发生地点一一对应。杰斐逊镇的建城历史在散文部分表现为宏大历史叙事对现代个人及其家族的心理重压，尤其是在种族关系方面，白人移民犯下了屠杀、驱逐原住民以及残酷剥削奴役黑人的恶行。坦普尔诉南茜一案成为杰斐逊镇历史上的典型事件，夫妇二人曾经将不光彩的个人经历转嫁于南茜身上，后来的良心发现与南茜的勇于担责共同构成了一个基本完整的女性形象。

然而，坦普尔并未最终完成对自我经历的完整讲述，反而拱手让给了另一位男性角色。这里，传统的性别意识形态依然发挥着作用。在女性主义叙事学者凯斯（Alison A. Case）看来，19世纪英美小说中存在着一个基本共识：女性无法把自我经历讲述为一个连贯而有意义的故事，只能作为见证者，而编织情节的任务需要交给异性叙述者来完成。② 这就是凯斯所界定的"女性叙

---

① James B. Meriwether and Michael Millgate, eds., *Lion in the Garden: Interviews with William Faulkner, 1926—1962*, Lincoln and London: University of Nebraska Press, 1968, p. 91.

② Alison A. Case, *Plotting Women: Gender and Narration in the Eighteenth-and Nineteenth-Century Novel*, Charlottesville: University Press of Virginia, 1999, p. 13.

述规约":叙事者不能主动参与叙事情节和意义的建构,无法分辨是非,不能从中抽取出道德寓意,因而女性在叙述方面没有权威性,仅可提供叙事材料,无法成为叙述主体。① 在福克纳的这部小说中,坦普尔扮演的恰是这样一个女性叙述规约践行者的角色。

坦普尔的弃家私奔计划展示了个人与家族利益的冲突。她以自我利益为出发点,不顾丈夫和幼儿的人身安全与心理感受,无视史蒂文斯家族的社会地位和显赫声誉。杀婴事件之后,坦普尔对南茜抱有十分矛盾的心态:家庭是一个抚养子女、维持稳定的社会机构,但南茜所作所为的确阻碍了女主人欲望的实现,权衡两者之后发现,女性企图逾越或者放弃传统性别角色赋予的职责,注定要失败的。作者将南茜安放于一个殉道者的位置,与不负责任的坦普尔进行对比,暗示了女性意识的觉醒可能对家庭环境、家族名誉甚至社会稳定带来的破坏性。坦普尔的自省之中也夹杂着对南茜的怜悯之情,在州长寓所中她便如此愤世嫉俗地说道:

> 等我把剩下的说完,你就会明白我为啥会找这么一个大烟鬼(dope-fiend)说悄悄话,我坦普尔·德雷克作为一位白人妇女,密西西比州上下皆知的名媛,祖上出过的政治家和兵将都已跻身于我们威严之州的花名册,除了一个黑奴大烟鬼之外我找不到任何一个拥有共同语言(speak her language)的人……妓女,大烟鬼;不可救药,她还没来得及出生就遭到诅咒了,她来到世上的唯一理由就是寻找机会死在绞架上。②

---

① Alison A. Case, *Plotting Women: Gender and Narration in the Eighteenth-and Nineteenth-Century Novel*, Charlottesville: University Press of Virginia, 1999, p. 30.

② William Faulkner, *Requiem for a Nun*, *Novels 1942—1954*, Joseph Blotner and Noel Polk, eds., New York: Library of America, 1994, p. 554.

坦普尔一方面自陈个人家世与南茜家境的绝对差异,另一方面又坦承两人拥有"共同语言",这样的讲述本身就有矛盾之处。坦普尔回顾了八年前受奸继而与施暴者的弟弟雷德产生感情,讲述这段曲折经历时她自贬为"妓女",像吸食鸦片者那样醉倒于自我欺骗的幻想之中。进一步分析,主仆二人的共同处境其实根源于南方社会中女性整体的他者地位,她们无时无刻不受到来自社会各方的道德评判与舆论重压。

《小镇》与六年前出版的《修女安魂曲》在女性命运的安排上有很大的相似性,只是尤拉的自杀几乎是南茜命运的翻版,同时又把坦普尔的很多性格特征置入女儿琳达身上。作为一位主要人物,尤拉贯穿斯诺普斯小说三部曲的前两部,甚至在第三部中她虽过世,但对周围人物的影响依然强大。评论家格雷(Richard Gray)认为,这部小说其实含有两条"中心线索",一条是弗莱姆社会地位的不断升迁,另一条是尤拉母女在抗争中不断走向颓势。① 当然,尤拉这条线索就像她与镇长兼银行董事德·斯班的私情一样未被人熟知,潜伏于弗莱姆升迁这条明线之下,是一条名副其实的"隐性进程"(covert progression)。在我国学者申丹教授看来,隐性进程是一条"贯穿于文本始终、潜藏在显性情节发展背后一条伦理及美学的潜流"②,它与显性情节或同向发展,或逆向掣肘,共同推动叙事走向结局。鉴于弗莱姆的极端自私性,尤拉母女的命运与他的发迹历程是反向发展的,尤拉生前向律师加文托孤这一点就足以证实夫妇之间的逆向性。尤拉的生活轨迹在《小镇》中以进城经营餐馆开始,后来变身德·斯班的情妇,最后为了保全女儿名誉而不得不选择自杀。福克纳对于尤拉自杀一幕的评价是"很感人","我几乎是泪流满面地把

---

① Richard Gray, *The Life of William Faulkner*, Oxford and Cambridge: Blackwell, 1994, pp. 37–38.

② Dan Shen, *Narrative Fiction: Covert Progressions Behind Overt Plots*, New York and London: Routledge, 2014, p. 3.

它写完"①。这一隐性进程的存在大大拓展了小说的叙事结构,负有抵抗主要人物地位升迁的积极意义。真正推动主要情节向前发展的其实是尤拉,正是她与德·斯班的婚外情从萌生到尽人皆知,再到两人最后的身败名裂,尤拉的人生经历就像一面镜子一样"促使(三位叙述者)不断更新着对自我生命的认知"②。

《小镇》使用契克、拉特利夫和加文三位叙述者,从不同的角度叙述、分析和评论弗莱姆从饭馆老板扶摇直上成为银行家的发迹历程。然而,小说的开篇部分关注的焦点却是美貌的尤拉,契克对她的外表有如下评论:

> 初次见到她,你就会感到一种由衷的震撼,无限感激自己能够与她生活在同一个时空,而且身为男性,那一瞬过后,感激就会被永久的遗憾代替,因为你懂的,从来没有哪一位男士能配得上她,拥有她,得到她;接下来就是永远的忧伤了,她的美丽前无古人后无来者。③

尤拉到底有多美?福克纳并未直接描述她的相貌,而是经契克的目光再现男性镇民的主观感受:他们以能够和她"生活在同一个时空"为豪,又出于其已婚身份的考虑而感到"永远的忧伤"。福克纳对人物外表的这种间接描述,虽然不乏主观偏见,却能够把貌似占据主导社会地位的镇民们降格为尤拉的陪衬角色,而尤拉在他们的注视中被突出。由此,人物的社会角色在故事叙述中发生了主客颠倒——现实社会中处于他者地位的女性在小说世界中

---

① Joseph Blotner, ed., *Selected Letters of William Faulkner*, New York: Vintage, 1978, pp. 400, 402.

② Mary Sue Carlock, "Kaleidoscopic Views of Motion", *William Faulkner: Prevailing Verities*, W. M. Aycock and W. T. Zyla, eds., Lubbock: Texas Tech Press, 1973, p. 96.

③ William Faulkner, *The Town*, *Novels 1957—1962*, Joseph Blotner and Noel Polk, eds., New York: Library of America, 1999, pp. 5-6.

成功支配着男性的目光,实现了小说内外意识形态的对调与重整。镇民在观察尤拉的过程了发现、认识自我,因个体差异而产生意见分化,这在揭发尤拉与德·斯班的通奸一事上表现得尤为明显。舆论分为支持和反对两大阵营,大部分镇民的意见明确,有些人的看法却显得模棱两可:

> 那些双性(both sexes)——不:那个千篇一律的酸腐无性群体(sour genderless sex)——他们痛恨这两个人,因为两人发现或制造了某种东西,无论如何这些人是做不到的;结果就是,那样的壮举不仅要坚决杜绝,而且根本就不应该发生——性格中阴柔那一面肯定会恨之入骨,它从来没有也千万不能开花结果;阳刚那一面同样厌恶,因为他们已经在血液的狂野荣耀上加了一个冰冷的硬通货:正是他们不但纵容了这种罪恶,而且在德·斯班的银行问题上,为了保护罪人的安全起见,默默激起了自身隐藏已久的悔恨和痛苦。①

这里的"双性"或者"无性"特征仿佛是在宣称,镇民们不过是男女两性一个杂糅的实体,鲜活地刻画出他们的矛盾心态:不管男女,他们之中总会有人打着道德的旗号去伪善地谴责失范者,私下里却又极不情愿地在个人欲望上增加一个"冰冷的硬通货"——情欲乃人之常情。从"酸腐"和"隐藏已久"这两个修饰语来看,叙述者对于如此伪善的群体不乏讽刺和挖苦。总的来看,尤拉的前景化掩盖了镇民群体的价值观念冲突,深藏着南方社会性别政治中的审美暴力。

女性人物不仅是家族关系的重要衔接纽带,从福克纳处理女性形象的叙述话语来看,她们在不同作品中的重复出现构成一种

---

① William Faulkner, *The Town*, *Novels 1957—1962*, Joseph Blotner and Noel Polk, eds., New York: Library of America, 1999, p. 270.

跨文本的衔接机制。在后期创作中，福克纳引入前期作品的主要或者次要人物，强化文本之间的互文性，尤其体现于女性人物的婚姻前后经历在小说情节发展中起到的重要推动作用。从这个意义上看，《圣殿》《修女安魂曲》《掠夺者》构成一组女性三部曲：《修女安魂曲》补充交代了《圣殿》中女主角坦普尔的婚后生活经历，《掠夺者》则堪称《圣殿》故事的前传，用很大篇幅讲述了坦普尔到来之前孟菲斯那家妓院中发生的故事。这三部小说都涉及了孟菲斯的娼妓业，但福克纳并未止步于对这个行业生态的现实主义描绘，而是通过女性人物的认知变化和身份蜕变来展现转型时期南方社会对女性角色的规约与期待。福克纳描述过几个通过偷窥女性以牟私欲或私利的小人物，如《圣殿》中的金鱼眼和《小镇》中的蒙哥马利，尤其是《掠夺者》里伊芙碧的侄子奥蒂斯和老鸨串通起来组织人偷窥，卢修斯得知以后毅然施暴：

> 我揍啊，撕啊，踢啊，不是朝着一个干瘪的十岁小孩，而是同时对付奥蒂斯和老鸨：那个侵犯［伊芙碧］隐私的小混蛋，那个败坏她纯洁的老恶婆——让一个皮开肉绽，另一个魂飞魄散；除了这两个人，以及所有那些参与其中的人：不只是这两个拉皮条的，还包括那伙懵懂无知的小流氓，那一群野蛮无耻的大男人，他们都是花了小钱去偷窥，她就这样毫无防备、孤弱无助而又雪耻无门地堕落了。①

时年 11 岁的卢修斯非常同情伊芙碧，从奥蒂斯身上他看到了全社会的罪恶：不仅这两位皮条客，所有"参与其中"的懵懂儿童和无耻成人，都是伊芙碧的施害者：前者以谋求经济利益为目的，无论收益多么细微；后者则以满足好奇心和偷窥欲望为由，不惜

---

① William Faulkner, *The Reivers*, *Novels 1957—1962*, Joseph Blotner and Noel Polk, eds., New York: Library of America, 1999, p. 852.

践踏年轻女子的声誉和尊严。奥蒂斯身上聚集了组织者和窥淫者的罪恶，但是嫖客的位置和作用却被卢修斯忽略了，正是通过这个角色窥淫者间接感受到了快感。在这一窥淫事件中，女性沦为被组织者利用、嫖客践踏、窥淫者观看的三重他者。

伊芙碧的身份转变自卢修斯的这场斗殴开始，或说受到了这位小男孩勇敢与坚韧品格的强烈影响。表现在自我认知上，她对过往的个人经历有深刻反省："你可以做出选择的。你可以拿定主意的。你可以说不的。你可以找个活干的。"① 伊芙碧使用的人称不是"我"，而是连用四个第二人称"你"，这个看似突兀的代词强烈传达出她忏悔过去的诚意，又在暗示她有意拉近与卢修斯的心理距离，似乎从后者身上发现了自己幼时的本真面貌。伊芙碧与卢修斯在性格与成长经历上的巨大差异，很大程度上源自旧社会的性别不平等，她的忏悔隐藏着对个人家族背景以及成长环境的声泪控诉。

坦普尔、尤拉和伊芙碧代表了福克纳笔下女性人物的三种命运结局：坦普尔默默忍受过去经历带来的心理痛苦，被动地接受命运的安排；尤拉虽然主动超越夫妻关系，但在个人情感和母女关系的夹缝中选择了结束生命；只有伊芙碧受卢修斯的影响，主动放弃旧生活方式，同意与布恩共同建立新的家庭，后来还赢得了为儿子取名的权利。从这三位女性人物来看，随着福克纳步入中老年时期，文学创作中已经很少见到女童和"南方淑女"形象了，或者说是他的女性人物变得更加成熟了。女性人物在对待个人记忆和身份建构问题上越来越主动和积极，折射了20世纪50年代以来美国社会对女性角色观念认识的变化。例如，1942年通过的《兰哈姆法案》（*The Lanham Act*）要求联邦政府负责建立大量儿童幼托中心，以适应第二次世界大战时期的社会状况：美

---

① William Faulkner, *The Reivers*, *Novels 1957—1962*, Joseph Blotner and Noel Polk, eds., New York: Library of America, 1999, p. 854.

国社会的劳动力短缺要求广大女性离开家庭生活，成为雇佣工人。战后的和平环境又为美国历史上第二次婴儿潮的出现铺平道路，上述因素的叠加促成了女性在就业、育儿、教育等方面树立新的意识。带来这些新认识的最大诱因便是第二次世界大战的深刻影响。

第二节　第二次世界大战对青年女性的重塑

在评价福克纳的第一部家族罗曼史《沙多里斯》时，著名美国评论家布鲁克斯有过一句切中肯綮的话：美国内战对南方传统价值观带来的巨大冲击，首先表现于家庭秩序的破坏上。① 在这场历时四年的浩劫中，南方有大量庄园被焚毁，大批奴隶获得人身自由之后离开种植园，最重要的是很多家庭忍受着丧夫、丧子之痛。时隔近八十年，第二次世界大战的战火又起，尽管战火并未波及美国本土，但它对美国社会的深重影响长时间存在。据统计，截至 1945 年战争全面结束时，美国军队的登记人数高达 1600 万人，其中死亡 50 万人，受伤 67 万人。② 福克纳曾在《骑士的策略》一书中记录了一个细节："每周四，乡下免费邮递服务人员会把《约克纳帕塔法号角周报》投进孤零零的邮箱里，看到每期上刊登的照片和简短讣告，人们已经习以为常了"，报纸上"那张乡下孩子的脸还很稚嫩，根本就算不上一张成人的照片，军装上还依稀可见军需处货架上存放已久的褶皱"。③ 众多

---

① Cleanth Brooks, *William Faulkner: The Yoknapatawpha Country*, New Haven and London: Yale University Press, 1963, p. 102.

② Jacqueline Foertsch, *American Culture in the 1940s*, Edinburgh: Edinburgh University Press, 2008, p. 10.

③ William Faulkner, *Knight's Gambit: Six Mystery Stories*, New York: Vintage, 1978, p. 239.

"一脸稚气"的年轻人走上战场,一方面表明民众参战热情之高,另一方面又以无可辩驳的大量伤亡事实说明了战争的残酷性。

在这个以第二次世界大战为背景的故事中,福克纳并未直接描述战场上的残酷杀戮之状。时值1942年春,刚刚从训练场归来的契克以预叙(prolepsis)形式讲述,这位新兵路过家乡,叙述者撷取战争结束之后当地报纸上战争报道的一个侧面。换句话说,福克纳的叙述视角是双重的,既有契克的体验视角,又有回顾性视角。作者以这种方式避免了直面战争,而是将关注的重心转向战后,侧重于战争的影响。正如普尔克所指出的,福克纳强调的是"战场士兵和后方人员如何应对和平"①。除了战场上的男性,国内民众的日常生活也受到很大影响,尤其是女性群体。她们原有的生活方式被打破,裹挟于战争的炮火或者余波,有的选择与纳粹为伍,沦为人民公敌,但大多数女性积极转变性别观念和认识,投身于战争的后方阵线。

凯蒂·康普生是前一类人的典型代表,她不再是《喧哗与骚动》中那个爬树偷觑外祖母葬礼的小姑娘,也非受尽亲生弟弟羞辱的年轻妈妈,第二次世界大战期间沦落为德国高级军官的情妇。1946年出版的《袖珍福克纳读本》收录了福克纳新撰的《康普生附录》,补充交代了凯蒂离开康普生家族大宅之后的曲折经历。40年代初,凯蒂出现在法国马赛的街头,一份时尚杂志捕捉到了这样的画面:她身着华服,冷静地站在一位纳粹军官身边,一旁是辆豪华奔驰跑车,"脸看不出年龄,但美丽、冷漠、镇静得令人生厌"②。"令人生厌"的其实是凯蒂身上那个纳粹情妇的标签,福克纳通过杰斐逊镇上一名中年女性图书管理员的视角,把叙述对象重新纳入约克纳帕塔法县人的视野。这幅图片的发现者

---

① Noel Polk, "Introduction: Faulkner and War and Peace", *Faulkner and War: Faulkner and Yoknapatawpha*, 2001, Noel Polk and Ann. J. Abadie, eds., Jackson: University Press of Mississippi, 2004, p. Ⅷ.

② Malcolm Cowley, ed., *The Portable Faulkner*, New York: Penguin, 1946, p. 746.

是凯蒂的中学同学,时值 1943 年,全国上下抗战气氛高涨,凯蒂唯一幸存的亲人杰生以及曾经的老黑奴迪尔西均拒不相认,家族关系断绝如初。管理员就此认定:凯蒂"已经没有什么值得拯救的东西要人来救,也没有什么值得丢的东西还没有丢尽了"。凯蒂与家族断绝往来,为镇民所不容。

与凯蒂的雍容华贵形成鲜明对比的是,普通美国大兵的女人们却"无家可归":"她们两年以来一直漂泊在外,运气好的时候睡在卧铺车或是宾馆里,运气不好的时候,就住在坐席车、公交站、车站、门厅、公厕里,刚刚在慈善病房或是警局里下完小崽子,就又匆匆离开。"① 叙述者利用战争期间凯蒂与其他女性生活境遇的强烈对比,从图书管理员的视角指出,凯蒂的个人生活作风依然是杰斐逊镇民口诛笔伐的对象,此时又增加了一层"国家公敌"的色彩,女性在自主选择生活道路的问题上遇到的道德阻力大到无可逾越。当然,此时的凯蒂不仅是来自南方的杰斐逊镇民,更是代表了美国人的形象。

第二次世界大战的另一重要影响体现在女性离家就业上。大量男性参军入伍的结果便是,美国国内很多工作岗位人员严重空缺,且随着战事的推进,军工产品的需求量持续增长加剧了这一问题。此种形势要求广大青壮年女性走出家庭和家族的圈子,补充到劳动力市场。战争期间,保守估计有 600 万名未婚或已婚家庭妇女离家就业②,另一个统计结果甚至为 1400 万—1900 万人③。如此庞大规模的抗战动员是如何实现的呢?国家层面上的女性就业运动开始于 1942 年初,联邦政府相继设立两个专门的机构——战时广告委员会(the War Advertising Council)和期刊局(the

---

① Malcolm Cowley, ed., *The Portable Faulkner*, New York: Penguin, 1946, p. 747.

② Sara M. Evans, *Born for Liberty: A History of Women in America*, New York: The Free Press, 1989, p. 224.

③ Thomas C. Reeves, *Twentieth-Century America: A Brief History*, New York and Oxford: Oxford University Press, 2000, p. 127.

Magazine Bureau),执行动员任务。鉴于大众生活期刊的受众主要是广大普通家庭妇女,期刊局自 1942 年 7 月起定期发行《期刊战时指南》(*Magazine War Guide*),要求各类杂志积极响应国家号召,在出版内容上向战争题材倾斜,加大女性服务国家的宣传力度。有统计表明:仅 1942 年 9 月至 1943 年 8 月短短一年间,各类杂志共刊发 2135 篇战争相关主题的短篇故事或报道,其中很大一部分讲述女性在前线战场、卫生救护、后方生产等方面做出的巨大牺牲与贡献。①

除了文字材料,杂志还寻求与部分广告公司合作,推出一系列具有相当影响力的艺术宣传画。当时媒体上流传一幅赞颂女性力量的宣传画,后来成为这一时期的经典记忆。图中一位身着工装的女性挽起衣袖,弓着胳膊,亮出强壮的肌肉,配图文字是"我们能行!"(We can do it!)另一幅宣传画出现在 1943 年 5 月《星期六晚邮报》的封面上,画的是一位正在休息的女铆工,她身穿蓝色工装服,左手捏着一个汉堡,右手自然而然地扶着横在双腿上的铆枪,背景是一面大幅美国国旗,这就是风靡一时的"铆工罗茜"(Rosie the Riveter)形象。这幅动员女性加入劳动力大军的典型宣传画,之所以出现于《星期六晚邮报》,主要是考虑到它的读者定位——"更偏重于女性阅读品味,而这个群体正是刊载短篇故事的最重要受众"②。

巧合的是,福克纳曾在《星期六晚邮报》这份"女性"报刊上发表过《两个士兵》《熊》《上帝的屋顶板》等多个短篇故事。小布林克迈耶(Robert H. Brinkmeyer, Jr.)详细分析了《两个士兵》和其他描述后方战场的故事,明确指出福克纳此类作品是专为大众媒体创作的,因为作家比任何时候更加"满怀希望"地

---

① Maureen Honey, *Creating Rosie the Riveter*: *Class, Gender, and Propaganda during World War II*, Amherst: University of Massachusetts Press, 1984, p. 41.

② Maureen Honey, *Creating Rosie the Riveter*: *Class, Gender, and Propaganda during World War II*, Amherst: University of Massachusetts Press, 1984, p. 14.

迎接战争的胜利，才会不遗余力地讴歌普通民众的爱国热情。①不过，小布林克迈耶仅对战争期间福克纳的短篇故事和电影剧本创作做了简短的探讨，没有涉及50年代以后的作品，且对女性人物身份变化的关注度不足。

福克纳在《大宅》中将琳达置于后方战线的宣传感召之下，成功塑造了一位斯诺普斯家族的女铆工形象。珍珠港事件发生后，她自愿到位于路易斯安那州帕斯卡古拉（Pascogoula）的一家造船厂工作。叙述者这样描绘琳达的外貌，她"身穿工作服"，"在那个男性或者无性的世界里显得很渺小，拼尽力气去应对那些致命的庞然大物般的机器设备"②。不久之后她的双手便变得苍老，"为了看起来更像女性"，琳达须不断"清洗污垢"，几乎要把指甲磨平了。③ 加文观察到，琳达简直"像男人一样工作"，"像男人一样吃饭"。④ 他的感叹反映了普通南方人滞后的思想认识，无法理解穿着工作服、置身于工厂车间的琳达，找不出她突破传统的性别角色定位而投身于脏、重、累工种的真正原因。伴随着男性化倾向的生成，家族关系网络中琳达的女性角色定位也在淡化：小说中母亲和丈夫相继去世，父亲冷漠无情，她膝下又无子女需要抚育，叙述者已经基本清空了琳达的家族关切。一旦脱却了家族关系网，她的斯诺普斯家族成员身份也就褪色了。

女性离家就业为亲子、夫妻乃至邻里关系带来重大影响。通

---

① Robert H. Brinkmeyer, Jr., *The Fourth Ghost*: *White Southern Writers and European Fascism*, *1930—1950*, Baton Rouge: Louisiana State University Press, 2009, p. 181.

② William Faulkner, *The Mansion*, *Novels 1957—1962*, Joseph Blotner and Noel Polk, eds., New York: Library of America, 1999, p. 553.

③ William Faulkner, *The Mansion*, *Novels 1957—1962*, Joseph Blotner and Noel Polk, eds., New York: Library of America, 1999, p. 645.

④ William Faulkner, *The Mansion*, *Novels 1957—1962*, Joseph Blotner and Noel Polk, eds., New York: Library of America, 1999, pp. 649-650.

过塑造琳达这个人物，福克纳给杰斐逊镇镇民带来一次深刻的思想改造。作为《大宅》中非常重要的一个人物，琳达曾经辗转于纽约和西班牙内战战场，加入过美国共产党，帮助黑人学校改善师资，最重要的是为明克成功复仇提供便利。她经历丰富，与闭塞的杰斐逊小镇格格不入；她深知父亲的罪责，才会利用同族亲人之手进行父女关系切割。据契克所见，琳达显得"堕落"[①]，头上横着一缕"倒伏的羽毛状的白发"，俨然是一位"完成冒险历程，杀死毒龙"之后凯旋的"骑士"[②]。这次相遇发生于琳达自西班牙内战返回之际，女骑士形象暴露出契克（代表着小镇主流舆论）内心深处的矛盾：南方女性走出国门、投身正义斗争令人心生敬佩，然而琳达回归之后，心灵归属感的缺失又可能招致更强的反叛意识。

琳达的内心变化在其他人物中引起一系列连锁反应，加文就是受影响较大的一位。小说中他第一次见到琳达订购的新车时，便受到了相当大的视觉与心理冲击：

> 这车真新，像是有生命似的，刹那间就好像你脚下的不是台阶，突然变成了一台跑步机，尽管你还在迈步、上台阶、努力移步，却寸步难行（without progress）；如此突然，如此突兀，实际上你只是自己的光环（aura）而已，恰是你的能量把肉体向前整整移动了一步；他想：天上掉下来一辆崭新的捷豹，掉到密西西比的杰斐逊镇了？昨天中午一直到晚上，都没人打电话订购吧，又想，这次有些绝望了。不！不！有可能！昨晚或者今晨，会有人到孟菲斯找一辆，搞到手——这个摇摇欲坠（ramshackle）的世界，除了巧合（co-

---

[①] William Faulkner, *The Mansion*, *Novels 1957—1962*, Joseph Blotner and Noel Polk, eds., New York: Library of America, 1999, p. 531.

[②] William Faulkner, *The Mansion*, *Novels 1957—1962*, Joseph Blotner and Noel Polk, eds., New York: Library of America, 1999, p. 644.

incidence）再也没有什么能够将它聚拢在一起。①

作为旧南方人士的代表人物，加文无法接受琳达买车的事实，尽管他已经切身感受到"摇摇欲坠的世界"里自己"寸步难行"，还是躲藏进"巧合"的心理陷阱去寻求自我安慰。实际上他"只是自己的光环"而已！这里的 aura 一词颇有深意。本雅明（Walter Benjamin）思想体系中对这个术语有过详细阐释：人际交往中给予对方的印象，转换到人与无生命或者自然物之间，就会产生"光环"，要理解物体的光环就需要我们换至物的立场上去反观自我。② 福克纳将加文视为自带光环的人物，充分显示了这个人物的自恋，更进一步拓展至南方小镇的自恋上去。

其实，琳达和这辆新车一样，是无法融入杰斐逊这个旧式南方小镇的，她的自我疏离是必然的。血缘角度也能够证实这一点。斯诺普斯首部曲《村子》已经明确交代过，尤拉是有了身孕之后才嫁给弗莱姆的，这就决定了琳达与斯诺普斯家族并无血缘关系。《小镇》中加文就细致地比较过父女二人的长相：琳达的眼睛形状和头发颜色并不像弗莱姆，而是来自麦卡伦。③ 这一事实铺陈了尤拉托孤一幕的基础，即将自尽的母亲乞求加文给琳达一个姓氏（与琳达结婚），而不是去继承斯诺普斯的姓氏。弗莱姆的葬礼过后，琳达脸上"没有一丝微笑，没有任何东西"，朝加文瞥了一眼，"然后她就走了"，永远离开了小镇。④ 这个离别的场景几乎重复了尤拉自杀之前，留给加文那一个无奈的背影。第

---

① William Faulkner, *The Mansion*, *Novels 1957—1962*, Joseph Blotner and Noel Polk, eds., New York: Library of America, 1999, p.709.

② Walter Benjamin, *Illuminations: Essays and Reflections*, Harry Zohn, trans., New York: Schocken Books, 2007, p.197.

③ William Faulkner, *The Town*, *Novels 1957—1962*, Joseph Blotner and Noel Polk, eds., New York: Library of America, 1999, p.194.

④ William Faulkner, *The Mansion*, *Novels 1957—1962*, Joseph Blotner and Noel Polk, eds., New York: Library of America, 1999, p.712.

二次世界大战为广大女性群体带来的最大影响在于，使她们像琳达一样，不再拘泥于南方社会传统思想认识中的"家中天使"角色，通过外出经历强化自我意识，敢于追求个性化的生活方式。

第二次世界大战前后女性生活发生的变化，进一步促成了整个群体独立意识的觉醒，成为美国知识界随后崛起的女性主义理论思潮的前奏。1963 年弗里丹（Betty Friendan）的《女性的奥秘》(The Feminine Mystique) 一书批判了大萧条以来美国社会通行的女性刻板形象：成功、幸福的女性只在家庭主妇和全职母亲中产生，这主要归因于女性杂志、广播电视、小说、专栏文章以及婚恋专家咨询等媒介和机构的片面宣传和误导。① 弗里丹鼓励广大女性摆脱家务的束缚，做职场上成功的新女性，这与第二次世界大战给广大女性带来的思想解放是分不开的。美国女性主义者持续活跃起来，打出"个人即政治"（Personal Is Political）的口号，产出了诸如米丽特（Kate Millett）的《性政治》(Sextual Politics, 1970) 等在世界女性主义发展史上具有里程碑意义的著作。

女性主义者们反思的这一时段，恰好是福克纳调整女性人物形塑的时期。他的女性人物性格各异，除了凯蒂和爱米丽这样的"南方淑女"风范叛逆者，在琳达身上我们看到了弗里丹所论及的新女性形象。用某位评论者的话说，福克纳小说中的女性人物"构成了人类希望、恐惧、失败和成功经历的光谱，丰富多彩、绚烂夺目"，作家行使了一位女性主义批评家的职责，成功对文学作品或社会上的"女性刻板形象、期待角色和现实境况"进行了深刻批判。②

从《小镇》中琳达的外出就业、介入政治及其个人感情经历

---

① Betty Friedan, The Feminine Mystique, New York: Dell, 1974, pp. 28 - 29.
② Robert W. Hamblin and Charles A. Peek, eds., A William Faulkner Encyclopedia, Westport, CN.: Greenwood Press, 1999, p. 137.

来看，福克纳塑造的这一女性形象透露出性格的多元化倾向，美国学者唐娜甚至将其视为作家所创作出的"最复杂的女性人物"①。从单部小说来看，福克纳的女性形象大部分是扁平化的，从《沙多里斯》和《没有被征服的》中作为南方不败象征的老年女性形象，到《喧哗与骚动》中一味追求性体验的凯蒂母女，再到《野棕榈》中勇于冲破婚姻限制的夏洛特，最后到《修女安魂曲》中纠缠于个人羞辱史的坦普尔，她们凸显了人物性格中的某一个侧面。然而，《大宅》中的琳达则表现得更加立体和多维。在她身上，我们看到了杰斐逊镇传统性别观念遗留下来的残迹，但更重要的是，两次参战或服务战争（西班牙内战和第二次世界大战兵工厂供职）经历，使得她的生活空间进一步被打开。较之于杰斐逊的普通镇民，她对待现代社会及新事物的看法上，思想认识更为开放和多元。琳达离开杰斐逊镇，暗示整个社区丧失了青春和活力，留下的恐怕只有中老年群体了，当然即使这样一个群体也在默默经历着改变。

第三节　中老年女性形象的转型

中老年女性人物在福克纳作品中并不稀见，《沙多里斯》中的珍妮、《喧哗与骚动》中的迪尔西、《献给爱米丽的玫瑰》中的爱米丽以及《押沙龙，押沙龙！》中的罗莎等形象性格鲜明，被认为是南方传统价值观的化身。② 1942年之后，福克纳接续塑造了黑人老妪莫莉、图书管理员梅丽莎、老年妇女哈伯瑟姆等中老年妇女形

---

① Theresa M. Towner, *Faulkner on the Color Line: The Later Novels*, Jackson: University Press of Mississippi, 2000, p. 110.

② Leslie A. Fiedler, *Love and Death in the American Novel*, New York: Criterion Books, 1960, p. 61; Irving Howe, *William Faulkner: A Critical Study* (4th ed), Chicago: Ivan R. Dee, Inc., 1991, p. 265.

象。她们保留了前期作品中女性人物的孤傲、隐忍等性格特征，又在新社会、新事物、新理念的影响之下表现出鲜活的时代气息，旧南方社会的影子在她们身上逐步淡化。这个女性群体形象的转型，反映了作家对人与社会认识的加深，也是对40年代以来美国南方社会在经济、教育、家庭生活等方面出现深刻变化的某种折射。

本章第二节分析过，第二次世界大战期间广大美国女性在后方战线以不同形式做出贡献。作家塑造的女性人物除了"铆工罗茜"式的年轻女工，还包括送子去前线的英雄母亲以及为征兵工作提供无私帮助的普通中老年女性。珍珠港事件之后三个月发表的短篇故事《两个士兵》（"Two Soldiers"）讲述哥儿俩踊跃入伍的故事，母亲格里尔夫人无法理解，但却坚决支持长子皮特应征的决定，临别之际她这样告诫儿子："永远不要忘记你的身份。你没有多少钱，出了法国人湾没人会认得你。可是你和别的地方来的人没啥不一样，都拥有优良的血脉，永远不要忘记这一点。"①这位中年母亲无法区分清楚家族和国家之间的明确利害关系，却能够正确审视家族背景和地理环境上的已有弱势，教导儿子始终保持较强大的自尊和自信。

母亲的刚毅在续篇《不朽》（"Shall Not Perish"）中表现得更为淋漓尽致。这个故事中皮特不幸阵亡，九岁的次子暗自称赞她听到不幸消息时的坚韧："母亲不但一直防备着［噩耗］随时再次传来，而且早已心中有备，拿出应对之策。"② 在这位母亲心目中，战争是异常残酷的，"随时"会有人员牺牲，而她能做的仅是不断强化自己的坚强意志和忍耐精神。此外，格里尔夫人还拥有一颗强烈的同情心，得知德·斯班的儿子亦战死沙场之后，便赶到镇上去安慰同样丧子的少校，鼓励他为生者"哭泣"，不要因

---

① William Faulkner, *Collected Stories of William Faulkner*, New York: Vintage, 1995, p. 87.

② William Faulkner, *Collected Stories of William Faulkner*, New York: Vintage, 1995, p. 103.

死者的离去而沮丧。① 格里尔和德·斯班两个家族出身迥异，却在为国捐躯这一问题上达成一致意见，足见美国的国家认同发挥了重要作用。

杰斐逊镇上的老妪之中既有闭门不出的爱米丽，又不乏热心肠之人，战时积极为士兵和家属提供服务。《两个士兵》中的哈伯瑟姆小姐曾经慷慨解囊，帮助格利尔家次子顺利到达孟菲斯的征兵站。② 这位老妪在其他小说中有过更多热心帮助青少年的事迹。《坟墓的闯入者》记录她的全名为尤妮丝·哈伯瑟姆（Eunice Habersham），故事发生时她已是"七十岁无亲无靠的老女人"③。她性格坚韧，乐于助人，把平时贩卖活禽和蔬菜时使用的二手皮卡车交给契克和黑人仆从艾利克·桑德（Aleck Sander），跟随他俩趁着夜色亲赴挖棺验尸的现场。哈伯瑟姆亲眼辨识出被掉包的尸首，为阻止卢卡斯蒙冤受私刑成功争取了时间，对小说情节的推进起到了重要作用。

然而，这次历险之前，哈伯瑟姆并未得到加文、契克以及治安官等大部分男性人物的重视，在加文办公室甚至有被动隐身的经历："[契克]已经忘了哈伯瑟姆小姐。他早就把她打发掉（dismissed）了，说过'请原谅'之后便把她从这个房间、这个时刻排除（evanished）了出去，就像魔术师说个词或打个手势，能让一棵棕榈、一只兔子或一盆玫瑰花消失得无影无踪一样。"④ 契克的潜意识里大男子主义思想浓重，叙述者使用的 dismiss 和 evanish 两个动词充满命令的语气，目的是尽快"把她打发掉"，

---

① William Faulkner, *Collected Stories of William Faulkner*, New York: Vintage, 1995, p. 109.

② William Faulkner, *Collected Stories of William Faulkner*, New York: Vintage, 1995, p. 92.

③ William Faulkner, *Intruder in the Dust*, *Novels 1942—1954*, Joseph Blotner and Noel Polk, eds., New York: Library of America, 1994, p. 340.

④ William Faulkner, *Intruder in the Dust*, *Novels 1942—1954*, Joseph Blotner and Noel Polk, eds., New York: Library of America, 1994, p. 342.

因为在他看来,"这个房间""这个时刻"不需要老年妇女。即使是在开棺验尸之后,治安官仍是一脸茫然地望着哈伯瑟姆小姐,"不是看她的帽子,不是看她的眼睛,甚至不看她的脸",这种视而不见的轻蔑后来升级为一种刻意的讽刺挖苦:"有一两千只小鸡要喂食喂水要看护,还有个不到五英亩的小菜园子要管理",却给人以"一天到晚没什么事情要做"的感觉,煞有介事地插手卢卡斯的冤狱问题。① 哈伯瑟姆并未把蔑视甚至嘲讽放在眼里,在她身上显露着福克纳一直倡导的苦熬精神,面对少年等弱势群体时又能做到仗义执言。

与哈伯瑟姆情同手足的是《去吧,摩西》中的黑人老妪莫莉·比彻姆。作为麦卡斯林家族的一员,她是卢卡斯的妻子,小说第二章的标题《灶火与炉床》("The Fire and the Hearth")中的两个意象即是这对相濡以沫黑人夫妇的象征。该章最后的部分叙述了一个闹剧——莫莉向卢卡斯起诉离婚,这种情节上的急转令人意外,颇具边疆幽默色彩。莫莉笃信基督教,认为卢卡斯着迷探挖的古钱币属于不义之财,是上帝所不允许的,会遭天谴,下定决心"要获得自由"。② 卢卡斯挖宝是福克纳精心设置的一个场景,充分显示了老麦卡斯林混血后裔的傲慢之态,他与地主洛斯(卡洛瑟斯·埃德蒙兹)、北方商人、未来女婿以及妻子的人际往来中更好地展示了人物性格,但是北美原住民留下的宝藏根本就不存在,所以这种尝试注定会失败。福克纳也深知这一点,据人类学家记载,"白人来到这一区域之前,美洲印第安人根本就没有金银的概念"③。由此来看,作家早已埋下伏笔,支持老妪

---

① William Faulkner, *Intruder in the Dust*, *Novels 1942—1954*, Joseph Blotner and Noel Polk, eds., New York: Library of America, 1994, pp. 369, 371.

② William Faulkner, *Go Down*, *Moses*, *Novels 1942—1954*, Joseph Blotner and Noel Polk, eds., New York: Library of America, 1994, p. 93.

③ Annette Trefzer, *Disturbing Indians: The Archaelogy of Southern Fiction*, Tuscaloosa: The University of Alabama Press, 2007, p. 146.

得以保持婚姻完整，赢回卢卡斯。

年届古稀的老夫妻离婚，这在小说中的很多人物看来不可思议，尤其是白人庄园主洛斯和庭审法官。就在法官宣判之前的关键时刻，卢卡斯闯进法庭，借助洛斯的支持最终说服莫莉撤诉，两人言和。莫莉尊重土地、不贪钱财的理念与小说中艾克放弃祖产的逻辑是一致的，这就表明麦卡斯林家族男、女两大支脉在对待自然和家族遗产的看法上也是一致的，使得小说主题更加连贯。有学者把莫莉这句"要获得自由"和小说标题以及末尾的同名黑人灵歌联系起来，视其为黑人自由解放的表征之一。① 这种结论显然不太合理，因为莫莉离婚一事并不涉及种族关系。

对于比彻姆和埃德蒙兹两个支脉的亲属而言，莫莉是十分重要的人物。她作为奶妈不计得失地养大白人亲属洛斯，后者"在良知上是及不上这个黑人妇女的，无论在礼数还是在人品方面，她是他心目中唯一的母亲"②。但是，洛斯掌管庄园时却把她的外孙布奇（塞缪尔·比彻姆的绰号）驱逐出去，这令莫莉十分不满，认为布奇遭洛斯"出卖"③ 才会客死他乡。处理白人男性与黑人老妇的关系时，福克纳把后者对家族的贡献推上道德的制高点，强调她的高大形象反衬了白人后裔的卑微与自私。莫莉能够为白人无私奉献，势必造成个人婚姻和子女抚养上的角色缺席，这构成了卢卡斯与庄园主扎克在洛斯哺乳期间发生冲突的主因。从另一个角度看，莫莉身为奶妈服侍了几代白人子弟，作为跨文本人物出现于《去吧，摩西》不同的故事之中。莫莉的生命经历

---

① Nancy Dew Taylor, *Go Down, Moses: Annotations*, New York & London: Garland Publishing, Inc., 1994, p. 5.

② William Faulkner, *Go Down, Moses, Novels 1942—1954*, Joseph Blotner and Noel Polk, eds., New York: Library of America, 1994, p. 77.

③ William Faulkner, *Go Down, Moses, Novels 1942—1954*, Joseph Blotner and Noel Polk, eds., New York: Library of America, 1994, p. 271.

"创造了另一种叙事空间"①,她的伟岸与无私生成了更多更广的故事空间。

小说中莫莉的人格高洁并非无本之木,是福克纳家中的老黑奴卡洛琳·巴尔的影射。从作家的生活经历看,这位黑人大妈的去世给他带来了重要影响。福克纳把不久后出版的小说《去吧,摩西》题献给她,在献词中如此赞颂黑人大妈的一生:"她生为奴隶,对我的家族忠心耿耿,慷慨大方,从不计较报酬,在我童年时代给予了不可估量的深情与厚爱。"② 作家对老女奴的"深情与厚爱"流露在小说的字里行间,尤其是"从不计较报酬"这一点烛照出她个人品格的无私与高尚,相比之下当时正处经济困境的作家本人则显得卑微渺小。创作这部小说时,福克纳已经深陷债务危机,因小说销售并不理想,加之投寄的短篇故事屡遭杂志社拒稿,他向朋友抱怨家族负担太重。③ 巴尔的不计得失让福克纳心存极大感激,直到她离世,福克纳才真正认清了整个家族的经济窘境。他把这种心境形象地融入文学创作中,在莫莉身上成功再现了这样一位黑人大妈的形象。

《去吧,摩西》的献词对于解读老年女性形象具有重要价值。献词(dedication)作为小说中特殊的组成部分,系副文本的一种,而副文本(paratext)又译类文本、准文本或伴随文本,从位置关系上看处于正文之外,又与其密切相关。④ 其他类似组件包

---

① Minrose Gwin, "Her Shape, His Hand: The Spaces of African American Women in *Go Down, Moses*", *New Essays on "Go Down, Moses"*, Linda Wagner-Martin, ed., Beijing: Peking University Press, 2007, p. 92.

② William Faulkner, *Go Down, Moses, Novels 1942—1954*, Joseph Blotner and Noel Polk, eds., New York: Library of America, 1994, p. 2.

③ Joseph Blotner, ed., *Selected Letters of William Faulkner*, New York: Vintage, 1978, p. 122.

④ Gérard Genette, *Paratexts: Thresholds of Interpretation*, Cambridge: Cambridge University Press, 1997;许德金、蒋竹怡:《类文本》,载《西方文论关键词》第二卷,金莉、李铁主编,外语教学与研究出版社 2017 年版,第 293—302 页。

括前言、后记、插图、目录、封面设计、附录、作者简介等，对于分析小说叙事结构及内涵提供了有力的批评工具。献词能够搭建起文本内外的作者、上款以及作品人物之间的逻辑关系。有学者分析福克纳的献词之后指出，这种姓名和生卒年月在先、左右留有大量空白的排版形式，非常类似墓碑上的碑文。① 身为作家的福克纳，不仅亲自起草了巴尔的碑文，而且在葬礼上致悼词时深情地说：

> 我父亲死后，大妈就把我当成了一家之主（to Mammy I came to represent the head of that family），对于这个家族，她献出了半个世纪的忠诚与热爱。不过，我们之间从来都不是主仆关系。直到今天，她仍然是我最早记忆的一部分（one of my earliest recollections），倒不是仅仅作为一个人，而是作为我行为准则和物质保障的一个源泉（a fount of authority over my conduct and of security for my physical welfare），也是积极、持久的感情与爱的一个源泉。她又是正直行为的一个积极、持久的准则（an active and constant precept for decent behavior）。②

这段话中，作家敬重巴尔在家族中的权威地位，是她把福克纳推向"一家之主"的位置，而且作为"最早记忆的一部分"，心目中足以与曾祖一起并称家族之长。巴尔在福克纳的后天养育中提供"行为准则"和"物质保障"，从精神和现实生活两个层面施加了"积极、持久"的影响。在福克纳看来，黑人大妈因"权威"位置

---

① Minrose Gwin, "Her Shape, His Hand: The Spaces of African American Women in *Go Down, Moses*", *New Essays on "Go Down, Moses"*, Linda Wagner-Martin, ed., Beijing: Peking University Press, 2007, p. 81.

② James B. Meriwether, ed., *William Faulkner Essays, Speeches & Public Letters*, New York: The Modern Library, 2004, p. 117.

才成为"准则"制定者,作家则把她写进引以自豪的小说,以莫莉这个人物将大妈的形象永恒化。巴尔去世的那段时间,福克纳正在创作、修订《一点法律》("A Point of Law",《柯里尔》1940 年 6 月 22 日)和《黄金并不永在》("Gold Is Not Always",《大西洋》1940 年 11 月),而这两个短篇故事后来被收入《去吧,摩西》第二章,主要讲述黑人夫妇卢卡斯和莫莉的故事。①

黑人大妈与其他老年女性人物一起,出现在福克纳著名的自传性散文《密西西比》中。这个群体以内战中丧父、丧夫、丧子的女性为主,她们是"不屈不挠、没有被征服、从来没有投降"的人,到了电影《乱世佳人》上映的 1940 年初(恰逢黑人大妈去世前后),这些老年女性"一听到谢尔曼(内战时的北方将领——笔者注)的名字,便会站起来退出影院"②。同样,有些老黑奴"拒绝、坚决不愿放弃旧的生活方式,不愿忘记古老的痛苦",其中就包括"解放那么多年了而仍然不肯离去"的黑人大妈。③ 值得注意的是,这篇散文发表于《假日》杂志 1954 年 4 月号,却以 14 年前巴尔死后作家致悼词的情景结尾,充分展现了福克纳对这位黑人大妈的真诚挚爱与持久记忆,同时也是对自己创作的那篇悼词、《去吧,摩西》的献词以及小说中莫莉大妈碑文的一种纪念。正是基于此,美国学者将《密西西比》一文列作福克纳为黑人大妈写出的"最后一篇挽歌"④。

当然,并非所有的中老年女性都会得到作家的颂扬,很多人物是福克纳讽刺的对象。《康普生附录》中有个细节:图书管理

---

① James Early, *The Making of "Go Down, Moses"*, Dallas: Southern Methodist University Press, 1972, p. 6.

② James B. Meriwether, ed., *William Faulkner Essays, Speeches & Public Letters*, New York: The Modern Library, 2004, p. 15.

③ James B. Meriwether, ed., *William Faulkner Essays, Speeches & Public Letters*, New York: The Modern Library, 2004, p. 16.

④ Judith L. Sensibar, *Faulkner and Love: The Women Who Shaped His Art*, New Haven & London: Yale University Press, 2009, p. 111.

员梅丽莎·梅克于 1943 年时有一周时间一直处于"神志恍惚,几近崩溃"的精神状态,主要原因是她发现了凯蒂与纳粹军官的合影。这种心理的出现很大程度上与她的传统性别观念和爱国主义价值观有关。她中学毕业后"一辈子都在想方设法定期给《琥珀》(*Forever Amber*)换新书皮,把《于尔根》(*Urgen*)和《汤姆·琼斯》(*Tom Jones*)放在偏僻书架的高处,免得让高中三四年级的学生够得着"。① 这里提到的三部文学作品均涉及性和暴力,梅克主要从内容出发,考虑到青春期学生的身心健康,才有了这种职业化行为。附录中福克纳也曾记录了读者对此类出版物的痴迷:"这些银行家、医生、律师的太太们,有些也和馆员是高中同学,她们下午过来又离开,拿着用孟菲斯或者杰克逊的报纸精心包起来的《琥珀》和桑恩·史密斯作品。"② 这些中年阔太太们心灵空虚,但碍于颜面而虚伪地将禁书用报纸"精心包起来",福克纳的这一细节不无挖苦之情,暴露了这一女性群体的伪善和虚荣。

巧合的是,福克纳的部分小说经由平装本出版公司新美国文库(New American Library)重印之后,因小说内容不健康而遭到过出版审查和诉讼。1948 年,宾夕法尼亚州费城地方法院开庭审理涉及对五个书商的九种图书提起的刑事诉讼,福克纳的《圣殿》和《野棕榈》位列其中。尽管有关内容不健康的指控最终并未得到认可,主审法官依然认为《圣殿》"有些场景露骨且压抑",《野棕榈》则"透露着强烈的孤独感"③。此类案件的初衷大多是为了屏蔽影响青少年身心健康发展的有害信息,从一个侧面也反映出福克纳作品平装本在广大普通读者中的畅销程度。这个事实与上述附录中的那些伪善虚荣的贵妇形成呼应。

---

① Malcolm Cowley, *The Portable Faulkner*, New York: Penguin, 1946, p. 745.
② Malcolm Cowley, *The Portable Faulkner*, New York: Penguin, 1946, p. 745.
③ D. B. Sova, *Banned Book: Literature Suppressed on Social Ground*, New York: Facts on File, 1998, pp. 163, 213.

中老年女性人物对涉性内容十分敏感，将其视为不容突破的道德禁区，反而从一定程度上说明了性别意识是南方保守分子坚持的最后一块领地。杰斐逊镇民众内部也曾出现分化的声音。《小镇》的最后，面临尤拉自杀、德·斯班潜逃的局面，加文指斥一伙"双性甚至是无性的老年妇女"[①]长于道德评判而背弃了人间真情。不过，加文出于对尤拉的个人情感，带着偏见去观察、对待这个老年群体。福克纳通过描写加文与中老年女性的观念差异，暗示了杰斐逊镇民众性别意识上的舆论分化。

福克纳在后期作品中一方面描绘人物的内心冲突，另一方面又安排原本对立冲突的人物走向和解，似乎随着老年的来临，作家逐渐探索一类新的题材。韦斯特威尔（Linda A. Westervelt）在《超越天真——现代老年小说论》（*Beyond Innocence, or the Altersroman in Modern Fiction*）一书中通过分析现代小说，发现老年人物根据个人记忆做回顾性叙述时，心理一般会经历三个阶段的变化：自我审视的彻底性和真实性、主人公对余生所做出的决定以及他接纳前半生的程度，凡是能够涵盖上述三点的作品便可称为"老年小说（*altersroman*）"。[②]福克纳的《去吧，摩西》《大宅》《掠夺者》带有强烈的老年小说色彩，大部分采用艾克、加文和卢修斯等男性人物的回顾性视角，把女性人物作为被观察的对象，在编织故事情节的同时搭建了复杂的人物关系（尤其是家族关系）。当然，回顾性叙述本身代表了一种时间差，甚至是横跨不同历史时期的年龄差和辈分差，在这样的叙事时间跨度中阐述人物对历史记忆和未来生活的美好愿景。

中老年女性人物身上沉淀着南方历史的印记，性别观念上难免与年轻女子、普通男士以及少年儿童意见相左，显示出她们值

[①] William Faulkner, *The Town*, *Novels 1957—1962*, Joseph Blotner and Noel Polk, eds., New York: Library of America, 1999, p. 301.

[②] Linda A. Westervelt, *Beyond Innocence, or the Altersroman in Modern Fiction*, Columbia and London: University of Missouri Press, 1997, p. XIII.

得尊敬和固执保守并存的矛盾性格,甚至有可能成为新南方社会发展的绊脚石。当然,她们的自我转型也不容忽视。以经营家庭农场的哈伯瑟姆为例,她积极接纳现代机械和农具,选择皮卡车而不是马骡作为运输工具,不像卢卡斯那样"拒绝使用任何改良农具,甚至连拖拉机穿越他的地都不让","还拒绝飞行员喷洒杀象鼻虫的农药"。① 从她身上,我们可以看出第二次世界大战之后美国南方正在发生的深刻社会变化,影响之深远已经触及人物的性别意识。

"南方淑女"在福克纳后期作品中的重要性退却,也就意味着她们赖以生存的种植园经济模式、贵胄家族背景以及弱不禁风的羸弱形象渐趋遁入人物的记忆,逐步取代人们对内战中南方败绩的创伤性回忆。实现这一转变的催化剂要属第二次世界大战了,当国内外形势要求南方人以美国人身份去保家卫国的时候,福克纳笔下的南方人物也在逐步构建新的国家认同。当然,南方乃至整个美国比较突出的社会问题在于各族裔之间的社会关系,第二次世界大战之后美国兴起民权运动浪潮之际,福克纳也正在围绕混血(miscegenation)现象对南方人的种族身份进行卓有见地的探讨。

---

① William Faulkner, *Go Down, Moses, Novels 1942—1954*, Joseph Blotner and Noel Polk, eds., New York: Library of America, 1994, p. 90.

第三章　家族历史的跨种族建构

　　福克纳后期创作中的黑人、美洲原住民和犹太人既反映了美国南方历史上复杂多元的种族关系，又折射了第二次世界大战前后涌现的美国民权运动的发生根源与取得的初步成就。第一章探讨过，山姆、卢卡斯、布恩等人的种族血统混杂，父母、祖父母、曾祖父母各代人中有过与白人通婚或发生婚外情的情形。在种族联姻尤其是涉及黑人的问题上，南方奉行的一滴血原则（One-Drop Rule）实质上是一种白人至上主义的意识形态：只要直系亲属中一人具有其他族裔特别是黑人的血统，他或她就会被认定为黑人。对于混血儿群体，福克纳表达了极大同情，从他们身上挖掘种族融合的积极因素，以家族关系为背景，描绘美国社会不同族裔群体之间平等互助、和谐共处、共同发展的美好愿望。这种愿景潜藏于《去吧，摩西》《坟墓的闯入者》《小镇》《大宅》的字里行间。本章主要探讨后期作品中不同种族人物之间的亲属和社交关系。

　　种族在福克纳小说中是一个比较突出的社会问题。1863年林肯签署《解放黑人奴隶的宣言》（*Emancipation Proclamation*）之后，南方社会白人与黑人之间的种族冲突并未就此彻底化解。随着一系列吉姆·克劳法案（*Jim Crow laws*）在南方诸州陆续颁行，两个族裔群体之间的关系依然趋于紧张，而这一历史时期也正是福克纳的约克纳帕塔法小说集中表现的阶段。作者立足于当下社会现实，对人物的种族意识进行了坚定而深刻的挖掘。

1986年福克纳年会论文集编者福勒提出过一个发人深思的问题：在一个白人占据主导地位的社会，黑人性（blackness）到底意味着什么？[1] 毋庸置疑，福克纳的故事世界中白人与黑人的关系问题最为突出。在20世纪八九十年代解构主义思潮影响下，福克纳学者们侧重于挖掘黑人所罹受的歧视、压迫与苦难，这是具有积极意义的。然而，仅仅解构白人的种族主义特权并不能充分保证黑人群体免遭迫害，过于强调白人和黑人差异的研究容易忽略两个族裔群体之间的合作乃至融合，尤其是对混血问题的探讨。有的学者指出，这一问题构成福克纳小说的核心张力[2]；还有学者将混血视作《去吧，摩西》中叙事时间混杂性的一种隐喻，将文本的种族主题和时空错乱的意识流手法以及非线性叙事结构综合起来进行探讨[3]。人物的种族身份体现了历史与现实的交织，又反映了作品叙事形式与故事内容的有机统一，是研究福克纳后期作品的一个良好切入点。

当然，人物身份的模糊性和混杂性在福克纳前期小说中已经有所体现。克里斯默斯（Joe Christmas）的血统在《八月之光》中没有明确交代，他的供职于墨西哥草台班子的生父也不确定种族身份；《押沙龙，押沙龙！》中查尔斯·邦（Charles Bon）是白人新贵萨特潘与海地西班牙裔的混血儿，却遭到生父的拒认。这两部小说均强调父亲身份对于维护亲子关系的重要性，而《去吧，摩西》则将叙事的焦点转向后辈的心理负担，通过对白、黑不同种族人物私通与乱伦行为后果的探讨，凸显了家族罗曼史的历史深度。故事中混血人物托梅的图尔是老麦卡斯林与私生女托

---

[1] Doreen Fowler and Ann J. Abadie, eds., *Faulkner and Race：Faulkner and Yoknapatawpha*, 1986, Jackson：University Press of Mississippi, 1987, p. Ⅶ.

[2] Eric J. Sundquist, *Faulkner：The House Divided*, Baltimore：John Hopkins University Press, 1985, p. Ⅹ.

[3] Arthur F. Kinney, *Go Down, Moses：The Miscegenation of Time*, New York：Twayne Publishers, 1996, p. 5.

马西娜的私生子,他的混杂身份模糊了家族内部的辈分和种族之间的界限。

人物身份的不确定性曲折反映在小说叙事结构上。福克纳的很多作品或明或隐地使用了"中空"结构,这是他一贯的创作手法:叙述者通过看似旁敲侧击的叙述间接阐明不同人物间的利害关系,而不是直面冲突本身,尤其是在涉及强奸、谋杀、私刑等犯罪场景的时候,作家倾向于回避。《喧哗与骚动》的前三位叙述者(班吉、昆丁和杰生)均围绕凯蒂展开叙述,而凯蒂只在三位叙述者的记忆中出现,故事发生时不过是一个"缺席的在场"①,她作为康普生三兄弟的亲姐妹或代理妈妈的身份已经若隐若现。与之相似,另一部多重叙述代表作是《我弥留之际》,故事围绕着艾迪棺材这一中心意象形成一种旋涡状结构。② 本德仑一家、邻居、店员等不同叙述者从不同侧面针对艾迪进城安葬一事叙中有议,但艾迪在故事开始时便已经"弥留"并很快谢世,留下一个中空的故事架构。这种结构可看作现代主义作家在叙事上的一种革新,故事是间接呈现而非直接讲述出来的。

这样的手法在福克纳的其他作品中,逐步发生聚焦点由虚向实的转化。《圣殿》中的强奸现场始终没有述及,《八月之光》直到末尾也未给出克里斯默斯生父的真实种族身份,《押沙龙,押沙龙!》的叙事就像抽丝剥茧一般围绕萨特潘与私生子之间的关系展开。然而,《去吧,摩西》的核心人物老麦卡斯林所犯乱伦罪恶、《坟墓的闯入者》中被调包的尸首、《修女安魂曲》里的杀婴现场,这些事件均被不同形式的叙述层层包裹起来,真相也在叙述过程中逐步揭示。叙事展开的过程也是人物(带领读者)求证

---

① André Bleikasten, *The Ink of Melancholy: Faulkner's Novels from "The Sound and the Fury" to "Light in August"*, Bloomington and Indianapolis: Indiana University Press, 1990, p. 53.

② 鲍忠明、辛彩娜、张玉婷:《威廉·福克纳种族观研究及其他》,北京理工大学出版社2018年版,第213页。

事实真相的过程，从中揭示白人与黑人之间的情感或法律关系以及人物身份的不确定性。

人物混杂身份被小说复杂的叙述结构包藏起来，构成福克纳小说话语形式和故事内容的深层次统一。在种族关系复杂的美国南方，身份混杂性首先源于家族内部的主奴（如老麦卡斯林与尤妮丝母女）关系，后经由家族历史文本（如麦卡斯林家族的账簿）的过滤乃至失语，衍变为难以得解的谜团。人物的成长过程伴随着对家族记忆渐次深入的审查，在"一滴血原则"的烛照中剥离黑人血统的影响，实现家族血统纯正性的证实或证伪。如此一来，黑人血统的存在与否对于恪守旧式血统思维的白人贵族及其后裔而言，构成一种实实在在的心理负担。

第一节 "白人负担"的阴影与反拨

19 世纪中叶以来，南方文学的种植园罗曼史（the plantation romance）是一个比较突出的文类。这类作品主要描绘白人贵胄在广袤南方的移民与定居经历，通过虚构殖民者开辟、经营种植园的经历，赤裸裸地宣扬白人种族优越性，安抚广大黑人奴隶在种植园上辛勤劳作，安心生活。黑人虽然在内战期间获得了政治意义上的解放，种植园文学却始终流露着浓重的怀旧意识，抒发南方白人对战前生活的极大向往，继续将整个黑人群体视作附庸，即经济和心理意义上所谓的"白人负担"（the White Man's Burden）。该术语典出著名诗人吉卜林（Joseph Rudyard Kipling，1865—1936）发表于 1899 年的一首同名小诗，当时美国忙于大肆扩张海外殖民地，诗人为美帝国主义推行的殖民主义征服政策进行辩护。[①] "白人负担"

---

① Jeremy Wells, *Romances of the White Man's Burden: Race, Empire, and the Plantation in American Literature, 1880—1936*, Nashville: Vanderbilt University Press, 2011, pp. 7-9.

一语充满了种族主义色彩,属于英国、西班牙等老牌帝国主义国家与新晋的美帝国主义进行权力交接的政治话语。世纪之交,美国已经通过美西战争(1898年)陆续取得了拉美的波多黎各和太平洋地区的关岛和菲律宾等地,大大拓展了海外势力范围。

就在海外大肆开疆拓土的同时,美国社会内部萌生出一种维护国家形象、遮蔽种族主义罪恶的内在需求。《汤姆叔叔的小屋》(*Uncle Tom's Cabin*,1852)在美国民众中间大受欢迎,以塔布曼(Harriet Tubman,1820—1913)为代表的废奴运动活动家积极倡导并大力扶持南方黑奴北迁,文学家和社会活动家合力将种族问题从单纯的南方地域性问题擢升为全国性的社会问题,大批南方种植园主因而面临严厉的道德审判。南方种植园出现大量劳动力的流失,雪上加霜的是,内战使大量南方庄园毁于一旦,急于挽回经济损失和道德颜面的贵族阶级及其子弟或雇佣文人转向文学创作,寻求精神慰藉和理念怀旧。他们凭借着身为白人种植园主的先在政治优势,游说北方同僚进一步认识南方过去与国家未来的联结性,在文学虚构中为蓄奴制的合法地位辩护。以迪克逊(Thomas Dixon,1864—1946)1902年出版的《豹斑——白人负担罗曼史》(*The Leopard's Spots: A Romance of the White Man's Burden*,1865—1900)为例,南方种植园罗曼史中的怀旧情感顺利与美帝国主义发展历程相衔接,将"白人负担"移植入国内社会语境,成为种植园主向往蓄奴制度回归的思想道具。他们将处于社会劣势地位的黑人和其他族裔群体视作"负担",片面夸大白人贵族的道德义务。[1]

在这样的历史背景下,福克纳以披露美国旧南方的腐朽及对人性的摧残为己任,招致不少非议甚至恶言攻击。《飘》(*Gone with the Wind*,1936)的作者米歇尔(Margaret Mitchell,1900—

---

[1] Jeremy Wells, *Romances of the White Man's Burden: Race, Empire, and the Plantation in American Literature, 1880—1936*, Nashville: Vanderbilt University Press, 2011, p. 7.

1949)就曾严厉斥责这位南方同胞"为了北方佬的臭钱背叛了南方"①。专治福克纳小说家族主题研究的美国学者查布里尔认为，福克纳"明显翻转"旧南方文学中的"主奴关系"，在《喧哗与骚动》等小说中有意令黑人"有义务"去照顾白人家族后裔，使得白人反而沦为黑人的负担。②诚然，在个别白人家族中，黑人女佣及其亲属的确起到了见证家族变迁、维护家族统一的积极作用，福克纳后期作品中的"白人负担"并未真正转变，而是出现了明显分化。白人先祖暴力占用原住民的土地、驱逐美洲原住民部族、压迫剥削黑奴、大肆破坏自然生态等一系列活动，为后世子孙留下沉重的心理和社会负担。

在福克纳的后期作品中，"白人负担"这一命题不再局限于白人种植园主与黑人奴隶之间的主奴剥削关系，而是更多地以家族历史为依托突破种族身份的阈限，强调白人先祖留给后世子孙的心理负担。也就是说，作家有意突出南方贵族以家族团结为由淡化种族冲突的做法，利用不同支脉人物的命运差异拓展小说的叙事空间，进而冲击白人自我审视的局限性。《去吧，摩西》中的老麦卡斯林犯有通奸和乱伦的罪恶，给嫡系的布克兄弟留下深重的负疚感，因而两人主动让出庄园大宅给黑人居住，孙子艾克则彻底放弃了遗产继承权。相比之下，母系埃德蒙兹这一支脉家族成员的反应则相对平淡，接纳了艾克赠予的庄园；比彻姆这一支脉中的混血儿卢卡斯亦未沉溺于这种负面情绪，大多数情况下反以拥有部分白人血统为荣。由此看来，虽然这部小说的叙事重心立足于白人男性庄园主及其子嗣，母系和黑人两脉旁系人物的存在衬托着麦卡斯林直系家属的中心性，但是他们的存在本身足以对艾克的审父意识进行反拨，一定程度上弱化了嫡亲的"负担"意识。

---

① 转引自肖明翰《威廉·福克纳研究》，外语教学与研究出版社1997年版，第111页。

② Gwendolyn Chabrier, *Faulkner's Families: A Southern Saga*, New York: The Gordian Press, 1993, p. X.

有关老麦卡斯林的个人罪责，由小说透露的零散事实可以推断出，真相并非如艾克父子想象得那样简单，老麦卡斯林的双重罪恶表象之下掩盖着个人的情感问题。早在《我弥留之际》中，福克纳将新鳏穷白人男子安斯刻画成一个伪君子，妻子入殓不久他即成功续弦；十余年之后出版的《去吧，摩西》中，老麦卡斯林的遭遇也颇有相似之处：他是在妻子去世数年之后专程前往新奥尔良买回女奴尤妮丝的。这就存在一种可能：老麦卡斯林与尤妮丝之间有过男女之爱，才会下定决心不辞舟车劳顿，去赎买她回来以掩人耳目。后来发现她意外怀孕（且无法接受混血后代的事实）之后，麦卡斯林不得不将其许配给家奴涂西德斯。这位老庄园主身负通奸或者重婚的罪名，这其实有些言过其实了，因为他和尤妮丝之间很可能拥有过一段真实的情感经历。至于多年之后的乱伦行为，看起来更像是尤妮丝的一面之词，毕竟女儿诞下的是一个混血儿托梅的图尔。

在《去吧，摩西》这部家族罗曼史之中，庄园主与女仆发生性关系并非老麦卡斯林这一个案，比彻姆一脉的休伯特和女奴也长期保有私情。索凤西芭有一次带领艾克回娘家，刚好撞见女奴匆匆跑出主人卧房：

> 一张年轻女性的脸，肤色甚至比托梅的图尔还要浅（lighter in color），在一扇正在关上的门后闪现了一下；腰身的一个旋摆，丝绸长裙的一闪，耳坠子的轻碰与反光：一个幻影（apparition），行踪倏忽、外表艳俗、不合礼教（rapid and tawdry and illicit），然而不知怎的，在这孩子——当时还差不多是个小娃娃呢——看来，竟也感到喘不出气、万分激动、受到蛊惑（breathless and exciting and evocative）：就像两条清澈透明的小溪汇合在一起，他这个仍然是不丁点儿大的娃娃，通过匆匆瞥见的、不可名状的、不合礼教的、混血的异性肉体（glimpsed nameless illicit hybrid female flesh），

与以神圣、不朽的青春期在他舅父身上停留了差不多有六十年的孩子，发生了安详、绝对、完美的（serene and absolute and perfect）交流与接触。①

在幼年艾克与女奴的这次遭遇中，叙述者首先关注的是肤色和着装、首饰，黑人或混血的女奴身份在这里显然与华丽衣服和珠光宝气极不相称。"幻影"一词表明女奴已经逃遁而去，只留下一个符号供艾克去思考和认知舅父偷情的场景。叙述者连用四组并列形容词短语，有的出现于名词中心词（appraition）之后、之前，（flesh）或者仅作独立修饰语，充分传达出男孩受到的巨大心理冲击。四组短语中只有第三组的五个修饰语之间没有使用连词 and，使得叙述节奏加快，而此处恰好描述艾克想象中的已经不在场的女奴"肉体"，突然加速的节奏似乎是在暗示艾克帮助休伯特掩饰已经败露的丑闻。此外，两次运用 illicit 一词描述女奴，也带有转嫁责任之嫌。

针对这一事件，当事人休伯特辩称黑人从政治上看"现在自由了！他们和我们一样了"②，同样拥有平等追求幸福的权利。这种说辞是苍白无力的，无论黑人如何"自由"，在涉及个人情欲问题上，权力关系的天平依然偏重于白人庄园主，因此休伯特不仅撒了谎，而且是在推脱道德责任。安斯、老麦卡斯林和休伯特的经历足以说明，丧偶之后的中老年男子表面看来是谦谦君子，将个人欲望桎梏于种族隔离制度之中，私下却常逾越婚姻乃至种族的边界，招致一系列的社会问题。与其说白人先祖给后辈带来推之不去的负担，不如说庄园主本人未能控制住私欲，为家族埋下后患。换个角度看，如果把绵延几代的家族看成一个有机体，

---

① William Faulkner, *Go Down, Moses, Novels 1942—1954*, Joseph Blotner and Noel Polk, eds., New York: Library of America, 1994, p. 224.

② William Faulkner, *Go Down, Moses, Novels 1942—1954*, Joseph Blotner and Noel Polk, eds., New York: Library of America, 1994, pp. 224-225.

那么先祖所犯错误是情非得已，正如一个人在青少年阶段不可避免地犯错一样，需要后世或者更加成熟的人生阶段来弥补过失、偿还旧债。

在审视白人先祖罪恶的过程中，福克纳的小说人物探索出一个处理家族记忆的新方案——淡化父子、主奴思维的同时突出兄弟姐妹等家族内部关系，强调白人与黑人两个种族之间的共通性。这一观念的出现是以家族混血史为前提的，不同族裔的人物之间血脉相通，有着同宗同源的家族关系。福克纳处理纠缠着跨种族手足之情的方法是间接的，即人物家族关系的破坏是以明确种族主义的存在为前提。《去吧，摩西》中的两代人——扎克和卢卡斯以及他们各自的儿子洛斯和亨利——分属不同种族但同归一个大家族，他们在童年时期形影不离、情同手足，甚至受过同一位母亲哺乳。直到七岁那年，突然有一天"父辈的古老诅咒"①显现，洛斯毫无征兆地与异族兄弟划清了界限。这种情况下，人物对有着异族血统亲属的否定与抵制，客观上代表了种族主义思想对心灵的毒蚀，叙述者提到洛斯当时"怀着一种自己也解释不清的夹杂着无名火的忧伤（a rigid fury of the grief），一种他不愿承认的羞耻之心"②。对于一位年仅七岁的幼童，种族主义理念不会从内心萌生，更可能是来自外界的间接输入，洛斯对这种"无名火"一时无法理解，但又羞于承认。此处的两个名词 fury 和 grief 是福克纳经常使用的，如《喧哗与骚动》中 fury 用来描述杰生的私房钱被窃之后的暴怒，grief 是《野棕榈》中丧偶的哈里在狱中的反思。由此可见，儿童在种族优劣论面前是无辜的，被动的文化植入打破了他们对友情和平等的期待，表明隐含作者对人物行为的反讽与无奈。

---

① William Faulkner, *Go Down, Moses, Novels 1942—1954*, Joseph Blotner and Noel Polk, eds., New York: Library of America, 1994, p. 86.

② William Faulkner, *Go Down, Moses, Novels 1942—1954*, Joseph Blotner and Noel Polk, eds., New York: Library of America, 1994, p. 87.

如果说儿童无法平衡种族主义与血脉亲情之间的正当关系，老年人在这一问题上的言行举止更能说明种族主义的危害性，可以戳穿"白人负担"的道德谎言。老年艾克在面对家族的混血后裔时不慎犯了大忌，遭到叙述者的讽刺挖苦。当时，年逾古稀的他正躺在打猎营地帐篷里的行军床上，一旦察觉来人的黑人血统之后，"他蹦了起来，虽然仍然是坐在床上，却往后一倒，一只胳膊撑着床，头发披在一边，瞪视着对方"，大喊"你是个黑鬼！"①真实的情况是，这位女子是曾外孙洛斯的黑人情妇。基于个人的种族优越感，艾克居高临下地将洛斯留下的钱递给她，"没有捏住那只手，仅仅是碰了碰——老人那些关节突出、没有血色、骨头变轻变干的手指在一秒钟的时间里接触到了年轻人平滑、细嫩的肉，在这里，顽强、古老的血液跑了一大圈之后又回到了老家"②。熟悉西方艺术史的人会对这个画面怀有既视感：米开朗基罗的西斯廷教堂天顶画《创世记》系列中，上帝正是通过探出的一根食指给予亚当以灵魂和思想。而在福克纳笔下，艾克并不具备上帝的威严，认清家族罪恶的循环轨迹之后也是倍感沮丧。他的冷漠言辞遭到女子的强力反驳：难道他活得太久以至于"对你了解过、感觉过，甚至是听说过的关于爱情的事儿一点点都记不起来了吗？"③混血女子对艾克的控诉立足于后者对人间真情的无视，一针见血地指出了麦卡斯林家族遗留至今的内心矛盾：种族隔阂与血缘纽带孰轻孰重的问题。

这个场景蕴含了相当丰富的内涵：家族历史与当下社会现实的碰撞，白人嫡孙对混血后裔的拒斥，以及善良正直与冷酷无情

---

① William Faulkner, *Go Down, Moses*, *Novels 1942—1954*, Joseph Blotner and Noel Polk, eds., New York: Library of America, 1994, p.266.

② William Faulkner, *Go Down, Moses*, *Novels 1942—1954*, Joseph Blotner and Noel Polk, eds., New York: Library of America, 1994, p.267.

③ William Faulkner, *Go Down, Moses*, *Novels 1942—1954*, Joseph Blotner and Noel Polk, eds., New York: Library of America, 1994, p.268.

的对峙。无怪乎有学者直言,这恐怕是整部小说,乃至福克纳所有作品中"最强有力"[1]的一幕了! 另外,福克纳还运用了反讽,通过"掩盖或隐藏话语的真实含义"[2]以达到特定的艺术效果。当叙述者用特写镜头般的语言描述了艾克与女子之手"干"和"嫩"的对比之后,接着语带调侃地说道"顽强、古老的血液跑了一大圈之后又回到了老家",一方面通过"血液"一词明示了两人之间确定的家族关系,另一方面又嘲讽了艾克略显愚钝的老年思维,这位长者言行之间透露着种族主义思想的遗害。这种亲属之间拒绝相认的场景,是《押沙龙,押沙龙!》里萨特潘拒认混血儿子事件的变体,表明福克纳沿着历史的维度更加深入地探讨种族主义罪恶。从老麦卡斯林到洛斯的闭环,家丑轮回再现,这种情节安排不仅意味着人性的共同弱点基本无法克服,还显露出作家潜意识里的历史循环观。

除了描写事实上的血缘关系,福克纳还将分属白、黑两个种族的不同成员放置于同一个家庭成长环境,让他们构成类似于同胞的友情关系,尤其是在童年期。《坟墓的闯入者》中的哈伯瑟姆小姐与卢卡斯的妻子莫莉同龄,"同吃莫莉妈妈的奶,一起长大,几乎像姐妹一样形影不离,像双胞胎"[3];契克和桑德更是亲密无间的好友,《小镇》延续了《坟墓的闯入者》中两人友情的描述。这样的纯真友谊不限于童年时期,有的情况下可以超越年龄,《掠夺者》中卢修斯和老奴内德之间就是如此。这位老奴潜藏在汽车后舱,成功跟随两位白人进城,当他把车卖掉换回一匹赛马时,卢修斯在夜色中看到的仅是"两个黑乎乎

---

[1] Eric J. Sundquist, *Faulkner: The House Divided*, Baltimore: John Hopkins University Press, 1985, p. 159.

[2] Meyer Howard Abrams and Geoffrey Galt Harpham, eds., *A Glossary of Literary Terms* (10th ed.), Beijing: Peking University Press, 2014, p. 184.

[3] William Faulkner, *Intruder in the Dust*, *Novels 1942—1954*, Joseph Blotner and Noel Polk, eds., New York: Library of America, 1994, p. 349.

的东西，一个矮一些，另一个很高大"①。潜意识中，叙述者将黑人与动物等同起来。内德在整个故事中的作用，就是要用自己的智慧向两位白人证明：他并非两位白人的"负担"，而是不可或缺的朋友。

福克纳文本中的白、黑族裔人物突破早期的"负担"思维，探索平等成长、发展道路的可能性，这与当时美国社会的种族关系状况分不开。50年代中期的美国社会，黑人组织的群众性抗议活动此起彼伏，虽然福克纳小说曾经以批判种族主义见长，但这一时期出版的《寓言》《大森林》《小镇》等小说对种族问题几乎闭口不谈。而这期间，美国陆续爆发了种族关系史上几个非常重要的事件，如1954年"布朗诉教育委员会"案、1955年8月14岁黑人少年埃米特·蒂尔（Emmett Till）遭私刑案以及1955年12月亚拉巴马州蒙哥马利市抵制公交隔离的运动等。② 面对频发的种族冲突，福克纳埋头于约克纳帕塔法县的边疆世界，着力描绘一幅美洲原住民、白人贵族和黑人奴隶通力协作、共同生活的画面。看似对过往的怀念，不也是对现世纷扰的一种间接回应吗？1950年获得诺贝尔文学奖之后，福克纳利用公众人物身份，针对蒂尔案在媒体上积极发声："如果我们美国人在自己垂死的文化中，已经到了必须谋杀儿童这一步，不管出于什么理由、何种肤色，我们都不配，或许也真的不会再继续生存下去了。"③

综合《坟墓的闯入者》和《掠夺者》的主要人物关系可见，一个白人儿童、一位黑人（或幼或长）以及另一位成人（或男或

---

① William Faulkner, *The Reivers*, *Novels 1957—1962*, Joseph Blotner and Noel Polk, eds., New York: Library of America, 1999, p. 818.

② Carol Berkin et al., *Making America: A History of the United States* (5th ed), Boston and New York: Houghton Mifflin Company, 2008, p. 838.

③ James B. Meriwether, ed., *William Faulkner Essays, Speeches & Public Letters*, New York: The Modern Library, 2004, p. 223.

女）构成冒险三人组，各人的目标或许不尽相同，但在历险过程中相互了解、通力合作，在白人儿童收获成长的同时，黑人也直接或间接地受益。仅从白人儿童的角度看，福克纳小说大致遵循成长小说（Bildungsroman）的情节结构，然而黑人或另一位成人发挥的作用也不容忽视，这样的人物关系结构可追溯至中世纪的骑士罗曼史，以及塞万提斯的《堂吉诃德》。在爱尔兰作家奥法兰（Sean O'Faolain）看来，20世纪20年代以来的美国小说人物构成中缺乏史诗或19世纪现实主义小说中占据主导地位的主人公形象，大多描绘凡人琐事，"消失了的英雄或男主角"成为典型特征。① 这个论断大致符合福克纳小说人物的基本特征，但作家并未让男主人公真正"消失"，而是将传统主人公角色的多样化性格特征分拆到不同人物身上，令他们从不同维度展现各自的优缺点。福克纳早期写过一本戏仿骑士罗曼史的寓言小册子《五朔节》（Mayday，1926/1978），描绘了加温爵士在疼痛（Pain）和饥饿（Hunger）二人的陪同下，历险寻找梦中情人的故事。有关这个传奇故事，鲁派克夫妇（Alan Lupack & Barbara Tepa Lupack）认为骑士形象和冒险、求爱的主题是福克纳后续的《士兵的报酬》《蚊群》《标塔》等小说中人物三角关系的先导。② 据此推断，福克纳在后期作品中颠覆了南方文学种植园罗曼史，那种"白人负担"旧式思维模式主导下的主仆关系基本不复存在，不同种族血统的人物被平列化，打造出家族背景基础上平等、协作、共融的人物关系格局。

以家族成员之间的亲属关系超越种族差异的隔阂与障碍，是福克纳化解种族矛盾的一种探索，是对"白人负担"观念的抵制与批判。美国学者温彻（Mark Royden Winchell）在分析

---

① Sean O'Faolain, *The Vanishing Hero: Studies in Novelists of the Twenties*, Boston and Toronto: Little, Brown and Company, 1957, p. XXIX.

② Alan Lupack and Barbara Tepa Lupack, *King Arthur in America*, Cambridge: D. S. Brewer, 1999, p. 135.

《去吧，摩西》时指出，小说中的原野与种族两大主题看似相互平行、同等重要，作品聚焦的却是"原野与炉火之间的冲突"①，即外部自然与社会生活之间的矛盾。也就是说，无论种族差异如何巨大，我们应该跳出种族矛盾的框架看待人物之间复杂的社会关系，共同应对人类面临的自然乃至生存问题。毕竟，血浓于水，家族利益高于种族隔阂。从约克纳帕塔法世系的家族罗曼史来看，白人嫡系在传承几代之后面临存亡危机，家族人物有的疯癫痴呆，有的在孤独幽愤中落魄离世。福克纳的后期作品即对"白人负担"的神话进行一定程度的纠偏，白人与非洲族裔的种族关系更多地表现为或亲或疏的血缘关系，暂时搁置历史纠葛的手足情谊，而不像南方种植园文学的主仆或者隐喻意义上的父子关系。小说的人物结构出现了去中心化的趋向，反映出白人贵族后裔社会地位没落的同时，其他族裔和穷白人阶级逐步崛起。

家族的没落或崛起意味着人物成长与生活环境的变化。比较两位白人儿童契克和卢修斯的成长环境便不难发现，两人历险的前提是离开熟悉的家庭或家族环境，这就表明原有的亲子、祖孙以及兄弟姐妹等家族关系存在或多或少的缺陷，他们或可称为象征意义上的孤儿，甚至是社会的弃儿。

第二节　弃儿叙事缺位的家族关系

儿童人物及其叙述视角一直受到福克纳的青睐，很多作品如短篇故事《夕阳》、小说《去吧，摩西》第一章以及《坟墓的闯入者》等都以儿童的眼光讲述自己及周围人物的故事，研究

---

① Mark Royden Winchell, *Reinventing the South: Versions of a Literary Region*, Columbia and London: University of Missouri Press, 2006, p.140.

者们也倾向于将《熊》以及《掠夺者》视作成长小说的代表作。①美国学者范德韦肯（David L. Vanderwerken）指出，福克纳继承并改造了成长小说的写作传统，他的儿童人物基于社会现实，并真实再现了当时的社会现实。②范德韦肯把福克纳小说中的儿童人物按照成长经历分为受虐、忽视、早熟、落伍以及培养型五个大类，这种做法对于研究福克纳前期小说中的家族有重要的借鉴意义。然而，他的研究并未纳入后期作品中斯诺普斯家族的儿童群体，主要局限于贵族子弟之间差异性的对比与分析，因研究对象的局限而失去了总体评价福克纳塑造的儿童人物的机会。作家本人于1955年访问日本期间强调，人在童年时期不能认知种族歧视问题，儿童原本拥有共同的兴趣爱好和认知方式，直到充分认识到经济问题的重要性之后，才会深入思考种族差异性。③福克纳突出经济因素在儿童成长过程中的重要性，这就抓住了家族背景差异影响身心成长的关键，具有重要的借鉴意义。

卢瓦肖在对美国南方和拉美作家的跨美洲研究中提出了"孤儿叙事"（orphan narrative）一说。在她看来，小说人物成长过程中一旦遭遇父母离异、亲属去世等重大家庭变故，家族关系的纽带很可能发生断裂，导致生理和社会意义上孤儿的产生。由于亲子关系中有成员缺位，这些孤儿会与其他家族成员和周围民众建立"虚构亲属关系"，这一点不仅位于小说的故事层，而且在话语层上亦有体现：作者围绕孤儿的人际关系编织故事情节，形

---

① Cleanth Brooks, *William Faulkner: The Yoknapatawpha Country*, New Haven and London: Yale University Press, 1963, p. 350；芮渝萍：《美国成长小说研究》，中国社会科学出版社2004年版，第71页。

② David L. Vanderwerken, *Faulkner's Literary Children: Patterns of Development*, New York: Peter Lang, 1997, p. 2.

③ James B. Meriwether and Michael Millgate, eds., *Lion in the Garden: Interviews with William Faulkner, 1926—1962*, Lincoln and London: University of Nebraska Press, 1968, p. 130.

成叙事的主体架构。① 这项研究有别于后殖民主义范式，并非在主仆二元对立的框架中考察黑人以及殖民地民众作为他者的命运，而是将关注的焦点置于孤儿群体的寻根之旅或家族关系重建的尝试之中，以期挖掘人物悲剧命运的社会根源。略带遗憾的是，卢瓦肖仅选取福克纳的《押沙龙，押沙龙!》为对象考察拉美地区的海地与美国南方种植园之间的殖民关系，侧重于发掘南方种植园贵族身兼国内和国外两重剥削者的形象塑造。其实，福克纳后期作品重点描写了南方显赫家族没落轨迹末端的孤儿形象，在涉及法国人湾地区的穷白人以及混血家庭时，深入探讨了孤儿群体的悲惨境遇。

《喧哗与骚动》《押沙龙，押沙龙!》《去吧，摩西》在族谱结构上有一个共同点：贵族世家经历了早期的辉煌、中间几代人的平庸直至最终后继无人的境遇；即便个别家族留有所谓的继任者，他们的健康状况大多也异于常人，或者愚痴，或者癫狂。这些豪门显贵末代子弟们的成长环境实难堪称优越：康普生家族的四姐弟有个酗酒的父亲和怨天尤人的母亲，萨特潘家族的兄妹们甚至到了手足相残的境地，麦卡斯林最后一位白人子孙则父母早亡、在个人婚姻破裂之后鳏居多年。无论他们的父母是否健在，从心理成长上看，这些人物都无法逃避孤儿式的童年，被迫接受黑奴、族内亲属乃至普通镇民的关怀照顾。南方贵族家族的没落是以后裔逐渐减少乃至绝迹为表征的，这样的变迁轨迹赢得周围民众的同情与关照，显示出杰斐逊镇历来拥有的强大内聚力。然而，这种所谓的孤儿主要出自白人内部，作家关注的视角一旦逾越了种族界限，孤儿则有可能转换为社会的弃儿。

约克纳帕塔法县便有这样一种实际意义上的孤儿。《小镇》最后一章讲述了斯诺普斯家族几个混血儿的遭遇：拜伦·斯诺普

---

① Valérie Loichot, *Orphan Narratives: The Postplantation Literature of Faulkner, Glissant, Morrison, and Saint-John Perse*, Charlottesville and London: University of Virginia Press, 2007, pp. 2 - 3.

斯的四个孩子从得克萨斯州埃尔帕索乘火车来到杰斐逊镇,投奔堂伯弗莱姆,但最终被遣返。根据其主要人物与题材,我们不妨将这个断章称为弃儿叙事。西方文学史上,弃儿形象十分常见:古希腊悲剧家索福克勒斯《俄狄浦斯王》的主人公本是遭生父母遗弃的孩子,菲尔丁的《汤姆·琼斯》在副标题中直接标明了主人公的"弃儿"身份,狄更斯的《雾都孤儿》主人公亦是纯粹的弃儿。就福克纳作品而言,《八月之光》中的克里斯默斯是遭外祖父遗弃的孩子,而《押沙龙,押沙龙!》里萨特潘家族最后一个成员吉姆·邦德最终也沦为弃儿。根据此类人物及其家族的经历,弃儿形象大致可分为三类:一是生理意义上的弃儿,如狄更斯的奥利弗·退斯特和福克纳的克里斯默斯,他们幼年时失去父母,有的被迫流浪,有的被其他家庭或社会机构收养;二是道德意义上的弃儿,《喧哗与骚动》中凯蒂的私生女虽有母在世却不能相见,虽然寄居于外祖母家中却感受不到亲人的关爱,究其根本在于旧南方在淑女风范、大家闺秀方面的道德约束;三是历史意义上的弃儿,这类人在不同文明之间的冲突中败退、隐居,比如《去吧,摩西》描述的原住民后裔山姆·法泽斯,最终选择到大森林中终老。一般而言,弃儿的社会学成因异常复杂,但有一点是共同的,即家族关系出现断裂,造成人物的孤立或遭遗弃。

《小镇》中的弃儿叙事是道德意义上的。拜伦·斯诺普斯与一位阿帕奇族原住民女子生育的四个混血子女到达杰斐逊镇时,每人胸前的"运输标签"(shipping tag)标明了起讫地点及目的地的接洽人。孩子们衣着寒酸粗陋,以至于叙述者最初视他们为一般生物——"看起来像蛇",这样的第一印象并不罕见,就连接站的亲戚奎斯顿伯里(Dink Quistenberry)都会有"同感"。①四个孩子被以叙述者为代表的杰斐逊镇民众所物化,貌似一群

---

① William Faulkner, *The Town*, *Novels 1957—1962*, Joseph Blotner and Noel Polk, eds., New York: Library of America, 1999, p. 316.

动物般的存在,作为外来者遭到漠视和排斥。镇民的这种心态可以视作19世纪末期以来,种族主义在美国大行其道时期流传的优生学理念的折射。当时,人们普遍认为社会上有不少"退化家族"(degenerate families),他们因基因问题不可避免地将弱点或缺陷遗传至下一代,导致家族生存状况持续恶化,道德水平滑降。[①] 福克纳讲述的故事发生于20世纪20年代,这种由家族背景差异而滋生的道德评判论调,在积贫积弱的南方腹地依然广有市场。

当然,小说人物的观点不可等同于作者本人之见,毕竟两者之间存在一定的审美距离。若从叙述者的隐喻思维探察,小说潜藏的暗讽姿态就可图穷匕见。通常,蛇的意象在西方基督教文化中是撒旦或诱惑者、敌对势力的象征,拜伦·斯诺普斯的子女被视为蛇,充分表明小镇的内聚力和排外意识,预示了外来者最终被驱逐出境的命运。值得注意的是,整个斯诺普斯家族曾经被看作涌入杰斐逊镇的"一窝毒蛇"[②],而遭侵的小镇则被理想化为人间伊甸园,这也是律师加文·史蒂文斯竭力抵制弗莱姆的真正原因。我国学者肖明翰曾经将斯诺普斯家族势力及其代表的现代工商资本主义称为"园中之蛇",福克纳小说的"特别深刻之处"正在于它在叙事上的间接性:邪恶势力无须直接刻画,从受害者角度反观外来入侵者的贻害无穷会更有说服力。[③]

蛇的原型表征赋予斯诺普斯家族一个十分负面的道德标签,似乎证实了史蒂文斯们抵制活动的合理性,事实上却加剧了人物性格的矛盾之处。上一节讨论的"白人负担"问题,在这里转化为一种贵族负担,正如小说中加文所代表的杰斐逊镇民众直言

---

① Nell Irvin Painter, *The History of White People*, New York and London: W. W. Norton & Company, 2010, pp. 258 – 263.

② William Faulkner, *The Town*, *Novels 1957—1962*, Joseph Blotner and Noel Polk, eds., New York: Library of America, 1999, p. 98.

③ 肖明翰:《威廉·福克纳:骚动的灵魂》,四川人民出版社1999年版,第332页。

"弗莱姆·斯诺普斯也是我的负担"①。它不仅指弗莱姆及其家族成员给镇民们带来的经济负担,更多的是就道德而言,因为弗莱姆违背了旧南方文化中至关重要的血亲法则。作为家族中经济和社会地位较高的一员,他有责任帮扶其他亲属有尊严地生活,但并未如此行事,这才招来加文的"负担"说:镇民主动接手了弗莱姆理应承担的责任。当然,在弗莱姆和镇民群体的责任交接之间,总会有或长或短的时间差,这就造成斯诺普斯家族成员的弃儿化。

镇民对四个混血孩子的排斥,还表现在他们受到的道德评判上。叙述者陆续记录了他们到来之后的几件怪事,基本都是围绕孩子们的盗窃嫌疑展开的,尽管该项罪名莫须有的成分居多。孩子们在镇民的强势姿态中变得有口难辩、孤立无援,这种叙事效果的取得主要来自叙事声音与视角的分离。整章是由契克独自讲述的,叙事声音统一来自他,但是部分事件发生时他并不在现场,而是转述不同目击者的说法,通过后者的视角间接完成对四个孩子的有责推定。这与《献给爱米丽的玫瑰》不同,前期创作的这个短篇故事采用第一人称复数,对于部分场景(如爱米丽买砒霜、荷马·伯隆从后门进宅等)的描写,叙述者灵活地分配给部分而非全部的镇民。该小说中,在盗窃发生现场没有目击者的情况下,叙述视角的合理性根本不足,契克的讲述不可避免地演变为以讹传讹,以致镇民之间扩散了毫无根据的流言。这种叙述上的暴力,真切反映了故事世界里的权力分配和混血孩子的"失语"境况。例如,丢狗事件中最年幼的那个孩子曾把狗项圈挂在自己的脖子上玩耍,有镇民看到此情景就报了警,加之探员们到达孩子住所后又发现了一堆骨头,孩子们就此被认定为杀狗、烹狗的嫌犯。在话语层面上,叙事参与者与其他人物的位置关系如

---

① William Faulkner, *The Town*, *Novels 1957—1962*, Joseph Blotner and Noel Polk, eds., New York: Library of America, 1999, p. 84.

下图示：

读者 ← 叙述者 ← 探员 ← (潜在) 目击者……拜伦四子女

可见，事实或真相与叙述者契克代表的社区之间存在一个信息沟，叙述者在讲述过程中掺杂了较多主观臆断成分，使受述事件的真实性大打折扣。究其根本，以契克和探员为代表的杰斐逊镇民众凭借自身的优势社会地位，将主观判断与事实真相任意捏合于一处。从受述的四位孩子角度看，他们没有机会辩解，甚至连语言都无法被镇民理解。镇民将混血子女孤立起来，任意施加道德评判，对孩子人格造成的破坏性远远超出被送回家的表面慈善行为。

镇民与孩子之间的对峙，充分显示了两个群体之间的信任危机，以及笼罩于叙述话语层面上的怀疑论。故事人物之间的不信任传导至话语层上，就演变为同一叙述者从不同叙述视角讲述同一人物群体的生活经历，这就造成文本叙述结构的缀段性（episodic）。缀段性是指文本叙事结构的并列化，即整个文本由不同的故事并联而成，各故事之间在人物、主题和场景等要素上存在一定的相关性，但相互衔接并不紧密。① 具有缀段性叙事结构的文本可以是诸如《去吧，摩西》之类的整部小说，也可以是《小镇》这种本身由多个故事构成的系列故事集形式的小说。这种结构暗示了契克作为儿童叙述者的认知能力弊端——从各处道听途说并加以简单的信息处理，造成叙事形式和内容上的片段化和零散化，信息真实性随之也会大打折扣。

福克纳在谈到整部小说的多重叙述时指出，这是"有意使用的技巧，为的是从三个角度来看问题"，契克以镜子的方式叙述客观事实，加文以标志性的虚情假意进行道德灌输，而拉特利夫则代表了理性判断。只有不同叙述者反复、交叉与互补的叙述才

---

① 王丽亚：《论"短篇故事合成体"的叙事结构：以爱丽丝·门罗的〈逃离〉为例》，《英美文学研究论丛》第25辑（2016年秋）。

能够保证"某些特殊事件得到一五一十的交代"①。在这里,福克纳表面上谈论他讲故事的技巧,其实涉及了现代主义文学家的认识论问题——事物的本来面目错综复杂,作家只有通过不同的角度反复观察思考,才可能看清真相!这又何尝不是现代主义者的思维困境呢?外部世界凌乱不堪,处于某一时间和空间节点的人,大多数情况下只能选择某一立场和视角给出看似客观、实则暗含偏见和思维定式的观点,个人已经不足以讲述完整的故事,这也印证了多重叙述存在的价值和意义。同时,不同叙述者代表不同的价值观念,在多方合力作用下,人物对世界和自我形成了新的认识。契克以儿童的眼光观察杰斐逊镇发生的一切,在镇民与弗莱姆·斯诺普斯之间由来已久的思想观念冲突中成长,逐渐接纳了旧南方没落的现实,形成新的心理定位和价值判断。

《小镇》叙事的缀段性反映了杰斐逊民众对待陌生人的态度并非一致。在斯诺普斯家族内部,拜伦这四个孩子夹在生父和伯父之间,像皮球一样被踢来踢去,抚养权的旁落让他们沦为道德意义上的弃儿。显然,双方都将其当作一种负担。在他们被送回之前,杰斐逊镇还是有人站出来,表现出足够的善意,她就是《坟墓的闯入者》中那位哈伯瑟姆小姐。这位白人老妪主动打电话联系了新奥尔良、埃尔帕索以及新墨西哥警方,确保孩子们安全回到生父身边。② 这些孩子给杰斐逊镇带来的负担随着他们的离开而渐趋消失,意味着他们被彻底清除出斯诺普斯家族的势力范围,而这时的弗莱姆俨然真正融入了杰斐逊镇的上层社会。造成混血孩子悲剧的真正原因,是弗莱姆无视血缘纽带,在血亲面前选择了颜面,在责任面前选择了放弃。

换个角度看:这四个道德意义上的弃儿被生父送上火车,投

---

① Frederick L. Gwynn and Joseph L. Blotner, eds., *Faulkner in the University*, Charlottesville and London: University Press of Virginia, 1995, pp. 139 – 140.

② William Faulkner, *The Town*, *Novels 1957—1962*, Joseph Blotner and Noel Polk, eds., New York: Library of America, 1999, p. 325.

靠飞黄腾达的伯父，这样的寻亲之旅掩饰的是美国南方社会根深蒂固的家族意识。在《大宅》中，弗莱姆的堂侄蒙哥马利就这样反问："难道血不比水浓吗（aint blood thicker than just water）？"①在拜伦子女杀狗一事上，弗莱姆并未尽到家族长辈的职责，只是赔偿了狗主人的经济损失，或许他认为金钱可以弥补亲情不足而留下的缺憾。与此形成鲜明对照的是，以哈伯瑟姆为代表的杰斐逊镇民众流露出较强的同情心，将四位儿童送还父母身边。福克纳一方面描绘了南方小镇民众的包容性和博爱情怀，另一方面又对镇民排斥外来人的立场进行了反讽：他们曾经竭力把以弗莱姆为代表的邪恶影响拒于镇门之外，结果却与之形成默契和共谋，乐见拜伦的混血儿女被遣返。用科恩（Sheldon S. Kohn）的话说，弗莱姆就像一面镜片，对杰斐逊镇的民意做出"最为真实的反映"，他完整复制了镇民崇尚过去的价值理念，迎来加文的感叹"你和我一样"②。

这种"和我一样"的认同感源于弗莱姆对南方旧式贵族生活方式不惜一切代价的追求，筑成"斯诺普斯式传说"（Snopeslore）③的一部分。根据叙述者的交代，弗莱姆宅邸内部的家具是按照大众生活杂志《美式装潢》（American Interior）登载的样式订购的，杂志宣传标语声称"这是我们按照你个人要求量身定做的一款"④。这位新晋贵族不仅实现了社会地位的爬升，生活和思维方式也在刻意模仿旧南方贵族。当然，泥古不化的加文及镇民能够认同、接纳弗莱姆的最根本原因，可能还要归结为他们之间社会

---

① William Faulkner, *The Mansion*, *Novels 1957—1962*, Joseph Blotner and Noel Polk, eds., New York: Library of America, 1999, p. 393.

② Sheldon S. Kohn, "'You're Like Me': Flem Snopes and the Dynamics of Citizenship in William Faulkner's *The Town*", *Mississippi Quarterly*, Vol. 67, No. 3, 2014.

③ William Faulkner, *The Town*, *Novels 1957—1962*, Joseph Blotner and Noel Polk, eds., New York: Library of America, 1999, p. 129.

④ William Faulkner, *The Town*, *Novels 1957—1962*, Joseph Blotner and Noel Polk, eds., New York: Library of America, 1999, p. 194.

地位差距的逐步缩减，以及弗莱姆身上折射出来的贵族意识。尽管弗莱姆在拜伦的混血子女面前抛弃了血亲观念，镇民们暂时履行家族成员职责，确保了四个孩子能够安全离开杰斐逊镇，回到生父母身边。四个孩子在杰斐逊镇受到亲属般的关怀，父母或者监护人的缺位得以弥补，客观上显示了镇民尊尚平等和博爱的大家族精神。福克纳在对待南方和南方人问题上，充满了悖论和矛盾。

相比之下，另一个种族群体在约克纳帕塔法县的定居历程更为曲折，也更富有戏剧性，这便是犹太人。福克纳笔下的犹太人物既沿袭了西方文学中司空见惯的颠沛流离群像，又与南方家族文化、北方工商资本主义融于一体，形成了别样的跨种族景观。

第三节　犹太家族融入南方的历程

如果说福克纳塑造的黑人和美洲原住民种族经历比较显见的话，犹太人作为约克纳帕塔法小说中的一个特殊群体，经历了由不被理解到融入白人社会的过程。美国评论家耶伦（Myra Jehlen）在讨论《沙多里斯》中的南方贵族时，曾经将苏拉特（V. K. Suratt）视为与贵族对立的"下层白人"，忽视了这位犹太商人身份的动态变化。[①] 当然，苏拉特在后来的小说中被改称为拉特利夫（V. K. Ratliff），这个人物在前后期作品中身份和地位发生了一系列变化，显示了作家对人物性格动态变化的把控。

在福克纳后期作品中，白人与犹太人之间的家族和社会关系渐趋突出，这一点可视作国内外形势的间接反映。20世纪20年代末期以来，整个西方世界经历了较大的社会变革：经济出现大

---

① Myra Jehlen, *Class and Character in Faulkner's South*, New York: Columbia University Press, 1976, p. 34.

萧条，欧洲大陆法西斯势力日渐猖獗，以密西西比州为代表的南方社会经济基础持续薄弱，日益紧张的族裔关系被认为是"法西斯主义在美国存在的唯一理论前提"[①]。对比鲜明的是，生活于美国大城市中的不少犹太人则聚敛了大量社会财富，成为白人贵族以及中下层人士嫉妒乃至仇视的对象。而在美国之外，据有关统计，欧洲大陆共有500万犹太人遭到德国法西斯的大肆迫害和屠杀[②]，逃离家园成了犹太幸存者的首要选择，大量犹太人涌向美国寻求避难。这个庞大的族裔群体与白人主流社会之间的关系变得复杂起来。

福克纳小说中的犹太人数量并不多，即使是后期作品中出现次数较多的旅行推销员拉特利夫，在斯诺普斯三部曲中也很难算得上主要人物。但是，这一人物角色对故事情节发展起着重要作用。《村子》里的拉特利夫陷入弗莱姆的圈套，反而促成后者由农村转移到城镇，小说因而形成了开放式结尾；到了《小镇》之中，他联合加文阻止弗莱姆升迁，结果再次遭到挫败；《大宅》中他在故事中的分量有所降格，多数场合被契克取代。贯穿于整个斯诺普斯三部曲，这位犹太人是典型的跨文本人物，能够在史蒂文斯和斯诺普斯等不同家族利益集团之间自由游走，起到缝合叙事空白、衔接人物关系的重要作用。

对于犹太人群体，约克纳帕塔法世系人物有着非常主观的判定。《喧哗与骚动》中杰生的言行，形象地折射了当时社会盛行的反犹倾向：他参与棉花期货而不愿承担风险，将一时的亏空归因于"那些纽约城里专玩大鱼吃小鱼把戏的人"，臆测"一小撮混蛋透顶"的东部犹太投机商"让农民怀着很大的希望，哄农民多种棉花"，"在市场上兴风作浪，挤垮外行的新手"。在他看来，

---

① Stanley G. Payne, *A History of Fascism, 1914—1945*, London: Routledge, 1995, p. 350.

② Carol Berkin et al., *Making America: A History of the United States* (5th ed), Boston and New York: Houghton Mifflin Company, 2008, p. 753.

"这不过是个种族问题。你得承认他们什么也不生产。他们尾随着拓荒者来到一个新的国度,然后卖衣服给他们,赚他们的钱"。① 杰生视财如命,一时失意便嫁祸于资本市场上的犹太商人,这样的个人经历再现了 1924 年开始的美国金融市场"大牛市"期间的全民投机热。当时经济泡沫膨胀,仅 1927 年一年之内,全美国的信用账户贷款余额从 28 亿美元跃升至 35.5 亿美元。② 然而,普通民众趋之若鹜之后,资本市场迎来了史无前例的暴跌,犹太富商不可避免地沦为这次金融海啸的罪魁祸首。

像杰生对待犹太商人的这种病态排斥心理,遇有合适的经济和社会土壤,容易蔓生为对整个族裔群体的厌恶,导致文化反犹主义的产生。③ 1931 年出版的《圣殿》中,奸商斯诺普斯如此评价他们:"这个世界上最低下最卑贱的人并不是黑鬼,而是犹太人。我们真该出台对抗他们的法律……其中最卑贱的就是当律师的犹太佬,犹太律师中最卑贱的就是孟菲斯的犹太律师。"④ 斯诺普斯的这种生物决定论调,简单粗暴地将种族之间的生理差异转移到道德与职业操守的层面,颇类于德国纳粹势力对犹太人的指控。正因如此,30 年代较为活跃的左派批评家认为福克纳的小说"貌似植根于一种暴力,破坏性和非理性程度与法西斯主义意识形态有不少类似之处"⑤。当然,这只是福克纳与南方故土拉开一

---

① William Faulkner, *The Sound and the Fury*, *Novels 1926—1929*, Joseph Blotner and Noel Polk, eds., New York: Library of America, 2006, pp. 1023 - 1024.

② Frederick Lewis Allen, *Only Yesterday: An Informal History of the 1920's*, New York: Harper & Row, Publishers, 1964, p. 241.

③ [英]齐格蒙·鲍曼:《现代性与大屠杀》,杨渝东、史建华译,译林出版社 2002 年版,第 107 页。

④ William Faulkner, *Sanctuary*, *Novels 1930—1935*, Joseph Blotner and Noel Polk, eds., New York: Library of America, 1985, p. 363.

⑤ Robert H. Brinkmeyer, Jr., *The Fourth Ghost: White Southern Writers and European Fascism, 1930—1950*, Baton Rouge: Louisiana State University Press, 2009, p. 176.

定的心理距离，从负面角度看待自己的家乡和人民，也是爱国爱故乡的一种方式。

事实上，出于美国南方在内战中败北的缘故，福克纳对于战败方有着天然的同情，第一次世界大战之后的德国就曾受到这样的"礼遇"。德国作家雷马克（Erich Maria Remarque，1898—1970）的著名反战小说《西线无战事》（*All Quiet on the Western Front*，1929）出版后反响热烈，续作《归途》（*The Road Back*，1931）曾吸引了福克纳的积极关注。《新共和》上刊载福克纳撰写的书评指出，战败国虽败犹荣，因为民众并不希望参与战争，雷马克通过小说人物之口恰当表达了民众的反战呼声。[1] 福克纳非常清楚，战争的发起者和加害者只是当权者中间的一部分人，普通德国民众其实也是第一次世界大战的受害者。尽管战争的破坏性有目共睹，福克纳参透了战争磨炼人类意志的客观价值，他曾借《押沙龙，押沙龙!》的一位叙述者之口坦言，谁都不乐意放过任何一次战争。[2] 珍珠港事件之后，福克纳曾经多次请缨亲赴战场，军方均以他年龄偏大为由拒绝。作家为国服务的心愿在战后幸运地得到弥补，他多次跟随美国国务院使团出访拉美和亚欧各国。1955年在日本停留期间，福克纳发文称战争和灾难带来深刻警示：人需要用艺术来记录自己的耐力和坚强。[3] 他对未来充满信心，这种人道主义思想早在福克纳的诺贝尔文学奖受奖演说词中已有表达，这对于日本和其他国家而言同样适用。

随着第二次世界大战的推进，大批犹太难民涌向美国，这时福克纳小说中人物的态度也随之发生了变化。南方贵族后裔艾萨

---

[1] James B. Meriwether, ed., *William Faulkner Essays, Speeches & Public Letters*, New York: The Modern Library, 2004, p. 186.

[2] William Faulkner, *Absalom, Absalom!*, *Novels 1936—1940*, Joseph Blotner and Noel Polk, eds., New York: Library of America, 1990, p. 180.

[3] James B. Meriwether, ed., *William Faulkner Essays, Speeches & Public Letters*, New York: The Modern Library, 2004, p. 83.

第三章　家族历史的跨种族建构　　145

克·麦卡斯林在《去吧，摩西》中有一段精彩的评论，充分代表了 40 年代初期作家对这一群体的看法：

> 他们到南方来也是没有保护的，因为两千年来，他们已经失去了有保护和需要保护的习惯，他们是不合群（solitary）的，甚至还不像蝗虫那样团结，他们在这件事上也是具有某种勇气（a sort of courage）的，因为他们想的并不是单纯的捞一笔钱（simple pillage），而是要为子子孙孙谋福利（in terms of his great-grandchildren），为他们找一个安身立命之地（some place to establish them to endure），虽然他们永远会感到自己是外人（forever alien）：犹太人也同样是没有受到祝福的：他们是在西方地界上流浪的一种贱民（pariah），二十世纪之后，人们仍然拿他们出气，因为有那么一个神话，说是犹太人征服了西方世界。①

叙述者指出，犹太人在美国内战之后陆续来到南方参与重建，虽然有"捞一笔钱"之嫌，然而作为两千多年来一直流浪的"贱民"，他们主要是为子孙后代寻找"安身立命之地"。显然，小说叙述者对犹太民族流露出强烈的同情，这个群体一直颠沛流离、第二次世界大战期间又遭到纳粹迫害与屠杀，他们的经历赢得世人同情，容易得到"安身立命"之所。福克纳在其他小说中曾将 courage 和 endure 用于白人和黑人身上，这里的犹太人同样具备"勇气"和苦熬（用于描述犹太人定居和家族延续的愿望）的品质，显然是在强调不同族裔的相似品质。同时，南方社区对"贱民"的接纳，也表现出相当的友好、开放和韧性。

跨种族通婚是犹太移民及其后裔融入美国社会的一大选择。

---

① William Faulkner, *Go Down, Moses*, *Novels 1942—1954*, Joseph Blotner and Noel Polk, eds., New York: Library of America, 1994, p. 215.

在斯诺普斯三部曲的后两部小说中,琳达的丈夫巴顿·科尔（Barton Kohl）虽然没有真实现身,但其犹太身份在作品中却是推动情节发展不可或缺的因素。科尔是纽约格林尼治村的一位雕塑艺术家,西班牙内战期间与妻子共同加入共和政府一方参战,不幸中弹牺牲,琳达也在此次战斗中被炮弹震聋双耳。1939年8月《苏德互不侵犯条约》签订之后,本是美国盟友、拥有大量犹太人的苏联被误认为与德国法西斯势力媾和,《大宅》便曲折反映了民众的这种不满情绪。琳达回乡之后,很多不明就里的杰斐逊镇民将矛头对准了这位犹太人的遗孀,往她家外墙上涂写反动标语。事实上,琳达与科尔的婚姻关系拓展了斯诺普斯家族种族构成的同时,南方白人与犹太人联姻,在地理和文化空间上亦将南方和北方乃至欧洲大陆联系起来。然而,涂写那些反犹标语的镇民却一时无法接受琳达外嫁的事实,他们不分青红皂白地排斥犹太人及其家人：科尔是犹太人,来自苏联,而苏联与法西斯德国交好,科尔一家人因而很容易地被划归敌营。在弗莱姆面前,镇民们是失败者,他们借着科尔的种族身份进行自我辩护,客观上表明了对弗莱姆的认可。

约克纳帕塔法县最早的犹太定居者,非拉特利夫的先人莫属,该家族的生活轨迹在斯诺普斯三部曲的后两部小说中有多处交代。加文曾在《小镇》中明言,弗拉基米尔（Vladimir）这个名字在密西西比乡下无法得到认可,因其代表的犹太种族身份,拉特利夫一直当作"秘密"隐藏。他的祖上曾经是美国独立战争期间英方的雇佣兵,1777年萨拉托加大捷之后逃至弗吉尼亚,受当地农村姑娘拉特克利夫（Nelly Ratcliffe）救助,两人后来结婚生子。值得注意的是,这个犹太人沿用了女方的姓氏,直到第三代人西进到密西西比之后,才将原有姓氏改变为现在的写法（Ratliff）。[①] 整个家族

[①] William Faulkner, *The Mansion*, *Novels 1957—1962*, Joseph Blotner and Noel Polk, eds., New York: Library of America, 1999, p. 480.

有约在先：每一代人中要有一位子嗣继承弗拉基米尔·吉里利奇（Vladimir Kyrilytch）的名字，目的是让家族成员铭记自己的犹太传统，但又表现出一定程度的灵活性，通过接受外族的姓氏而保留主动权。加文正是在文化传承性上对这位推销员朋友赞赏有加，认为这一定会带来好运气，"任何一个地方的任一位妇女都会买他出售、贩运或交换的任何东西"①。

　　的确，犹太商人拉特利夫带来的不仅是商品，他本身就是自由、客观和中立的象征。同为犹太人的德国社会学家齐美尔（Georg Simmel）在《陌生人》一文中，曾以犹太商人的特殊身份为例，对广义上的陌生人做出精彩分析。他指出，陌生人从根本上说是一个"潜在的流浪者"，他们到某地居住之后，便产生游离（detachment）和依恋（attachment）并存的情感。齐美尔分析了犹太商人的处境，他们来时只是个"编外人"（supernumerary），当地所有的经济岗位均已被占满，不得不依赖"中间人"（middleman）身份从事商贸活动。这一身份赋予他们较大的流动性和客观性，能够超脱于当地人的经济利益和权力关切，从事各种商业和社交活动。② 由此看来，拉特利夫在福克纳小说中充分利用了"陌生人"身份，介入杰斐逊镇民众与斯诺普斯的漫长斗争，最终赢得了双方的信任。换个角度看，美国南方对以拉特利夫为代表的外来人士采取了有限包容的态度，福克纳塑造的这个南方小镇并不像法国批评家卡萨诺瓦（Pascale Casanova）在《文学世界共和国》（*The World Republic of Letters*，2004）所认定的那样绝对封闭，③ 至少在后期创作中显示出开放的属性。

---

　　① William Faulkner, *The Town*, *Novels 1957—1962*, Joseph Blotner and Noel Polk, eds., New York: Library of America, 1999, pp. 282 – 284.

　　② Georg Simmel, *On Individuality and Social Forms*, Donald N. Levine, ed., Chicago and London: The University of Chicago Press, 1971, pp. 143 – 145.

　　③ Pascale Casanova, *The World Republic of Letters*, M. B. DeBevoise, trans., Cambridge, MA.: Harvard University Press, 2004, p. 337.

杰斐逊镇民众对拉特利夫的接纳，可以看成美国历史上犹太难民潮起的一种折射。美国正式加入第二次世界大战之前，面对欧陆大量犹太难民的移民诉求，国会和民众的热情并不高。有民意调查显示，85%的新教徒、84%的天主教徒，甚至还有25.8%的犹太人反对政府敞开大门接收他们，因此1933至1938年仅有6万名犹太人得以进入美国。① 这与罗斯福政府奉行的孤立主义外交政策不无关系，也在一定程度上受制于国内高涨的反犹主义情绪。当然，政界对接收犹太难民也有过尝试，《斯莱特里报告》（Slattery Report）提议美国在阿拉斯加州的西特加（Sitka）建立一个犹太人收容中心，但是该报告被来自阿拉斯加州的以安东尼·戴蒙德（Anthony Dimond）为首的国会议员否决，没有得到通过。就此国内外形势看，福克纳小说中的犹太人尽量隐姓埋名，不是没有缘由的。

从话语层面上看，拉特利夫是衔接斯诺普斯三部曲，乃至整个约克纳帕塔法小说体系的重要跨文本人物之一。《我弥留之际》中，他延续了《沙多里斯》里苏拉特的姓氏，试图卖给本德仑家长子卡什一台留声机，但因为价格问题，生意没有谈成。后来他变身为拉特利夫，在《村子》中发挥了推动情节发展的重要作用，他与弗莱姆斗智斗勇，不幸中计买下那栋法国人老宅。到了《小镇》和《大宅》中，拉特利夫抛弃了孤军奋战的策略，联合加文和契克一道应对弗莱姆的攻势。应该看到，双方的矛盾冲突过程见证了整个约克纳帕塔法县的历史变迁，较量的输赢结果其实并不重要，重要的是南方白人群体对外来人口的选择性接纳，形成了南方社会的异质化与多元性。这也是犹太人逐渐白人化的过程。

美国学者佩因特（Nell Irvin Painter）在《白人的历史》（*The*

---

① Carol Berkin et al., *Making America: A History of the United States* (5th ed), Boston and New York: Houghton Mifflin Company, 2008, p. 754.

History of White People)一书中指出，种族关系研究中的白人是个不断被建构的概念，美国历史上白人的范畴经历了几次不同程度的"扩围"：从 19 世纪初期开始，具有盎格鲁—撒克逊血统的白人工人阶级移民、来自爱尔兰和中东欧等地的移民以及所有白皮肤的高加索人、犹太人和拉丁裔，部分印第安人和黑人中的富人群体先后列入"白人"群体。直到 1965 年，犹太在美国社会中作为一个"种族"已经不复存在。① 根据这位学者的说法，犹太人真正被美国主流的白人社会接纳是在第二次世界大战前后，而福克纳把一位普通犹太雇佣兵的定居经历拓展为历史悠长的家族罗曼史，融入了鲜明的南方家族文化色彩。拉特利夫作为犹太人的一员，从一个普通的商人演变为南方上层人士的友人，影射了美国社会多元化的历程。

美国社会多元化就是不同种族、不同地区的人通过求学、经商、入伍、通婚等多种渠道走向共生的过程。福克纳后期小说或隐或显、或实或虚地反映了这一过程，例如《小镇》和《大宅》的隐含作者通过对科尔夫妇和拉特利夫家族经历的描述，意在表明南方社会转型中人物身份复杂化的不同途径：琳达北上与科尔联姻，而拉特利夫家族则扎根南方。从这一点上看，南方社区历来享有较强大的内聚力，对于外来人士保持高度同化能力。福克纳也意识到这一点，在 1956 年的一次访谈中谈及通婚的影响时说到，300 年之后黑人等少数族裔群体会因之消失。② 而美国南方是一个对外来人而言具有持久吸引力的地方，内战之后更是如此。福克纳在《去吧，摩西》中借艾克之口指明了南方生活的三类人：黑人、白人和来自北方的投机客，而这第三类人除了犹太人，还

---

① Nell Irvin Painter, *The History of White People*, New York and London: W. W. Norton & Company, 2010, p. 384.

② James B. Meriwether and Michael Millgate, eds., *Lion in the Garden: Interviews with William Faulkner, 1926—1962*, Lincoln and London: University of Nebraska Press, 1968, p. 258.

包括三K党（Ku Klux Klan，K. K. K.）极端主义者和背包客（carpetbagger）。① 作家暗示，三K党徒是北方老兵的后裔，背包客则系寄望于发家致富的北方穷白人（如《献给爱米丽的玫瑰》中的包工头）。这些外来者对于内战之后南方社会的转型产生了重大影响，反映在家族关系上，便是来自北方或者家庭背景为身处中下层的人物通过婚姻进入南方社会上层。也就是说，美国南方的家族结构出现了地域和阶级的变化与融合。

福克纳后期小说中的家族关系很多是跨种族的，本章分析了"白人负担"阴影之下的白人和黑人之间的事实性婚姻关系，白人与少数族裔的混血子女之间构成的隐喻性家族关系，以及拉特利夫家族自美国内战之后定居南方的经历。这三种跨种族关系在家族关系网络中实现了少数族裔与白人（不管是贵族还是穷白人）通婚，后代成员出现混血人物，家族历史得以延续。人物关系出现如此复杂化的一个前提条件，来自美国社会经济、政治、文化上一体性的强化，而这进一步导致南方人物的地域化特征渐趋弱化，或者说赢得了更为宽泛的国家认同。然而，混血人的肤色问题在美国社会中容易招致血统和种族之外的道德评判，进而影响到人物的身份认同，凸显阶级问题的重要性。

---

① William Faulkner, *Go Down, Moses*, *Novels 1942—1954*, Joseph Blotner and Noel Polk, eds., New York: Library of America, 1994, pp. 214 - 215.

第四章　家族变迁中的阶级融合

美国南方本是原住民、白人、黑人和犹太人等不同族裔群体聚居的地区，相互之间的人员和物质往来一直没有中断，福克纳也在《去吧，摩西》《修女安魂曲》《小镇》等小说中生动描写过通婚、商贸、战争、奴役等形式的跨种族交流活动。人际与族际交往跨越区域的界限，尤其是在南方重建以及西进运动之中，大大模糊了原有的地缘文化边界。除了种族及地域差异，南方显贵家族的没落从历史上看是与穷白人家族的崛起同步出现的，贵族与下层之间通婚，造成旧式贵族、原住民酋长、穷白人、黑人奴隶等身份符号进一步杂糅化。第一至三章集中探讨了福克纳后期作品中家族关系的复杂性，及其在性别和种族两个维度上的体现，本章着重阐述阶级因素在人物的家族背景中的表现方式，及其影射的国家认同过程。

有社会历史学家如此断言，美国"始终存在"[1] 由不同阶级构成的一个复杂社会体系。内战以来，南方诸州不同社会群体之间在经济收入、社会地位、子女教育等方面差异巨大。文学家对此深有体悟，非裔女作家托尼·莫里森曾指出，福克纳后期作品的"关注焦点"之一便是阶级问题。[2] 从人物的阶级构成分析，约克

---

[1] Nancy Isenberg, *White Trash: The 400-Year Untold History of Class in America*, New York: Viking, 2016, p. XV.

[2] Toni Morrison, *Playing in the Dark: Whiteness and the Literary Imagination*, New York: Vintage Books, 1993, p. 14.

纳帕塔法县是一个等级制度森严的社会。位于顶层的是早期欧洲移民来的白人贵族以及美洲原住民部落中的酋长，他们占有广博田产、众多奴隶和其他优质社会资源。福克纳小说中的沙多里斯、康普生、萨特潘、麦卡斯林以及伊赛蒂贝哈等家族均隶属于这一阶级，考利在《袖珍福克纳读本》的序言中对此类不同家族的事迹作过介绍①。第二层次包含一部分占有土地和少量奴隶的自耕农，还有的从事经营商铺、诊所、旅馆等营利性行业，他们基本可以做到衣食无忧。位于约克纳帕塔法县东南部的法国人湾地区是其聚集地，《大宅》中被明克复仇致死的休斯顿，《村子》中的威尔·瓦纳一家都可以算是自耕农。除此之外，这个阶级还包括大量的穷白人，他们仅占有少量土地，生活非常拮据，一旦天灾人祸来临则无以自保。《我弥留之际》中的本德仑、阿姆斯蒂，以及发迹之前的弗莱姆·斯诺普斯一家都可视作这一阶级的典型代表。处于社会最底层的是黑人奴隶，他们备受白人贵族和普通白人的歧视、盘剥乃至迫害致死，一旦言行失范就会面临被处私刑。短篇故事《夕阳》、小说《八月之光》和《去吧，摩西》的第四章"大黑傻子"等作品都对不同的私刑受害者有着精彩描绘，叙述者流露出极大的同情，对施害者又表达了强烈的控诉。如此看来，美国内战之后南方的阶级分化十分严重，用理查德·金的话说，南方是沿阶级界限"完全分裂"② 的。

南方社会阶级分化的根源在于经济，如福克纳在《告日本青年》（1955）中所言，内战之前美国存在着两种相互对立的经济制度。③ 以农业经济为主体的南方主要依赖棉花、稻米、蔗糖等农

---

① Malcolm Cowley, "Introduction", *The Portable Faulkner*, New York: Penguin, 1946, pp. 6 – 7.

② Richard H. King, *A Southern Renaissance: The Cultural Awakening of the American South, 1930—1955*, Oxford: Oxford University Press, 1980, p. 20.

③ James B. Meriwether, ed., *William Faulkner Essays, Speeches & Public Letters*, New York: The Modern Library, 2004, p. 82.

产品出口，随着黑人奴隶的解放，内战之后南方经济体制几近瘫痪。大量种植园荒废，庄园主破产，穷白人也无田可耕、无所可居，失去长居之所的黑人面临的境况更加堪忧。这样的形势持续到 20 世纪初期，第一次世界大战之后北方经历了十年稳定繁荣，南方的境况却难以根本扭转，到 1930 年时大约 55% 的农场主沦为佃农。① 随之而来的经济大萧条使得南方经济再次经历深重打击，民众之间的贫富差距继续加大。美国作家艾吉（James Agee，1909—1955）与摄像师合作出版的《让我们赞颂名人》（*Let Us Now Praise Famous Men*，1941）一书，对三户佃农的贫窘生活做过详细的记录和分析，充分反映了南方积贫积弱的社会经济现实。

　　福克纳如何完成阶级跨度巨大的人物塑造呢？这离不开作家个人成长的家族和社会环境。福克纳具有令人骄傲的家族历史，其曾祖父在内战期间做过上校，战后参建铁路、当选州议员、出版过小说。祖父的业绩稍逊，在当地也是一位声名显赫的律师，接任过银行董事长。这样的家族背景为福克纳营造了相对宽裕的生活环境，影响到"成长和价值观念的形成"，使其有意无意地成为"旧南方思想道德的传播者和辩护者"②。福克纳与其他作家塑造的"南方神话"，不过是"旧南方上流社会制造的神话，缺乏下层社会的参与，并不具有广泛的代表性"③。内战中战败给南方人留下难以弥合的创伤，但因为涵盖群体范围过大，这种说法"有武断、片面之嫌"④。家族历史仅是福克纳小说素材的源头之一，他经常到父亲的马厩中听黑人讲故事，在火炉旁听外祖母讲

---

① Richard H. King, *A Southern Renaissance: The Cultural Awakening of the American South, 1930—1955*, Oxford: Oxford University Press, 1980, p. 22.

② 李杨：《欧洲元素对美国"南方文艺复兴"本土特色的构建》，同济大学出版社 2015 年版，第 55 页。

③ 李杨：《欧洲元素对美国"南方文艺复兴"本土特色的构建》，同济大学出版社 2015 年版，第 89 页。

④ 李杨：《欧洲元素对美国"南方文艺复兴"本土特色的构建》，同济大学出版社 2015 年版，第 114 页。

故事，到大街上去听马贩子讲故事。后来在弗吉尼亚大学的讲台上，作家总结说："我的童年生活是在密西西比的一个小镇度过的，这就是我背景的一部分。它和我一起成长，我吸收了它，不知不觉就接受了它。"① 福克纳把周围的一切拿来、揉碎、消化、吸收之后，再纳入创作之中。

作家与南方故土的难解难分，其实代表了自殖民地初创以来南方民众对土地的依恋。然而内战之后，南方奴隶北迁的同时，北方下层白人也在南下谋生，社会流动性增强。人的身份随之发生改变，原有的家族、地域、种族符号之外，阶级差异突出。福克纳擅长描绘南方贵族家庭的没落和分崩瓦解，这些家族经历几代人的时间，从统治阶级的上层跌落。这正是福克纳的兴趣点——人物以历时眼光回顾个人和家族的过去，在此过程中强化认知世界的方式：自历史和记忆中把握自我，理解当下和构建未来。萨特论及《喧哗与骚动》时有个著名的论断：福克纳的人物就像"一位坐在敞篷车里向后看的人"，两侧景物只有在观者仔细看时才会变成树、人或车子，"过去增添了某种超现实性"。② 诚然，回顾过去是后辈对祖先功绩与罪恶的一次审判，也是进入现实的路径。当南方贵族的子嗣在踌躇中批判接受祖产之时，他们已经走向了活生生的社会现实。

第一节　家族内外的阶级差异

第三章提到，不同种族之间的联姻将混血问题凸显出来，虽

---

① Frederick L. Gwynn and Joseph L. Blotner, eds., *Faulkner in the University*, Charlottesville and London: University Press of Virginia, 1995, p. 86.

② Jean-Paul Sartre, "Time in Faulkner: The Sound and the Fury", *William Faulkner: Three Decades of Criticism*, Frederick J. Hoffman and Olga W. Vickery, eds., New York and Burlingame: Harcourt, Brace & World, Inc., 1963, p. 228.

然种族并不意味着阶级差异,但血统往往影响到个人的阶级归属。《去吧,摩西》中,卢卡斯、法泽斯、布恩等人的父母都是异族婚恋的典型代表,混血成为他们共有的身份标签。第五章《熊》的叙述者开篇宣称:

> 这一回,故事里也有一个人和一条狗。有两只野兽,包括老班那头熊,有两个人,包括布恩·霍根贝克,他身上有一部分血液是和山姆·法泽斯的一样的,虽则布恩的血是平民(plebeian)的血,而这里面,只有山姆、老班和那杂种狗"狮子"是未受到玷污且不可破坏(taintless and incorruptible)的。①

叙述者首先引入血统问题:山姆和布恩的体内均流淌着美洲原住民的血液,前者的血"未受到玷污且不可破坏",又间接表明了布恩的混血身份,他具有"平民"之血。叙述者相信,人物的混血血统决定了阶级归属。血统是先天性问题,个人无法选择,但阶级问题则是后天的,两者没有必然联系。

布恩的祖母是美洲原住民契卡索部落的一位普通女子,到他这一代仅余四分之一原住民血统,对此他表现出一定的矛盾性:"只要有人说他身上有一滴印第安血液,就会勃然大怒";而醉酒之后他又会吹嘘,"爸爸可是个百分之百的契卡索族印第安人,而且还是一位酋长,妈妈身上也仅有一半白人的血液"。② 这种矛盾心理折射了不同种族文化的遗产对人思想认识的影响,影射了白人与美洲原住民在殖民地初创时期友好与冲突并存的交流史。布恩与小说的核心人物艾克互为对立面,他在小说中最突出的贡献是杀

---

① William Faulkner, *Go Down, Moses, Novels 1942—1954*, Joseph Blotner and Noel Polk, eds., New York: Library of America, 1994, p. 140.

② William Faulkner, *Go Down, Moses, Novels 1942—1954*, Joseph Blotner and Noel Polk, eds., New York: Library of America, 1994, p. 167.

死了大熊老班（Old Ben），宣告延续多年的打猎活动就此终结；艾克面对老班被杀一事，表现的更多的是好奇和怅惘。正如艾克第一次进入大森林时，与布恩一起去货栈买酒，一个清醒、一个烂醉。最直接的对照是，布恩是混血之后，艾克则系贵族嫡传。如此差异体现了叙述者对血统的强调，隐含了阶级差异与社会分工的联系。

《去吧，摩西》是"探究意识形态的巅峰之作"[①]，福克纳把阶级问题隐藏于种植园、大森林和账簿的背后，由家族记忆出发考察人物身份的形成与变化。作家曾在回答提问时强调："没有哪一个拥有1700万二流公民的国家会长期存在下去"[②]，可见他并不满足于美国社会的阶级状况，呼吁社会改变对"二流公民"的偏见。福克纳在小说中探索了解决之道，让各色人物抛却差异、弥合分歧、寻求合作，该项活动便是打猎。

《去吧，摩西》和《大森林》两部作品中的打猎活动具有复杂的目的性和象征意义。在原住民看来，除了作为一种谋生手段，打猎还具有较强的仪式性。山姆·法泽斯教会艾克使用猎枪和匕首之后，利用猎杀的第一头公鹿的血液，为这位十二岁的贵族后裔施行成人礼：法泽斯"把双手浸在冒着热气的鲜血里，然后在孩子的脸上来回涂抹"，接下来"号角在潮滋滋、灰蒙蒙的林子里一遍遍地吹响"。[③] 美洲原住民大多信仰自然神论，通过涂抹猎物血液，据说可以获取大自然的灵性馈赠。值得注意的是，艾克是作为贵族中的一员去接受原住民的成人礼，仪式本身凝聚着两个种族文化、两个阶级之间的友好往来。

原住民的成人仪式仰赖的打猎活动笼罩着另一种仪式性光

[①] Thadious M. Davis, *Faulkner's "Negro": Art and the Southern Context*, Baton Rouge and London: Louisiana State University Press, 1983, p. 239.

[②] Frederick L. Gwynn and Joseph L. Blotner, eds., *Faulkner in the University*, Charlottesville and London: University Press of Virginia, 1995, p. 162.

[③] William Faulkner, *Go Down, Moses, Novels 1942—1954*, Joseph Blotner and Noel Polk, eds., New York: Library of America, 1994, pp. 121-122.

环。《去吧,摩西》以很大篇幅讲述少年艾克追随麦卡斯林、德·斯班少校和康普生将军等人进入大森林围猎老班的故事,据叙述者所称,年复一年的打猎是为了"向这顽强、不死的老熊表示敬意的庄严仪式(pageant-rite)"①。这个"庄严仪式"一般会持续两周,时间大概是每年11月份(感恩节前后)棉花、玉米等农作物收获之后,因而具有一定的感恩色彩,主要是为了表达参与者对老班的"敬意",而不是真正意义的杀戮。作家曾明确指出"顽强""不死"的老班是大自然的象征,②如果从更广义的新大陆殖民史来看,文中猎手与老熊一年一度的"约会"则更像是白人后裔在大自然中追寻白人先祖的遗迹,是贵族后裔对原住民文化的景仰和接受。

从打猎活动的符号性判断,白人贵族对老熊的逐猎与其说是一种仪式,不如看作南方上层种植园主打发闲暇、追求享乐的一种休闲方式。不同于北方的商业资本家,南方贵族在既有土地上坐享其成,攫取奴隶和佃农的劳动成果。美国内战前后,很多黑人奴隶并未逃往北部诸州,而是选择留在种植园作佃农,或继续从事庄园的厨师、洗衣工、园丁等工作。因此,种植园主依然享有大量财富和较高的社会地位,不愁生计、无须劳动,成为真正的有闲阶级。根据美国经济学家凡勃伦(Thorstein Veblen)的观点,有闲最根本的特征是"对时间的非生产性耗费",有闲阶级指的是那些不必将劳动作为谋生手段的群体,他们脱离了劳动的束缚而享有"社会地位的习惯性标志",有权追求各种形式的娱乐休闲活动。据此,凡勃伦把这种脱离劳动的休闲称为炫耀性消费。③南方种植园主及其子

---

① William Faulkner, *Go Down, Moses, Novels 1942—1954*, Joseph Blotner and Noel Polk, eds., New York: Library of America, 1994, p.142.

② Frederick L. Gwynn and Joseph L. Blotner, eds., *Faulkner in the University*, Charlottesville and London: University Press of Virginia, 1995, p.37.

③ Thorstein Veblen, *The Theory of the Leisure Class*, New York: Dover Publications, 1994, pp.26-28.

嗣对时尚的工业制成品并不感兴趣，他们的炫耀性消费着眼于象征性的非商品消费。

那么，福克纳笔下的打猎者炫耀什么呢？无非一种社会优越性，在旧南方社会体制下白人种植园主及其家族成员享有的任意支配自然资源和社会资源的优越性。不过，需要强调的是，伴随着现代科学技术进步，美国南方广袤的原始森林被各种锯木厂、棉花房和铁路等工厂与基础设施大面积蚕食鲸吞，导致旧式贵族安享的打猎活动变得越来越难以实现。在此前提之下，上层贵族仍会花费大量时间和金钱去追求打猎趣味，成为颇具仪式感和象征意义的炫耀性消费者。美国学者佩特曼（Barbara L. Pittman）做出判断，福克纳 1955 年出版的《大森林——打猎故事集》，在主题、叙事结构乃至版式设计等诸多层面上实现了对前作《去吧，摩西》的超越。作家突出的是美国南方荒野的历史与现状，通过四篇故事的叙述者抒发人物怅惘于荒野消失的情感基调，使得全书从头至尾弥漫着"对白人优越性消失的感伤"①。佩特曼过于沉溺于福克纳作品中的怀旧意识，或多或少地忽略了打猎活动的阶级属性。

贵族阶级的"感伤"达到极致，是在德·斯班少校发现老熊破坏"规矩"、违背"章程"的时候。受现代生产生活方式影响，老熊的活动范围大大缩减、食物十分匮乏，在非狩猎季攻击了德·斯班的马群，"毁坏了［他］的财产"②，还糟蹋了十几户山民的玉米地、猪仔和牛犊。表面看来，老班破坏财物在先，屠杀才得以开始；然而这一人类中心主义的逻辑背后，隐藏的却是现代文明急速发展导致的大森林生态环境破坏，进而造成老熊的越界活动。小说中有个小熊仔躲避火车的细节写得感人至深。叙述

---

① Barbara L. Pittman, "Faulkner's *Big Woods* and the Historical Necessity of Revision", *The Mississippi Quarterly*, No. 3, Summer 1996, p. 477.

② William Faulkner, *Go Down, Moses, Novels 1942—1954*, Joseph Blotner and Noel Polk, eds., New York: Library of America, 1994, p. 157.

者由小熊视角观察铁轨,"这些古怪匀称、方方正正、没有树皮的木头"仿佛"一夜之间不知打哪儿冒出来,形成了一条没有尽头的数学上的直线"。当火车第一次驶来,小熊"疯狂地跑开,遇到第一棵树就爬了上去",在上面足足待了36个小时。[1] 该场景是对老班先发制人一幕的反拨,是铁路建设与火车运营带来的生态后果,预示着打猎时代的结束和人与自然的矛盾变得难以调和。

白人贵族主动将休闲性让渡于平民的物质生活需求,相当于把打猎的仪式性降格为现实性需求,再次印证了弥漫于福克纳作品中的忧郁、怅惘和感伤色彩。作为休闲的打猎"超脱于自然神话体系"[2],使得老熊从种植园主塑造的自然神话中走入活生生的现实,但现实本身则是阶级对立、分工明确的。穷白人和少数族裔参与打猎活动的后勤服务,如布恩外出买酒、老黑奴阿许负责烹饪、法泽斯擅长训犬等。老班被杀引来众多民众围观时,叙述者强调了山民的生活窘态:他们住在沼泽地一带,"面黄肌瘦,依靠奎宁、浣熊与河水度日","农田、谷仓和猪圈一再受老熊骚扰"。[3] 可见,作为贵族休闲活动的打猎客观上为下层民众祛除祸患,阶级对比之鲜明在于狩猎的休闲意义抑或是谋生手段。既然老熊已经死去,打猎也就丧失了原有的意义,荒野作为曾经的休闲空间逐步遁入记忆。德·斯班再也没有走进丛林。

除了现实意义上的打猎,《去吧,摩西》中还描绘了一种隐喻性的逐猎——白人奴隶主追逐逃奴。麦卡斯林家族的年轻黑奴托梅的图尔"但凡有机会可以开溜,一年总有两回"跑到邻近的华威庄园,去幽会心仪的女奴谭尼。这种周期性的追逃活动在颇

---

[1] William Faulkner, *Go Down, Moses, Novels 1942—1954*, Joseph Blotner and Noel Polk, eds., New York: Library of America, 1994, p.237.

[2] Myra Jehlen, *Class and Character in Faulkner's South*, New York: Columbia University Press, 1976, p.8.

[3] William Faulkner, *Go Down, Moses, Novels 1942—1954*, Joseph Blotner and Noel Polk, eds., New York: Library of America, 1994, p.183.

具戏谑性的叙述中掩盖了庄园主与奴隶的阶级冲突,暗示了家族成员的血缘纽带。华威庄园的主人比彻姆先生将这位逃奴斥作"天煞的白皮肤麦卡斯林家的私生子(half-McCaslin)"①,该词首次在小说中点明了这一人物的混血身份。更为重要的是,这里透露出布克大叔并未全力追逃的真正原因:追者与逃者实际上是一对同父异母的兄弟。布克每次逐猎的意图并非认真,而是追求某种仪式性——每次都要刻意打上领带,就像参加一个隆重的聚会。当然,单身的布克在华威庄园竟然也沦为"猎物",追逐他的是比彻姆先生的妹妹索凤西芭!可见,福克纳在《话说当年》这个故事中以逐猎隐喻构建了布克与索凤西芭、托梅的图尔与谭尼这两对情侣关系,即"叠加的打猎兼求爱故事"②。用早期评论家维克里的话说,构成《去吧,摩西》的七篇故事通过这种"仪式性狩猎"才取得结构上的统一。③ 诚然,事实上的打猎与象征性的逐猎起到了文本衔接的作用,成为跨文本衔接的一种手段,但是维克里所说的结构统一性更多的是将打猎故事与种族冲突进行桥接,并未向打猎活动蕴涵的阶级差异方向掘进。

事实上,无论是丛林中白人贵族对猎物的追逐,还是种植园中对逃亡奴隶的追逐,都似乎在隐喻着人类生生不息的生命运动。单纯从小说标题来看,"去吧,摩西"这个祈使句本身就代表了一种召唤,呼吁人们采取行动。一般认为,福克纳巧妙引用了《出埃及记》中摩西带领以色列人逃出埃及的典故,上帝那句"容我的百姓去"(let my people go)在《去吧,摩西》最后一章中不断重现。更确切地说,这个标题来自一首同名的黑人灵歌,正是

---

① William Faulkner, *Go Down, Moses*, *Novels 1942—1954*, Joseph Blotner and Noel Polk, eds., New York: Library of America, 1994, p. 7.

② Joseph Blotner, *William Faulkner: A Biography (2 Vols)*, New York: Random House, 1974, p. 1074.

③ Olga W. Vickery, *The Novels of William Faulkner: A Critical Interpretation*, Baton Rouge: Louisiana State University Press, 1964, p. 124.

莫莉在哀悼外甥时所吟唱的那首，表达了千千万万黑人同胞对自由的渴望。① 然而，这种解读又潜藏着矛盾：莫莉一方面追求自由，另一方面又在无意识中流露出对种植园平静生活的留恋，毕竟是她将布奇之死归咎于庄园主洛斯。或许，这又是福克纳擅长描绘的内心冲突的一个例证！

内心冲突意味着生命和运动。在1954年的一次访谈中，福克纳详细阐述了"生命即运动"的理念："每一位艺术家都会致力于捕捉运动或生命的瞬间"，只有切实做到并坚持下来，才能让将来的读者感受到文艺作品的"生命气息"。② 如作家所述，优秀小说的持久生命力在于对人物行为的精准描写，而只有处于动态变化之中的人物才能更真实地展示性格、表现主题。艾克通过年复一年的打猎活动得以接触真实的自然，布克在对图尔的重复追逐中展露了两人的同胞关系。《小镇》中自杀之前的尤拉，在加文看来"就好像她没来过一样"，"不是'没来过'（not been），而是不再'来'（is），因为'来过'（was）意味着总是和永远，无法解释、别来无恙"。③ 有关这种动作的持续性和未完成性，济慈在《希腊古瓮颂》一诗中做了说明："大胆的情郎，你永远得不到一吻，/虽然接近了目标——你可别悲伤，/她永远不衰老，尽管摘不到幸福，/你永远在爱着，她永远美丽动人！"（屠岸译）情郎即将吻到爱人的那一瞬间被永久定格，这个画面正是福克纳强调的人物活动的永久未完成性。《去吧，摩西》中唯一一次正面描写荒野的景象如下：

---

① Nancy Dew Taylor, *Go Down, Moses: Annotations*, New York & London: Garland Publishing, Inc., 1994, pp. 3－4.

② James B. Meriwether and Michael Millgate, eds., *Lion in the Garden: Interviews with William Faulkner, 1926—1962*, Lincoln and London: University of Nebraska Press, 1968, p. 122.

③ William Faulkner, *The Town*, *Novels 1957—1962*, Joseph Blotner and Noel Polk, eds., New York: Library of America, 1999, p. 334.

那些高高大大、无穷无尽的十一月的树木组成了一道密密的林墙,阴森森的简直无法穿越……马车在最后一片开阔地的棉花和玉米的残梗之间移动,这儿有人类一小口一小口地啃啮原始森林古老的腹侧的最新印记,马车走着走着,在这背景的衬托下,用透视的眼光一看,简直渺小得可笑(ridiculous diminishment),好像不在移动。①

马车的渺小映衬出大森林的广博,反衬着人类的渺小,更决定了贵族和平民在狩猎营地这个近似乌托邦的特殊机构中,阶级差距已经悄然僭越!

福克纳在后期小说中通过约克纳帕塔法县的狩猎活动影射了南方重建至第二次世界大战前后的阶级问题:它不仅表现于种植园贵族对老熊年复一年的追猎上,也体现于种植园主对逃奴的游戏性逐猎之中。打猎活动的阶级差异或者显见,或者隐蔽,但读者无法忽视。当然,不同阶级之间的差异或者鸿沟并非不可逾越,打猎活动中的分工与合作令参与者体验到了祛除差异的可能。况且,每次持续十余天的打猎结束之后,狩猎者们不得不回归城乡社会生活,面对另一种社会现实。

第二节 亲属冲突的阶级动因

福克纳后期小说的故事世界里,很多人物的活动范围扩大,社会流动性增强。不仅名门贵胄的子弟去北方乃至国外读大学、海外传教、参加第二次世界大战,大批黑人移居北方大城市,普通白人也随着西进、北迁的洪流离开南方故土。相比之下,后期

---

① William Faulkner, *Go Down, Moses, Novels 1942—1954*, Joseph Blotner and Noel Polk, eds., New York: Library of America, 1994, pp. 142 - 143.

作品叙述者的视野更为开阔，他们在描述人物出入故土与他乡的过程中，不断引进新的人物和事件，使得情节结构复杂化。同时，伴随着新人物的登场，外来文化的影响持续增加，极大丰富了约克纳帕塔法县的社会生活。家族关系本已庞杂的家族罗曼史，更加突出贵族庄园主后裔与弱势群体之间的关系，同一家族内部的纷争与冲突亦对家族生存空间的拓展以及家族关系网络形成较强支撑。人员流动影响了家族成员之间的相互关系，造成更大范围内不同群体的利益合作与纷争。人物的流动性丰富了家族罗曼史的故事空间。

故事空间的拓展离不开历史，毕竟人物先祖的内战经历产生了深远的影响。除了前期小说中征战沙场的沙多里斯、康普生和萨特潘，麦卡斯林家族的布克、斯诺普斯家族的亚伯以及犹太人拉特利夫的父亲等都参加过内战。有的人为了保卫故土而浴血奋战，有的则借机谋求不义之财，有的会选择移居南方。战后重建时期，南方成为贵族们拓疆辟土、修路架桥的理想场所，百废待兴之际吸引了大量外来社会劳动力，《献给爱米丽的玫瑰》便有这样一位来自北方的筑路工。在《去吧，摩西》中，叙述者将内战之后涌入南方创业的北方人称为除白人和黑奴之外的"第三类人"①，《修女安魂曲》《大宅》以及福克纳专为子女讲故事的儿童故事集《罗湾橡树的鬼魅——威廉·福克纳给孩子们讲的鬼故事》(*The Ghosts of Rowan Oak*: *William Faulkner's Ghost Stories for Children*, 2011) 均重复讲述了内战期间南方女孩善待并嫁给北方士兵的故事。《骑士的策略》中加文的旧情人梅丽桑达吸引了来自阿根廷的瓜尔德雷斯上尉 (Captain Gualdres)，后者在珍珠港事件发生的次日放弃原有国籍，毅然加入美国陆军。② 短

---

① William Faulkner, *Go Down, Moses, Novels 1942—1954*, Joseph Blotner and Noel Polk, eds., New York: Library of America, 1994, p. 215.

② William Faulkner, *Knight's Gambit: Six Mystery Stories*, New York: Vintage, 1978, p. 242.

篇小说《不朽》则描述了德·斯班之子殒命太平洋战场的故事。表面看来,福克纳直接采用现实主义手法叙说美国民众的爱国热情,无论瓜尔德雷斯还是德·斯班牺牲的儿子,在整个约克纳帕塔法体系中只是渺小的陪衬人物,他们出现在作品中的主要作用是烘托加文在家族历史和社会现实之间的两难选择,探索名门望族与平民百姓之间鸿沟的弥合之道。

美国内战是北南双方在经济体制和价值观念上的直接对抗,而第二次世界大战则是国家间的较量,对于福克纳人物写作带来的影响巨大。战争来临,人物冲突暂时缓和,如《骑士的策略》中蓄谋杀害继父者的两个选择是"入伍,或者［入狱］"①。此外,人物的活动空间已经拓展,比如契克参战之后留给自己及他人更大的活动范围。从这个意义上讲,第二次世界大战为福克纳提供了现实素材,战争的再次来临激活了作家想象中的美国内战记忆,1943 年发表于《故事》杂志上的短篇故事《我的外婆米拉德和贝德福德·福勒斯特将军与哈里金溪之战》("My Grandmother Millard and General Bedford Forrest and the Battle of Harrykin Creek")充分说明了这一点。前述强调的人物流动并非始于第二次世界大战,内战前后南方已经出现种植园家族奴隶的大规模流失。福克纳在不同小说中描绘过南方奴隶大规模北迁的情景。最典型的要数《没有被征服的》之中一位女性人物所见的景象,黑奴们"到底有多少,我们也数不过来;男人和女人抱着不会走路的孩子,抬着本该在家里等死的老头老太太","有两天的时间甚至尘土都无法落定,因为那一整夜他们一直在奔走"。② 在战争的硝烟中,这些刚刚获得自由的奴隶们扶老携幼,梦想着逃往已经废奴的北方诸州。据统计,到 1900 年时,原籍为南方各州的黑人

---

① William Faulkner, *Knight's Gambit: Six Mystery Stories*, New York: Vintage, 1978, p. 242.

② William Faulkner, *The Unvanquished*, *Novels 1936—1940*, Joseph Blotner and Noel Polk, eds., New York: Library of America, 1990, p. 69.

中有超过 33.5 万人迁至美国北部和西部地区定居。① 他们中有些是被奴隶主们在西进运动中带到加州或堪萨斯，有的则是个人或举家逃亡到俄亥俄、纽约州甚至加拿大。

战争带来人口流动，参与北迁的并不仅仅是南方黑人，还包括部分白人，即福克纳作品中常出现的穷白人群体。整个 19 世纪，南方白人的分布很广，向北至印第安纳，向西则在淘金热的带动之下进入密苏里、堪萨斯、科罗拉多、新墨西哥和加利福尼亚。到了 19 世纪末，超过 100 万名南方白人迁出祖居地，到他处定居；仅纽约一座大都市，就吸引了大约四万名南方白人进驻。人口外流的数量在 20 世纪有增无减，1920 年南方在外定居的人口达 270 万，1950 年更是猛增到 750 万。② 这种南方流散现象或许可以部分地解释斯诺普斯家族人口数量在杰斐逊镇呈抛物线走势的成因。弗莱姆搬入杰斐逊镇之后，便大举招徕斯诺普斯家族成员，占据餐饮、娱乐、教育等各行各业的岗位，《小镇》的一个叙述者称这种做法为"种植斯诺普斯们"③。但是，这位斯诺普斯家族的头号人物不择手段爬上银行董事长宝座之后，发现自己并不受人敬重，为了体面他又开始挥刀"裁员"，将犯有抢劫银行、放映淫秽片、谋杀邻人等罪行的斯诺普斯们统统赶出了小镇。

弗莱姆对名利的追逐是以南方人的大举外迁为时代背景的，他的行为象征了南方人口在全国范围内的流动。《大宅》以明克·斯诺普斯锒铛入狱开始，以其击毙弗莱姆得以成功复仇而告终。从故事空间上看，不同于第二部《小镇》主要描写的弗莱姆移居

---

① James N. Gregory, *The Modern Diaspora: How the Great Migrations of Black and White Southerners Transformed America*, Chapel Hill: The University of North Carolina Press, 2005, p. 12.

② James N. Gregory, *The Modern Diaspora: How the Great Migrations of Black and White Southerners Transformed America*, Chapel Hill: The University of North Carolina Press, 2005, pp. 12-13.

③ William Faulkner, *The Town, Novels 1957—1962*, Joseph Blotner and Noel Polk, eds., New York: Library of America, 1999, p. 28.

杰斐逊镇之后的经历，《大宅》讲述的故事回到首部曲《村子》，或者说融合了前两部小说故事发生的法国人湾和杰斐逊镇两处地点。福克纳的约克纳帕塔法地图上，法国人湾位于县城东南，那里赤贫人口聚居、交通不便、犯罪事件频发，前期小说中多有涉及。《我弥留之际》中的本德仑一家生活于这个区域，依靠农耕维持生计，水灾会导致生活难以维系，他们的杰斐逊镇送葬之旅隐喻着逃离祖居地和农业生产方式的一次尝试，实际上"反映了城乡之间尖锐的矛盾"[①]。《圣殿》中金鱼眼枪杀吉米、强奸坦普尔等暴力事件发生于该地区的"老法国人湾"宅邸，《村子》中弗莱姆施用"盐矿计"将这座朽败的宅邸高价卖给拉特利夫等人的交易，也发生于此。此种意义上看，"老法国人湾"宅邸的经历影射了整个地区在南方历史上的没落轨迹，它从殖民初期的家族定居点逐渐演变为社会生活中心，而今全部由穷白人所占据，在弗莱姆的眼中已经毫无利用价值，所以他才会向小镇转移。故事人物活动空间转换的背后，蕴涵的是旧南方社会的转型，是传统的封闭式农业生产为主体的经济模式转向工商业占比越来越大的城镇经济模式。

不同的生活空间影响到人物的现实生活方式，而生活方式的差异又是由经济因素决定的。《大宅》塑造了一个穷白人的典型形象。故事发生于1908年，这位斯诺普斯家族的穷困人物生活十分拮据，衣衫褴褛："破旧得补丁连片的棉布长衫"外面罩着"仅有的一件冬衣"，不过是"用打包绳系起来、打着汽车轮胎补丁的油布雨衣"[②]。这种衣衫不整的外表明确显示了明克捉襟见肘的经济状况，而这又与他单纯将耕种土地作为谋生手段有着很大的关系，时刻要为耕牛、过年节时的衣食以及子女的出路着想。作

---

① 郭棲庆、潘志明：《再析〈我弥留之际〉中的本德仑一家》，《外国文学研究》2007年第5期。

② William Faulkner, *The Mansion*, *Novels 1957—1962*, Joseph Blotner and Noel Polk, eds., New York: Library of America, 1999, p. 340.

为穷白人的一分子，明克是一个典型的佃农形象，他和土地之间有着天然的联系：

> 像他这样的人，从未拥有过土地，哪怕一刻也没有过，他们深信土地只能年复一年地租种。反而是土地拥有着他们，不仅是一茬庄稼从播种到收获，而且直到永远（in perpetuity）。土地也不属于地主，因为那些人只会在十一月时把佃农从破陋不堪的棚屋里驱逐到大街上，又会赶在三月份之前于三英里或十英里之外、隔着两个甚至十个县拼命寻找另一个同样穷困潦倒的佃农，以免耽误下一茬作物播种；反倒是土地自身，它把命中注定的劳苦和贫穷从一段奴役传递到另一段（passing their doomed indigence and poverty from holding to holding of its thralldom），就像一个家族或宗族所做的那样，把它传给了那个彻底破产、排行第十的堂兄弟（as a family or a clan does a hopelessly bankrupt tenth cousin）。①

土地并不隶属，反而拥有人类的思想，福克纳在不同作品中——比如美洲原住民故事《殉葬》（"Red Leaves"，1930）、《村子》以及《去吧，摩西》——有过明确的表达。在这里，作家通过明克的遭遇及其思想意识重申了这一点：佃农仅仅租种土地，但不会是拥有者，甚至地主也无法拥有。文中表明，以明克为代表的穷白人常常因租种不同的地块而居无定所（被"赶到大街上"），遭受着来自地主的压榨和盘剥，但是在明克意识中，将佃农受奴役的生产方式永久化（"从一段奴役传递到另一段"）的是土地而非地主。接着，叙述者将人与土地之间的关系悄然引向了佃农与地主之间的对抗关系，进而将这种悲观（作者常用 doom 一词）的

---

① William Faulkner, *The Mansion*, *Novels 1957—1962*, Joseph Blotner and Noel Polk, eds., New York: Library of America, 1999, p.414.

阶级对抗论调通过一个类比，转移至家族内部堂兄弟——春风得意的弗莱姆与"彻底破产的"明克——之间的人际冲突。当然，上述引文的故事背景也不可忽视。虽然弗莱姆与明克同属一个大家族，但他为富不仁，非但没能在后者身陷囹圄时伸出援手，反而落井下石——指使同受牢狱之灾的堂侄蒙哥马利蛊惑明克易装越狱，导致事情败露，明克被追加二十年刑期。

如此看来，《大宅》中的人物冲突是在家族和阶级的双重裹挟中展开的。与明克衣不蔽体、食不果腹的困顿生活相比，弗莱姆的经济状况则异常宽裕，过着衣食无忧的生活。无论是经营餐馆还是监督电厂工人期间，弗莱姆全然脱离了农业劳动。后来，弗莱姆更加飞黄腾达，坐上了银行董事长和杰斐逊镇长的位子，追求更加体面的社交和休闲活动，完全不管不顾家族其他贫贱亲属的生活境况。从根本上说，斯诺普斯家族的血缘亲情被经济上的巨大差异阻断，造成部分穷人愈加边缘化，而这实际上也是明克与弗莱姆堂兄弟相残的心理根源。有学者声称，明克对弗莱姆的复仇行为终究是后者脱离穷白人群体、"背叛阶级团结"所引发的结果。[①] 也就是说，明克之所以将矛头指向自己的堂兄，更为重要的原因莫过于两人在阶级与社会地位上的悬殊差异。由此可见，家族内部仇杀实际反映的是美国南方20世纪上半叶日益加剧的社会矛盾。

然而，明克与堂兄之间的嫌隙是由另一场冲突引发的，或者说，家族内部冲突的直接诱因是明克与休斯顿之间因阶级差异而导致的暴力冲突。首先，休斯顿一家雇用了黑奴。他总体上较为富足，生活殷实，"足以雇佣一个黑奴，专门负责喂养家里的牛"[②]，也就是说，休斯顿完全可以不去劳动，单靠攫取黑人的劳

---

① 林长洋：《对南方命运的彷徨——论福克纳小说〈大宅〉的政治无意识》，《井冈山大学学报》（社会科学版）2016年第3期。

② William Faulkner, *The Mansion*, *Novels 1957—1962*, Joseph Blotner and Noel Polk, eds., New York: Library of America, 1999, p.339.

动成果，就可以维持生计，乃至追求休闲享乐。其次，休斯顿触怒明克之处，还在于他为黑奴提供的豪华住所，看起来"比（明克）与妻子和两个女儿生活的房子"还要好。根据全书的叙事时间推断，明克犯下谋杀罪的时间是在 1908 年，当时美国南方重建之后种族隔离活动大行其道，这一时代背景说明，明克代表的穷白人阶级并未从过去的蓄奴制意识中走出来，而是继续戴着种族主义的有色眼镜看待已经获得人身自由的黑人。最后，金钱在此冲突中发挥了重要作用，休斯顿"并不缺钱，对于母牛吃掉的那点儿草料，甚至都看不出减少"，但是这部分钱对于明克而言，则意味着能过上一个更加富足的圣诞节，他可以买到一加仑威士忌，再给妻女添几件新衣。① 即使如此，休斯顿坚持讨要赔偿，明显是在故意刁难，由此冒犯了明克的人格尊严。

在明克的意识中，休斯顿索要草料费合情合理，但加收的一美元留置费（pound fee）成为压垮骆驼的最后一根稻草，促成明克最终下定决心将其毙命。家庭收入上的巨大鸿沟拉开了明克与休斯顿之间的阶级差异，"休斯顿降生那一刻开始，嫌隙便已经生成"②。就此看来，叙述者认为阶级与生俱来，会影响到人物的性格：休斯顿飞扬跋扈、心胸狭窄，而明克则心平气和、与世无争。正是在两人的对垒中，福克纳表露出一直崇尚的不服输与荣耀感："休斯顿不仅仅富得流油，养得起一匹血统纯正的好马，老婆就在蹄下丧命，但是他极其傲慢无礼、心胸狭隘，丝毫不顾什么丧偶后的礼节（decency），依然与马为伴。"③ 在普通人看来，既然马是杀妻的元凶，通常的"礼节"便是杀马为妻复仇，但休

---

① William Faulkner, *The Mansion*, *Novels 1957—1962*, Joseph Blotner and Noel Polk, eds., New York: Library of America, 1999, p. 342.
② William Faulkner, *The Mansion*, *Novels 1957—1962*, Joseph Blotner and Noel Polk, eds., New York: Library of America, 1999, p. 336.
③ William Faulkner, *The Mansion*, *Novels 1957—1962*, Joseph Blotner and Noel Polk, eds., New York: Library of America, 1999, p. 337.

斯顿并未这样做，因而站到了明克和其他人的对立面。显然，镇民看重的"礼节"与社会地位和阶级归属无关，而是人的立身之本。当然，这也是明克在为自己的谋杀罪责开脱，这一点上布鲁克斯对这位穷白人角色持较负面的看法，认为他在人类情感面前"冷漠且吝啬""自私自利"，唯一看中的就是"自己的身份以及为了维护身份而流露出的野蛮荣耀感"①。

表面上看，明克是"为了那多出来的一美元留置费"而枪杀休斯顿，然而这种带有个人主义倾向式的抗争针对的人物却是休斯顿、老瓦纳以及弗莱姆所代表的整个上层社会。明克早已意识到面对的不仅是一个敌人："你们这些富人，都是一个鼻孔里出气儿的，要是哪天没钱人也有了这个想法，会起来反抗，把钱抢走的。"②从这一点判断，白人中的赤贫群体区别于富人非常重要的一点在于，穷白人远未形成团结一致的整体。劣根的一面在弗莱姆身上表现得尤为明显：他自社会底层的一位穷白人跻身于上层社会，虽然有些人视为成功，换个角度看则是背叛了穷白人这一群体。当然，20世纪初期的南方社会，在生活空间、劳动方式、社交活动等方面为人的身份转变提供了流动性前提。从根本上说，明克只代表固守落后生产生活方式的那部分穷白人的阶级利益。

然而，早期评论家们又把明克解读为人类反抗精神的代表，这又作何解释呢？美国学者沃尔普指出，福克纳把读者带进"一个杀人犯的头脑"③，通过唤起大多数读者的同情，调动人类共通的情感神经；欧文·豪亦认为，明克身上体现出了"人类意志的

---

① Cleanth Brooks, *William Faulkner: The Yoknapatawpha Country*, New Haven and London: Yale University Press, 1963, p. 230.

② William Faulkner, *The Mansion*, *Novels 1957—1962*, Joseph Blotner and Noel Polk, eds., New York: Library of America, 1999, p. 366.

③ Edmond L. Volpe, *A Reader's Guide to William Faulkner: The Novels*, New York: Syracuse University Press, 2003, p. 332.

英雄主义精神"①。尽管五六十年代的这些学者在发掘福克纳文学成就上功不可没,但批评立场带有明显的时代印痕,他们在新批评的理论框架内,挖掘个别人物形象的人类共性特征,却忽略了人物地缘文化身份的特殊性。例如,明克越狱失利之后,叙述者曾经做出如下感慨:

> 他不再隶属于土地,即使是从那些贫瘠的租种时段开始算起。他属于政府,属于密西西比州……现在,他再也不用每周六跑去物资站,为了一丁点儿廉价腐肉、饭菜和糖蜜,和地主拼命砍价,有时还会买上一瓶子鼻烟,夫妻两个任性地狂吸一回。现在,他再也不用为了像是留给奴隶的那么一点点儿化肥,去和地主斤斤计较了,过去因为奴隶劳动力不足,他不得不去地主那里收割长得并不好的庄稼。现在他要做的,只剩下行动起来。②

这是明克憧憬出狱之后如释重负的情形。明克此时认清了同族宗亲弗莱姆的丑陋嘴脸,下定决心自己刑满释放之日便是两人情断义绝之时。他设想将来的自耕农生活:不必与地主"斤斤计较",还可以"行动起来",把活动范围从法国人湾扩大至"密西西比州"甚至更远。明克曾经生活拮据,现在拥有了人身自由和经济自由。这一场景再次表明,他与弗莱姆的冲突不啻为美国南方阶级对立冲突的外在表征。

小说的叙事结构也显示了作者的匠心:尽管第三卷标题为"弗莱姆",但叙述声音是全知的,视角也是来自其他人物。这是福克纳惯常使用的一种手法,如《喧哗与骚动》中的核心人物凯

---

① Irving Howe, *William Faulkner: A Critical Study* (4th ed), Chicago: Ivan R. Dee, Inc., 1991, p. 293.

② William Faulkner, *The Mansion*, *Novels 1957—1962*, Joseph Blotner and Noel Polk, eds., New York: Library of America, 1999, p. 414.

蒂，三位兄弟围绕她展开叙述，但找不到她本人的叙述声音。这种间接性叙述有时还表现于故事事件的选择与展现，比如《圣殿》中坦普尔被强奸和《修女安魂曲》中南茜杀婴的部分，叙述者没有做直接呈现，而是围绕这一核心事件旁敲侧击，不断渲染其造成的后果。《大宅》的全知叙述者由明克出狱开始讲述他与弗莱姆的决斗故事，使用回顾性视角反观目标人物弗莱姆："他最终认识到，弗莱姆是不会来了，更不会从法国人湾派人过来帮忙，从那之后他就不再趴在牢房窗台上喊话，不再一看到有人过来就求他捎话给弗莱姆，除了弗莱姆没有别人，也可能还有法官知道、甚至费心去想明克怎么样了，人在哪里。"① 明克记忆中停止"趴在牢房窗台上喊话"的具体时间节点已经模糊，但事件本身十分重要，是他对弗莱姆之助彻底绝望的心理分水岭。"牢房"阻断的是自由，而丧失自由又是法律和宗亲两个权力机构制衡的结果，由此看来弗莱姆对法律一清二楚，他追名逐利是以不触碰法律为前提的，而明克显然做不到这一点。值得注意的是，明克心目中只有弗莱姆和"法官"知道自己的行踪，也即关注他的囚犯身份以及将来获释的时间，这里家族和法律的威权是合二为一的。

综观小说第三部分，弗莱姆沦落为不同人物瞩目、叙述和想象的客体，不发一言，直至最后。葬礼上，全知叙述者反思道：弗莱姆"没有任何支持者，不论是兄弟、普通民众还是军队士兵；仅有金融，他只隶属于金钱，而非经济——如棉花、牛群或者其他约克纳帕塔法县和密西西比州赖以生存且持续经营的东西"②。弗莱姆就像他所关注的"金融"一般，在叙事中停留于一个抽象的符号。叙述者将"金融"和"经济"对立起来，旨在强

---

① William Faulkner, *The Mansion*, *Novels 1957—1962*, Joseph Blotner and Noel Polk, eds., New York: Library of America, 1999, p. 563.

② William Faulkner, *The Mansion*, *Novels 1957—1962*, Joseph Blotner and Noel Polk, eds., New York: Library of America, 1999, p. 706.

调旧南方经济依赖"棉花、牛群或其他"等实业经济基础,映衬弗莱姆擅长的金融投机。这种经济意识形态上的对立,集中于弗莱姆的家族劣根性上,而作家采纳的叙述手法是间接的——通过塑造一系列"受害者"形象,检视弗莱姆周围群体自身的"弱点和劣根性"①。由此看来,以史蒂文斯、拉特利夫和明克为代表的人物群体,努力挽回的旧南方颓势,实际上昭示了他们心目中的那个旧南方形象。

除了挖掘明克身上的旧南方痕迹,有些学者把故事人物与作家联系起来,将其视为福克纳的代言人。② 这种批评思路有效地打通了文本内外的叙事要素,不过,也带有传记式批评的俗套,容易将某个人物形象从其多元的社会关系网中剥离出来,难以揭示复杂家族背景中人物心理以及相应的社会意义。从明克个案来看,弗莱姆死于这位堂兄弟之手,手足之争造成斯诺普斯家族的分崩离析,形成现实意义上林肯所谓的"破裂之屋",缩影了作家所处时代的密西西比州社会状况。这也是卡尔所言,《大宅》这部小说是对州内分裂形势的一种折射。③ 就此意义而言,斯诺普斯家族内部之争可视作密西西比州乃至整个美国内部政治异见的一种提喻,成为家国一体意识的形象阐释。

弗莱姆虽然生于南方、发迹于南方,但从被同族堂弟复仇致死的结局来看,杰斐逊镇无法认同这种追名逐利的人生模式,或者说最终是南方文化本身将弗莱姆绞杀。美国著名评论家哈罗德·布鲁姆曾在一篇导言中写道,弗莱姆一意孤行,将个人奋斗的终极目标遥遥指向华盛顿特区,"现在已经抵达那里",并把他

---

① 肖明翰:《威廉·福克纳:骚动的灵魂》,四川人民出版社1999年版,第332页。

② Karl F. Zender, *The Crossing of the Ways: William Faulkner, the South, and the Modern World*, New Brunswick and London: Rutgers University Press, 1989, p.141;[美]弗莱德里克·R.卡尔:《福克纳传》,陈永国、赵英男、王岩译,商务印书馆2007年版,第1076页。

③ [美]弗莱德里克·R.卡尔:《福克纳传》,陈永国、赵英男、王岩译,商务印书馆2007年版,第1077页。

一味钻营且冷酷至极的精神留给了美国,致使"大半个"国家已被斯诺普斯的后代们占领。[①] 照此推断,弗莱姆以一己之力熏染了"大半个"美国之后,定将像病毒一般传播至世界各地。布鲁姆的反讽其实也属于福克纳本人,这位美国南方作家塑造了自己的瑞普·凡·温克尔(明克)和于连(弗莱姆),向华盛顿·欧文和司汤达致敬。福克纳以此方式结束了斯诺普斯三部曲的终章,巩固了其在文学史上的美国作家身份和地位。

第三节　家族阶级差异的消解

明克与弗莱姆之争在福克纳后期作品中占据着突出位置,但更多情况下,故事叙述中弥漫着一种集体声音,越过白人种植园主、黑人奴隶和其他身份符号,起到弥合人物差异的效果。从形式上看,集体性可以表现为带有普遍意义的第三人称"他",也可能以第一人称复数"我们"甚至是第二人称"你"出现。福克纳小说中这种叙述话语的调整映射了人物社会地位的复杂变化,黑人从被压迫的奴隶转变为租种土地的佃农,部分穷白人不择手段地攫取名利,而曾经飞扬跋扈、显极一时的高官显贵大多后继无人,这一切都昭示着身份差异的缩减,为南方人物建构中性的国家身份打下基础。20世纪四五十年代的美国,社会环境并不平静,风起云涌的民权运动持续唤醒了黑人等少数族裔群体的主体意识,福克纳以自己的文学创作开辟了冷静反思社会问题的一块阵地。在《密西西比》《小镇》《大宅》等作品中,他站在约克纳帕塔法县人的角度观察美国、思考世界,表现出超脱于早期地方主义意识的人道主义关怀,对人类社会的未来充满自信。

[①] Harold Bloom, *William Faulkner* (New Ed), New York: Infobase Publishing, 2008, p.5.

有关福克纳小说中的南方区域性与人类共通性之间的论争，早在 20 世纪 40 年代就开始了。1946 年《袖珍福克纳读本》出版时，考利写了一个长篇序言，该文后来成为福克纳研究中的经典文献（入选霍夫曼和维克里编选的《福克纳评论三十年》），推动了美国读者重新认识这位无冕之王。这篇序言包含了两个重要的论点：一是发现了福克纳的约克纳帕塔法小说具有统一的结构体系，二是将其视作美国偏远南方地区的一个寓言。① 尽管考利功不可没，令人遗憾的是，他并没有跳出狭隘的地方主义思维，仅仅将福克纳视作美国南方地区文学的代表人物。事情很快发生了变化，美国南方著名批评家、新批评派的代表人物之一沃伦在为考利一书所撰的书评中指出：福克纳书写的不仅仅是美国南方的神话，而且是整个人类社会的寓言。换言之，福克纳的题材是南方的，但对人的终极关怀却是普遍性的。在 1950 年的诺贝尔文学奖受奖词中，他再次表达了对人类不朽的坚定信念："我相信人类不仅可以生存下去，还能够蓬勃发展"，最主要的原因是"他有灵魂，具有能够同情、牺牲和苦熬的精神"。② 福克纳对人类命运的关怀始终如一，只不过写作素材是南方的，但他的思想则是面向整个人类社会的。

　　然而，在考利和沃伦两人的观点之间，需要跨越一点：福克纳的南方贵族是如何走出内战失利的阴霾，接纳统一的国家身份呢？《坟墓的闯入者》中史蒂文斯对州政府和联邦政府关系的看法也许能够提供某种参照。这位乡村律师认为，南方之所以在内战之后持续抵制抽象、广泛意义的北方，在于联邦政府通过推行北方的政治与社会发展模式来衡量、改造南方："我们真正捍卫"如下根本性准则，"桑博（Sambo，南方对奴隶的一种蔑称）是个

---

① Malcolm Cowley, *The Flower and the Leaf: A Contemporary Record of American Writing since 1941*, New York: Viking, 1985, p. 130.

② James B. Meriwether, ed., *William Faulkner Essays, Speeches & Public Letters*, New York: The Modern Library, 2004, p. 120.

生活在自由国度里的人，因此必须是自由的"，但要"由我们赋予他自由"。① 也就是说，史蒂文斯追求的是南方州权，而不是通过第十三修正案（1865年通过）的法律形式强制南方诸州接受。这样的说辞可以看出，以史蒂文斯为代表的南方统治利益集团以白人与黑人之间的共性为基础，力图长期抗衡联邦政府。这种惯性的内战思维并非无源之水、无本之木，而是对第二次世界大战之后风起云涌的民权运动的间接回应。福克纳不止在一个场合公开声称，黑人解放需要"慢慢来"，有必要"暂时停一会儿"。② 仅就这一点来看，美国左翼评论家威尔逊（Edmund Wilson，1895—1972）对这部小说的批评颇有见地，认为它是南方旧思想的"宣传品"，旨在抵制当时民主党提出的反私刑法，否定黑人民权法案。③ 当然，福克纳毕竟不是政治家，小说人物只是文学想象的手段。对于福克纳而言，文学创作是遁逃熙攘纷繁社会生活的一种途径，而非积极介入社会现实的工具。

如果说加文·史蒂文斯代表了福克纳小说人物中较为积极的时事评论员，艾克·麦卡斯林则孤独地站在喧嚣世界的另一端，冷眼旁观周遭的社会现实。福克纳在艾克身上将人与自然相融一体的理想展示得淋漓尽致：少年时期的艾克把荒野视作"大学"，把老熊当成"校友"，④ 其间透露出强烈的亲近自然、远离社会的心愿。这虽是一种自我孤立的生活方式，却在昭示着人与自然之间秘而不宣的共通性，表现在叙述形式上，即是人物意识中沉淀

---

① William Faulkner, *Intruder in the Dust*, *Novels 1942—1954*, Joseph Blotner and Noel Polk, eds., New York: Library of America, 1994, p. 397.

② James B. Meriwether, ed., *William Faulkner Essays, Speeches & Public Letters*, New York: The Modern Library, 2004, p. 87.

③ Wilson, Edmund, "William Faulkner's Reply to the Civil-Rights Program", *William Faulkner: The Critical Heritage*, John Bassett, ed., London and Boston: Routledge & Kegan Paul, 1975, p. 333.

④ William Faulkner, *Go Down, Moses*, *Novels 1942—1954*, Joseph Blotner and Noel Polk, eds., New York: Library of America, 1994, p. 154.

的集体性语言符号"我们"。小说第四章讲述了艾克十二岁时在原住民法泽斯的指导下第一次猎杀公鹿,得以亲身体验土著成人礼的故事。猎鹿之前,叙述者如此描述这个不同寻常的猎物:"那只公鹿就在那儿。他并不是走进他们视界的;他就在那儿,看上去不像幽灵,似乎所有光线都凝集在他身上,他就是光源,不仅在光中移动而且是在传播光,他已经跑起来了。"[1] 作者连用五个阳性人称代词"他"(he),而不是按照常规的语言习惯使用"它"(it),突出了打猎者对猎物的敬畏之情,也传达出人与猎物之间的平等关系。这时的艾克透过瞄准镜观察公鹿,一句"他就是光源"点出猎物的神圣性,此种顿悟开启了艾克的成年之路。可见,艾克对周围世界中的人与物充满了深情关怀,不像《喧哗与骚动》中的昆丁和《小镇》中的史蒂文斯那样,孤独地囿于过去而不能自拔。到了《熊》的第四节,已经成年的艾克在卡斯面前详细解释放弃祖产的动因时,叙述者使用"他"(he 或 He)(有的地方是大写)交替指涉祖父老麦卡斯林和《圣经》中的上帝,进一步模糊了人、神之间的时空、逻辑和审美距离,强调两者之间的共时性、此在性和通约性。当然,此处的艾克并非刻意神化祖父,而是借助上帝的形象发现了凝结在老麦卡斯林身上人类共有的缺点和不足。

麦卡斯林家族是福克纳笔下南方名门望族的一个典型。该家族融合沙多里斯和康普生先祖在开疆、建镇中的功勋,亦带上庄园主阶级在蓄奴问题上负有的罪恶,像萨特潘一样在婚姻问题上犯下不可饶恕的罪责,为后世带来沉重的负疚感。《去吧,摩西》中,艾克在成年之际对家族账簿发表了如下意味深长的看法:

这部编年史(chronicle)是整个地区的缩影(a whole land

---

[1] William Faulkner, *Go Down, Moses, Novels 1942—1954*, Joseph Blotner and Noel Polk, eds., New York: Library of America, 1994, p.121.

in miniature），让它自我相乘再组合起来（multiplied and compounded）也就是整个南方了，在南方投降二十三年、奴隶解放宣言发表二十四年之后——那股慢慢淌走的涓涓细流（slow trickles）：糖浆、粮食、肉、皮鞋、草帽、工作服、犁绳、轭圈、犁扣、锯架和U形钩，这些东西到了秋天会变成棉花流回来——这两条线，细得像真理（frail as truth），不可捉摸有如赤道，然而又如同缆绳那样结实，把种棉花的人终身束缚在他们用汗水浇灌的土地上。①

当时的艾克意识到老麦卡斯林的乱伦罪恶，由此推断整个庄园主阶级在该问题上会是大同小异。叙述者使用 multiply 一词，明确了该家族历史在南方的典型性，它只需乘以某个倍数就是"整个南方"了，而该词的另一含义"繁殖"则用以表明麦卡斯林家族的繁衍力强大，家族关系繁杂。这个双关语充分显示了福克纳强大的语言修辞力量。为突出强调麦卡斯林家史的典型性，艾克将这本"编年史"升华为"整个地区的缩影"，一方面强化了种植园贵族对南方属地的依附性，另一方面客观上抬升和泛化了该"编年史"的重要价值。这就是艾克发现的"真理"了！无独有偶，1947年福克纳在密西西比大学讲解《去吧，摩西》时说，其创作初衷是将几个短篇故事结集出版，把"同一个问题的七个立面"展示出来。②无论是经历相似的南方家族，还是作家陆续发表的这些故事，最终落脚点都在南方的历史问题，即作家从不同的角度讲述南方多样化的经历。

事实上，小说人物为南方立传的想法并非偶然出现。在《修

---

① William Faulkner, *Go Down, Moses*, *Novels 1942—1954*, Joseph Blotner and Noel Polk, eds., New York: Library of America, 1994, p. 217.

② James B. Meriwether and Michael Millgate, eds., *Lion in the Garden: Interviews with William Faulkner, 1926—1962*, Lincoln and London: University of Nebraska Press, 1968, p. 54.

女安魂曲》第三幕开篇散文的结尾部分，叙述者将"编年史"和早已作古的历史人物并列起来："站在这间闷热、陌生且狭窄的屋子里，闻着煎肉的焦煳味，仿佛立足于花名册（roster）和编年史中间，满是那些崇高且并未死亡（deathless）的不灭（deathless）低语，伴着那些并未死亡（deathless）的面孔，显得那么狰狞、贪食与永不餍足。"① 这段略带哥特色彩的描述，充分烘衬了监狱这个特殊空间的历史感，游人在此能够切身感受到南方历史的重压，而这段历史又因布满活生生的姓名和"面孔"，变得"不灭"。同一个形容词 deathless 多次重复使用，深切表现了历史和现实在监狱空间中得以会合的可能，历史就像束缚于监狱中的囚犯，等待现实前来拯救。

人、物、神有机统一于模糊的人称指涉，在散文《密西西比》（"Mississippi"，1954）中裹挟上了浓厚的地方性色彩，为后期福克纳创作的解读增添了另一个维度。该文通篇使用第三人称，通过"他"的眼光观察、记录并反思密西西比州的历史变迁，到底这个"他"指的是昆丁·康普生或者艾克·麦卡斯林，还是契克·马礼逊？作者始终没有给出答案，只是在开头明确了与他同行的打猎人——"那些沙多里斯、德·斯班和康普生的子孙，他们的先祖们指挥过马纳萨斯、夏普斯堡、西洛和契克毛加等战役，以及麦卡斯林、伊维尔、霍尔斯顿和霍根贝克家的孩子们"②。"他"在五六岁的时候"依然生活于一个女性的世界"③，可见家族中男女分工明确，女性在女奴的帮助下抚养子女，而男性则更多地从事家庭、庄园乃至小镇之外的社会事务。二十几岁的时候，"与

---

① William Faulkner, *Requiem for a Nun*, *Novels 1942—1954*, Joseph Blotner and Noel Polk, eds., New York: Library of America, 1994, p. 648.

② James B. Meriwether, ed., *William Faulkner Essays, Speeches & Public Letters*, New York: The Modern Library, 2004, p. 14.

③ James B. Meriwether, ed., *William Faulkner Essays, Speeches & Public Letters*, New York: The Modern Library, 2004, p. 17.

先辈们的唯一联系只剩下这个家族之名了"①，这就表明"他"出身贵族，但家道已经日益中落。以上三点可见，福克纳是在用一个模糊指涉的"他"来泛指南方种植园贵族，或者说是推进了上述艾克的"编年史"观点。

这种人称模糊性的用法可能受到了旧南方种植园小说潜移默化的影响。在"白人负担"思维模式主导下，南方根深蒂固的家族文化孕育了一个基于血统和主奴关系的统摄性称谓——"我们"，尤其是在以儿童人物为主要视角的作品中。《小镇》中的契克直言："当我说'我们'和'我们认为'的时候，我指的是杰斐逊镇以及镇上民众的想法。"② 这位叙述者年龄尚幼，认知能力不足以支撑讲好故事的重任，以此借口充当了镇民舆论的传声筒，这种叙述其实属于间接的第一人称复数叙事。

人物与地方或故乡的关系还表现在他们脚下的土地上。《坟墓的闯入者》曾描写了契克坐在舅舅驾驶的汽车里看到的一幕："到了高地，现在他似乎看到了家乡全貌，他的故乡——那泥土那土地养育了他的身体骨骼和他六代祖先的身体骨骼，并且现在还要把他培育成人而且是个独特的人，不仅要有人的激情渴望和信念，而且是个独特的种类甚至种族。"③ 这里，十六岁的契克意识到故乡不仅赋予他生命——"身体骨骼"，还通过当地的民风民俗将其培养成为具有"独特"个性的人，充分说明了个人与地域之间的不可分割性。需要强调的是，叙述者既然将个人的"特性"提到如此之高度，就客观上淡化了来自祖辈的遗传基因及其遗产，毕竟此处叙述者只强调了契克与"六代祖先"在身体或者

---

① James B. Meriwether, ed., *William Faulkner Essays, Speeches & Public Letters*, New York: The Modern Library, 2004, p.19.

② William Faulkner, *The Town*, *Novels 1957—1962*, Joseph Blotner and Noel Polk, eds., New York: Library of America, 1999, p.3.

③ William Faulkner, *Intruder in the Dust*, *Novels 1942—1954*, Joseph Blotner and Noel Polk, eds., New York: Library of America, 1994, p.398.

物理性上的同质性。

在同一个段落中,叙述者接着从契克的视角描绘故乡的样子,约克纳帕塔法县"在他身下像地图似的在一个缓慢的没有声响的爆炸中舒展开来",东面的绿色山脊"向着阿拉巴马州翻滚而去","西面和南面星罗棋布的田地与树林一直伸展到蓝色的薄纱般的地平线外","再往远处向东向北向西延伸,到最后的背对背怒视两大洋的陆岬海角和加拿大那漫长的屏障,而且一直伸展到地球自身最终的边缘"。① 不难发现,眼前景象在"缓慢的没有声响的爆炸中"展开,也就意味着叙述在契克所见中掺杂着所想,毕竟他无法目及"地平线外",无法"怒视两大洋",更不能及"地球自身最终的边缘"。叙述者认为,约克纳帕塔法县早已打开封闭之门,与美国其他地方和世界发生着各种各样的联系,换句话说该人物是站在南方一隅观察美国与世界。第二次世界大战之后福克纳笔下的新南方不再是个封闭的地理空间,它可能会延展到地之终端、天之穷处!

需要强调的是,当时的南方不再是过去封闭落后的地域,而是敞口的,至少像福克纳的叙事一样,打开了一个缝隙。《修女安魂曲》中使用了一种突破叙述者与读者局限的第二人称叙事。它延续了《野棕榈》的对位式结构,共三幕的戏剧部分之前都冠以篇幅较长的散文,第三篇的后半部分从塞西莉亚·法默(Cecilia Farmer)的视角带领"你"游历杰斐逊镇。"你"是一位"可能来自东部、北部或者大西部的陌生人、外乡人"②,显然这个身份标签是相对于杰斐逊镇民众而言的。叙述者淡化外部人士的地理和文化差异,突出杰斐逊镇民众在历史意识上的根本性不同:尽管历史的车轮滚滚向前,"这里遗老遗少的实际人

---

① William Faulkner, *Intruder in the Dust*, *Novels 1942—1954*, Joseph Blotner and Noel Polk, eds., New York: Library of America, 1994, pp. 398 – 399.

② William Faulkner, *Requiem for a Nun*, *Novels 1942—1954*, Joseph Blotner and Noel Polk, eds., New York: Library of America, 1994, p. 642.

数却在增长"①。这就表明,无论"你"来自哪里,与"我们"相比并不一样,在"我们"这里"你"会发现历史,"我们"因为相同的历史际遇而变得与众不同。由此可见,杰斐逊镇的文化向心力表现出凝聚力的同时,对来自不同地域的陌生人也采取友善和开放的态度。福克纳使用这种新颖的叙述方式召唤读者进入文本,模糊了人物与叙述者、作者与读者之间的审美距离,进一步增强了叙事的真实性。

杰斐逊镇民众的集体身份以具象化的形式表现出来,那是一个"人名和日期",用某个尖锐的东西"刻在模模糊糊的窗玻璃上"。②然而,福克纳并未重复这位法默姑娘的故事,直到叙述结尾仅以一个"很久很久以前"的声音结束:"听着,陌生人,这就是我自己,这就是我。"③窗玻璃上的签名代表着美国南方败而不馁的气概,末尾这个从历史深处传来的声音代表了死而不僵的旧南方传统。历史的集体记忆具象化为一位内战期间不言失败的南方女孩,她的存在又以窗玻璃上的这个签名为证,后来嫁给南方邦联军官,此后淹没于作品和历史之中。由此可见,福克纳想象中的南方可能来自这样一个签名、一个画面(《喧哗与骚动》据称是来自作者构想的小女孩爬树场景),就像麦卡斯林家族缩影着整个南方的历史一样。

由此,我们便可回到考利和沃伦观点的相异之处,南方的历史变迁不是一蹴而就的,尽管福克纳创作中着重强调的是内战和第二次世界大战等重大事件对于社会发展的深远影响。后期作品有意识地将南方人物置于国家发展的背景之下,让他们的视野拓

---

① William Faulkner, *Requiem for a Nun*, *Novels 1942—1954*, Joseph Blotner and Noel Polk, eds., New York: Library of America, 1994, p. 642.

② William Faulkner, *Requiem for a Nun*, *Novels 1942—1954*, Joseph Blotner and Noel Polk, eds., New York: Library of America, 1994, p. 643.

③ William Faulkner, *Requiem for a Nun*, *Novels 1942—1954*, Joseph Blotner and Noel Polk, eds., New York: Library of America, 1994, p. 649.

展于"同一个国度,同一个世界":"那些来自约克纳帕塔法的年轻人最远只到过孟菲斯或新奥尔良","现在完全可以就亚洲和欧洲大都市的条条街巷侃侃而谈,他们再也不会回乡去继承密西西比州棉花地里那长长的、乏味的、无尽的也不可穷尽的田垄了",而是坐上房车、住进退伍军人营地。相比之下,故乡也发生了巨变:

> 父亲已经升格做了祖父,独自驾驶拖拉机来回穿梭于被蚕食得越来越小的耕地上,农场上林立着高压线密集交织中的电线杆,是它们穿越阿巴拉契亚山脉,也包括埋藏于地下的钢铁管道从西部平原,将电和天然气输送至窄小、失落且孤独的农场木屋之中,那里用上了自动茶炉和洗衣机,屋外的电视天线熠熠闪光。①

在这个场景中,除了父子城乡分居,我们惊异地发现作为旧南方标志性人物的黑人不见了,画面中的父子不再以肤色、更未以阶级来定义身份。"棉花田"或农场"被蚕食得越来越小",致使农场木屋显得"失落且孤独"。当然,孤独的只是农场上的劳动者,子女已住进了城市,而农场作业的机械化和生活的电气化仿佛并未增进家族情感。至此,南方彻底改变了模样,成为一体化、统一化的美国本身。

我国学者江宁康认为,福克纳创作的"南方土地、家族历史和民间风俗无不折射出整个美国的精神气质和民族特性","为统一的文化美国勾画出了地域和民俗的风貌",进而"展示出美国文化多彩和迷人的特征"。② 诚然,福克纳首先是美国的,其创作也必然是美国文学的一部分,但是如此简单地以反映论的范式、地理概念上的包容关系处置福克纳的小说创作,实在是忽视了作

---

① William Faulkner, *Requiem for a Nun*, *Novels 1942—1954*, Joseph Blotner and Noel Polk, eds., New York: Library of America, 1994, p. 638.

② 江宁康:《美国当代文学与美利坚民族认同》,南京大学出版社 2008 年版,第 40 页。

品中南方与美国这两个概念的"多彩"与辩证。福克纳以内战中战败的南方为基石,不停探索记忆中那个丛林郁郁、田园融融的南方,以文学想象的形式拉开与文学传统、社会现实乃至国家形势的距离,让人物在不停冲突的内心矛盾中渐次接纳转型社会中发生的一切现实。毋庸置疑,福克纳的南方家族罗曼史确实为美利坚合众国的国家认同做出了贡献。

福克纳在约克纳帕塔法世系中叙说了沙多里斯、康普生、萨特潘、麦卡斯林和斯诺普斯等南方白人家族的变迁,根据发表时间的不同,小说各有侧重,但各个家族综合起来并不能构成美国南方历史。作家在每一个家族身上都倾注了南方历史本身,每一个家族、每一位成员都附带有南方家族文化的典型基因,而家族的世代变迁又意味着美国历史的不断演进。在给考利的回信中,福克纳承认萨特潘家族在南方罗曼史中颇具代表性,后来的《去吧,摩西》中又明确将麦卡斯林家族擢升为典型,可见这位来自南方腹地的作家其实是在重复讲述同一个故事,即"我和我的世界"[①]。在这个文学世界中,名门望族渐次没落,穷白人和解放后的黑人奴隶苦熬到生活境况的改善,整个过程中和了原有的贵族血统、种族隔阂以及阶级差异,南方地区也逐渐在北方资本的入侵之下渐渐失去了旧南方标志性的黑奴、棉田和骡马等文化意象。

福克纳在1942年之后的作品中将前期创作凸显的种族对抗问题降格为阶级差异来进行探讨,经由家族历史的重新想象进而过渡到一个淡化各种身份符号,或者是将其统一于美利坚合众国的国家认同。同时,人物的时间观也得以整合,他们在南方过去与社会现实的夹缝中建构理想未来。这是对前期创作中历史意识的细微修正,会更加丰富作品的主题意义。

---

① Joseph Blotner, *William Faulkner: A Biography* (2 Vols), New York: Random House, 1974, p.1172.

结　　语

　　福克纳的后期作品描绘了大量人物的家族背景及相互间的家族关系，清晰勾勒出跨阶级、跨种族的时代变迁脉络，以家族变迁与人物关系演化曲折反映了美国南方自白人移民新大陆至第二次世界大战前后复杂、全面而深刻的社会转型。1942年以后，福克纳创作的家族罗曼史充盈着浓厚的现实性，人物在回忆家族历史中流露出对旧南方自然生态与社会环境的深度怀想，重新认识与接纳重建期过后的新南方，内心强化了南北一体的国家认同感。这种写作样式的积淀早就开始了。以1926年第三部小说《沙多里斯》为起点，福克纳着手构建约克纳帕塔法的大厦，经1936年出版的《押沙龙，押沙龙！》和1946年考利编纂的《袖珍福克纳读本》两书中的全县地图形象展现，到1959年《大宅》出版时，几乎所有旧式贵族、新晋权贵、穷白人、原住民和犹太世系的故事都已讲完。福克纳几乎是以每十年一个台阶的速度不断充实、完善这座文学虚构的大厦，四十余年创作生涯不曾停歇。当初福克纳受安德森的启蒙，发现家乡题材的富矿之后，他陆续写出了多有交集的沙多里斯、康普生、萨特潘、斯诺普斯、麦卡斯林、史蒂文斯等南方家族罗曼史，从不同角度、不同层次叙说着美国南方纵贯四五个世纪的历史变迁。

　　本书选取了1942年为剖面，紧扣福克纳后期作品中的家族变迁主题，跳出国内外福克纳研究从南方地缘文化到人类整体命运的运思路径，在两者之间充之以人物国家认同的探讨，以期更好地阐释作家在文学题材和叙事方法上的坚守与革新。本书聚焦于福克纳文学生涯后二十年创作的六部小说、两部短篇故事集以及《康普生附录》《密西西比》《告日本青年》等随笔和演讲，调用小说叙事理论，辅之以社会历史批评，从家族罗曼史的角度阐发人物的家族关系及其叙事功能，发掘作品中南方人物的国家认同机制。本书分别探讨了福克纳后期作品中展现的性别身份多元化、种族身份混杂化、阶级身份模糊化三种社会现象，探察人物身份危机的形成机制与化解策略，辨析人物的地缘文化身份与国家认同之间的相互关系。

  本书认为，我们须重新认识福克纳后期创作的文学主题和形式。在这一阶段，作家的艺术水平并未明显下降，表现出的仅是写作风格的潜在转型。在现代主义精英文学大潮退却、通俗文学市场膨胀、电影电视等新兴娱乐休闲媒介高速发展的背景下，福克纳延续了前期已经娴熟掌握的意识流手法，又以罗曼史为中心运用多样化叙述技巧，渐趋形成了淡化形式实验、偏向情节编织的创作风格。他重复使用前期作品中的某些人物和故事情节，更好地呈现人物性格在不同社会历史条件下的固守与改变，使作品具备更强的可读性与现实性。福克纳在叙事上做出的调整，适应了第二次世界大战前后大众阅读市场的发展变化，使个人一直坚守的南方家族题材成功焕发新颜。如果说四五十年代的福克纳有所保守与退却的话，那主要在于他的现代主义形式实验，锋芒有所收敛，但家族主题与旧南方记忆在作品中的核心位置始终没有受到撼动。

  家族是福克纳文学创作的重要题材，聚合了人物的历史意识与外部的社会现实，成为内心冲突与各种社会力量不断角逐的场地。内战之后，南方文坛曾经充斥着望向过去的种植园罗曼史，它们大多倾向于美化蓄奴制度下白人贵族与黑人奴隶之间的剥削关系，宣扬并夸大战争落败给南方社会带来的消极影响。身处美国文学传统与欧洲现代主义文学思潮的交叉口，福克纳在对沙多里斯、康普生、萨特潘等旧式贵族的塑造中不可避免地接受了南方种植园罗曼史的题材与手法。然而，他并未简单继承，而是明辨种植园家族的功过是非，批判地看待南方历史与文化遗产传承问题。从后期创作来看，福克纳的家族罗曼史并非一味再现南方贵族的没落与穷白人家族的兴起，而是把历代家族成员的集体记忆重新整合于祖先的形象之上，后者投下的崇高光环或者邪魔阴影，烙印于历代子孙现实生活的不同层面。这些先祖人物作为实体被清理出文本之外，仅依靠后代的记忆发挥着持久的影响，而年轻一代在对家族过去的痛苦反刍中认识现实，并将历史的怀想投射于将来的社会愿景之上。家族关系在历史之轴上，裹挟于跨种族、跨阶级的冲突与融合，与多元发展的性别形象一起，将人物从历史的阴霾中烘托出来。无论作为文类还是主题，家族罗曼史已然渗透至福克纳创作哲学的深层内理。

　　家族罗曼史的中心是家族人物之间的关系。夫妻、亲子以及兄弟姐妹之间的同胞关系是核心家庭创建与维系的血缘基础，也是小说人物活动的心理空间，对于故事情节的发展变化起着重要作用。家族实际上是家庭的历史化、地域化和社会化，错综复杂的祖孙、舅甥、堂兄弟等人物关系构成了文学再现的重要对象，是欧美十九世纪现实主义文学的一大遗产。家族的历史维度表现为家族的物质遗产和精神传承，地域化决定了家族历史传承的持久性，而社会化则是历代成员逐步拓展人际交往范围，充分认识家族背景和社会文化传统的过程。约克纳帕塔法世系即由若干个经历相似、时代相近的南方家族构成，由笔耕不辍的福克纳用十九部小说和百余个短篇故事搭建而成。出没于不同作品之间的跨文本人物就像横梁和绳索，将贵族与穷白人、白人与其他族裔、乡村律师与杀人犯、小说与短篇故事紧密衔接起来，筑造成为福克纳专属的文学大厦。

　　福克纳的后期家族罗曼史表现出较强的地方色彩，这种地方性的内涵又是辩证的，第二次世界大战前后的南方不再是封闭、保守的社会领域，而是以传统文化价值理念为中心表现出开放性、包容性和融合性特质。南方社会的发展变化是以美国其他区域经济与社会飞速发展为基础的，是以20世纪中期世界形势风云变幻为背景的。当上层种植园家族逐渐没落，新兴贵族日趋强盛，作家苦心经营文学虚构的王国主动拉开与现实社会的心理距离，以史笔文心对抗现实的纷扰，表现出心远地自偏的理性思考与入木三分的批判精神。作为思想深刻、社会责任感强的作家，福克纳冷眼旁观社会的流弊，以犀利的笔锋针砭挞伐，在个人与周围世界交锋的过程中，以整体取代部分的提喻式思维，将名门望族的南方集体记忆替换为以家卫国、家国一体的国家认同。

国家认同与家族记忆之间是互相建构的。本书中的国家认同并非地理和政治意义上的，而是重点立足于福克纳的小说人物对外部世界的心理认知与建构。国家认同作为家族记忆的喻体，在福克纳的后期小说创作中隐约体现于人物的跨区域流动，及其产生的对南方以外美国疆土、风物以及文化上的心理认同。当契克去哈佛读大学、布奇在芝加哥接受电刑、琳达投身西班牙内战、凯蒂走在维希政府统治下的巴黎街头，这些人物的活动空间已经大大超出约克纳帕塔法，他们内心不自觉地对比家乡内外生活和成长环境，进行更广义上的身份建构。弗洛伊德思想体系中的儿童对家族出身进行幻想和虚构，与之类似的是，福克纳的人物形象对于家族历史进行了有选择的屏蔽，对南方乡土产生了更为辩证的理解。先祖曾经在美国内战期间浴血保卫的南方，正在家族子弟与外界的教育、婚姻、就业、服役等社会活动中步入新的发展阶段，这得益于北方生活方式和经济发展模式的影响，更是美国一体化发展过程中必然经历的社会转型。家族记忆中的先祖勇敢保卫南方故土，在新时期幻化为年轻一代英勇保卫美国疆土，这种强烈的护家爱国意识也彰显了南方家族关系中流淌着的历史意识。

家族题材的历史性契合了福克纳小说中厚重的历史意识。当

1939年萨特惊喜地阐述《喧哗与骚动》中的时间艺术时，看到的是康普生家族1928年复活节故事背后潜藏的历史包袱，以及人物叙述中往后看的惯性思维。《去吧，摩西》的主人公艾克老年时震惊地发现，家族中的白人支脉与混血后裔有了私生子，老麦卡斯林的罪恶再次显现于后世子孙身上，这种家族遭遇彰显的是人类社会的历史循环观。《大宅》中被释放的明克在回顾堂兄弗莱姆罔顾家族亲情的经历中信心满满地憧憬着未来，《掠夺者》中的老年卢修斯则回顾了1905年的一段童年历险，两作均代表了福克纳后期小说中的一个时间艺术倾向——从历史中发掘未来。《去吧，摩西》标志着福克纳历史意识的转型，其中的催化剂便是美国加入第二次世界大战。这部小说的主要人物为了卸下家族历史的包袱，付出了极大的努力，尽管结果是失败的，然而整个自我或者家族救赎的过程透露出强烈的人道主义光辉，映照着人物内心深处无以割舍的历史记忆。虽然历史不能重演，但过去也非绝对的乌有乡，用史蒂文斯在《修女安魂曲》中的话说："过去从未死亡，它甚至并未过去。"[①] 历史在现实中打开了一条通向人类未来的通道，人只有不断努力减轻肩负的记忆重担，才能更为成功地前行。

本书就福克纳创作中的种族和阶级二元对立范式进行解构，着眼于发掘人物国家认同的历程。福克纳的白人贵族曾经十分纠结于南方在内战中的败绩，家族子弟是如何走出南方失利的阴霾，接纳北南统一的国家身份的呢？尽管美国内战在政治和法律意义上结束了南方奴隶制，种族问题在南方重建、大萧条乃至第二次世界大战之后仍然是比较突出的社会问题，反映在福克纳的后期作品中，便是对混血人物形象生活境遇与命运的极大关注。他们血缘混杂的现实本身就意味着南方多族裔混居

---

① William Faulkner, *Requiem for a Nun*, *Novels 1942—1954*, Joseph Blotner and Noel Polk, eds., New York: Library of America, 1994, p. 535.

的社会历史对个人身体的入侵，由于多元族裔文化的承传，他们只得置身于各种社会力量的夹缝中，此种命运曲折反映了种族意识的杂糅和变迁。《坟墓的闯入者》中的混血人物形象客观地反映了作家对种族融合问题的渐进主义立场，后来的《大森林》《小镇》《大宅》表面上并未涉及种族问题，实际上则是作家有意回避社会现实，对当时社会风起云涌的民权运动大潮表达的一种个人立场。同时，福克纳获得诺贝尔文学奖之后，多次受国务院邀请出访国外，成为宣扬美国价值观及冷战外交政策的文化大使。在两个不同的维度上，福克纳对美国社会及文化表现出了相互矛盾的立场，一方面刻意批判南方社会的种族关系状况，另一方面又在外交场合极力维护美国的国家形象。这样的双重意识体现了罗曼史写作的特殊性——介于理想与现实的中间地带，也是作家对文学创作生涯中理想与现实这一对矛盾的忠实反映。

家族罗曼史的本质是基于家族与社会成员集体记忆，有关家族历史上祖辈人物及其事迹的合理化想象。这些人物中有的战功赫赫，以其过人才能与社会影响力创建、守护并繁荣家园；有的选择偏安一隅、坐吃山空，在碌碌无为中虚度一生；有的则飞扬跋扈、不可一世，践踏灵肉，遭到世人批判乃至唾弃。由于历史背景与时代跨度的差异，后裔子孙对先祖的记忆是零散的、片段化的和主观的，而要实现家族历史的流线性和逻辑化，就需要他们进行一定程度的想象性建构。这种亦实亦虚的个性化叙事，正是家族罗曼史的根本特征。家族历史人物一旦沿着时间之轴脱离了叙述者的生活时代与经验空间，便与文学作品中的虚构人物融为一体，难辨边界了。福克纳的所长之处正在于此。

家族罗曼史人物形象的逼真性介于历史真实与纯粹虚构之间，他们所处的生活与心理空间构成介于现实与历史的中间地带。福克纳立足于第二次世界大战时期的南方社会现实，相应地调整了文学表现的形式和结构，以家族罗曼史为载体抒发了浓重的理想主义色彩。来自不同家族的人物对南方过去的执着回望实际上是深自内心建构了一种理想的社会图景。这个具有乌托邦色彩的社会理想主要表现在三个方面。首先，旧式白人贵族的子嗣对家族历史的记忆挥之不去，在现实生活中过度沉溺于主观怀想，对家族败落和外部社会巨大变化并不敏感。与周围易于接受社会新鲜事物的人不同，他们具有曼海姆所说的"同时代人的非同代性"。这类人物固守历史与过去，不断冥想着一成不变的现实与未来。其次，约克纳帕塔法民众对蓄奴制历来抱有十分矛盾的情感，即使对于为数众多的混血人物而言，他们在白人血统、黑人和原住民族裔问题上持有的态度复杂，由此催生第二次世界大战之后种族融合运动中逆向而生的渐进主义思潮，支持者试图延缓少数族裔的民主进程，让种族融合、社会进步的步伐慢下来。最后，南方的现代化、城镇化进程给原有荒野、生态环境与原住民遗迹带来了严重破坏，那些享受旧式休闲生活方式的人无法接受机器文明带来的冲击，导致他们在对现实的批判之中转向传统的农耕文明，向往过去静谧、缓慢的生产与生活方式。从过去中挖掘未来，是一种融合历史、现在和未来的时间艺术，更是一种深层次的历史意识。

后期作品以家族为轴心，以跨文本人物回应着前期小说中的主题意义和形式诉求，使得整个约克纳帕塔法体系覆上了一层浓重的历史色彩。福克纳横贯四十余年的文学创作生涯，不断尝试着新的创作手法和人物对新事物、新思想的新认识，而作家写出的一系列作品、塑造的一系列人物是有生命力的，他们自带历史的光环。福克纳塑造的人物在怀疑中走进现实，又在审读过去中望向未来。这是作家对自身文学成就的保存与励新，也是自我经典化的一条必经之路。1942年尤其是获得诺贝尔文学奖之后，福克纳有意脱去读者心目中文风晦涩、故事题材凝重的刻板形象，主动调节叙事策略和文辞风格，以期赢得更加美好的公众人物形象。福克纳以其独具特色的地方文学创作、灵活多变的叙事手法和家族关系的深度挖掘,在越来越宽广的文学舞台上拥有了越来越多的追随者。这些作家奉福克纳的写作为圭臬,进一步昭示了他开创的家族罗曼史写作新风后继有人,更加标榜着美国文学的鲜活生命力与创新力。

参考文献

一 中文文献

鲍忠明、辛彩娜、张玉婷：《威廉·福克纳种族观研究及其他》，北京理工大学出版社 2018 年版。

陈永国：《理论的逃逸》，北京大学出版社 2008 年版。

陈永国：《身份认同与文学的政治》，《清华大学学报》（哲学社会科学版）2016 年第 6 期。

谌晓明：《从意识洪流到艺术灵动——福克纳的斯诺普斯三部曲研究》，上海三联书店 2016 年版。

费孝通：《乡土中国》，［美］韩格理、王政译，外语教学与研究出版社 2012 年版。

［美］弗莱德里克·R.卡尔：《福克纳传》，陈永国、赵英男、王岩译，商务印书馆 2007 年版。

高红霞：《福克纳〈去吧，摩西〉账本叙事的史笔诗心》，《解放军外国语学院学报》2014 年第 2 期。

高红霞：《福克纳家族小说的"寻父——审父"母题》，《世界文学评论》2010 年第 2 期。

高红霞：《福克纳家族小说叙事的母题类型及其矛盾性》，《兰州大学学报》（社会科学版）2011 年第 1 期。

高红霞：《福克纳家族小说叙事及其在新时期小说创作中的重塑》，

《兰州大学学报》（社会科学版）2008年第6期。

顾悦：《超越精神分析：家庭系统心理学与文学批评》，《南京社会科学》2014年第10期。

郭棲庆、潘志明：《再析〈我弥留之际〉中的本德仑一家》，《外国文学研究》2007年第5期。

韩海燕：《威廉·福克纳和曹雪芹作品中的年轻女性》，《求是学刊》1985年第2期。

韩启群：《转型时期变革的多维书写——福克纳斯诺普斯三部曲的物质文化批评》，苏州大学出版社2017年版。

黄秀国：《叩问进步——论福克纳穷白人三部曲中的商品化与异化》，博士学位论文，复旦大学，2014年。

江宁康：《美国当代文学与美利坚民族认同》，南京大学出版社2008年版。

金莉：《霍桑、胡写乱画的女人们与19世纪文学市场》，《外语教学》2016年第4期。

金莉：《文学女性与女性文学：19世纪美国女性小说家及作品》，外语教学与研究出版社2004年版。

李常磊、王秀梅：《传统与现代的对话：威廉·福克纳创作艺术研究》，外语教学与研究出版社2010年版。

李萌羽：《多维视野中的沈从文和福克纳小说》，齐鲁书社2009年版。

李文俊：《福克纳传》，现代出版社2017年版。

李文俊：《福克纳的神话》，上海译文出版社2008年版。

李杨：《颠覆·开放·与时俱进：美国后南方的小说纵横论》，中国社会科学出版社2018年版。

李杨：《欧洲元素对美国"南方文艺复兴"本土特色的构建》，同济大学出版社2015年版。

林长洋：《对南方命运的彷徨——论福克纳小说〈大宅〉的政治无意识》，《井冈山大学学报》（社会科学版）2016年第3期。

卢敏：《19世纪美国家庭小说道德主题研究》，武汉大学出版社2018年版。

[英]齐格蒙·鲍曼：《现代性与大屠杀》，杨渝东、史建华译，译林出版社2002年版。

芮渝萍：《美国成长小说研究》，中国社会科学出版社2004年版。

申丹、韩加明、王丽亚：《英美小说叙事理论研究》，北京大学出版社2005年版。

陶洁：《福克纳研究》，上海外语教育出版社2013年版。

王丽亚：《论"短篇故事合成体"的叙事结构：以爱丽丝·门罗的〈逃离〉为例》，《英美文学研究论丛》第25辑（2016年秋）。

王万顺：《论"长河小说"源流及其在中国的发展》，《中国比较文学》2013年第2期。

武月明：《爱与欲的南方：福克纳小说的文学伦理学批评》，南京大学出版社2013年版。

肖明翰：《大家族的没落——福克纳和巴金家庭小说比较研究》，广西师范大学出版社1994年版。

肖明翰：《威廉·福克纳：骚动的灵魂》，四川人民出版社1999年版。

肖明翰：《威廉·福克纳研究》，外语教学与研究出版社1997年版。

许德金、蒋竹怡：《类文本》，金莉、李铁主编《西方文论关键词》第二卷，外语教学与研究出版社2017年版。

曾军山：《论斯诺普斯三部曲与南方骑士文化的互文性》，《外国文学》2012年第2期。

张之帆：《莫言与福克纳——"高密东北乡"与"约克纳帕塔法"谱系研究》，四川大学出版社2016年版。

朱宾忠：《跨越时空的对话：福克纳与莫言比较研究》，武汉大学出版社2006年版。

朱振武：《福克纳的创作流变及其在中国的接受和影响》，人民文学出版社2015年版。

二 英文文献

Abrams, Meyer Howard and Geoffrey Galt Harpham, eds., *A Glossary of Literary Terms* (10th ed), Beijing: Peking University Press, 2014.

Allister, Mark, "Faulkner's Aristocratic Families: The Grand Design and the Plantation House", *Midwest Quarterly*, Vol. 25, No. 1, Autumn 1983.

Allen, Frederick Lewis, *Only Yesterday: An Informal History of the 1920's*, New York: Harper & Row, Publishers, 1964.

Armens, Sven, *Archetypes of the Family in Literature*, Seattle and London: University of Washington Press, 1966.

Asztalos, Márta, "Family Romances in William Faulkner's *Absalom, Absalom!*", *The AnaChronisT*, Vol. 17, 2012/2013.

Baldick, Chris, *The Modern Movement*, Beijing: Foreign Language Teaching and Research Press, 2007.

Bassett, John, *William Faulkner: The Critical Heritage*, London and Boston: Routledge & Kegan Paul, 1975.

Bassett, John, *Vision and Revisions: Essays on Faulkner*, West Cornwall, CT: Locust Hill Press, 1989.

Bauer, Margaret Donovan, *William Faulkner's Legacy: "What Shadow, What Stain, What Mark"*, Gainesville, FL: University Press of Florida, 2005.

Baum, Rosalie Murphy, "Family Dramas: Spouse and Child Abuse in Faulkner's Fiction", *The Aching Hearth: Family Violence in Life and Literature*, Sara Munson Deats and Lagretta Tallent Lenker, eds., New York: Insight Books/Plenum Press, 1991.

Beck, Warren, *Man in Motion: Faulkner's Trilogy*, Madison:

The University of Wisconsin Press, 1963.

Beck, Warren, *Faulkner: Essays*, Madison: University of Wisconsin Press, 1976.

Benjamin, Walter, *Illuminations: Essays and Reflections*, Harry Zohn, trans., New York: Schocken Books, 2007.

Berkin, Carol et al., *Making America: A History of the United States* (5th ed), Boston and New York: Houghton Mifflin Company, 2008.

Bleikasten, André, *The Ink of Melancholy: Faulkner's Novels from "The Sound and the Fury" to "Light in August"*, Bloomington and Indianapolis: Indiana University Press, 1990.

Bleikasten, André, *William Faulkner: A Life Through Novels*, Miriam Watchorn, trans., Bloomington and Indianapolis: Indiana University Press, 2017.

Bloom, Harold, *William Faulkner* (New Ed), New York: Infobase Publishing, 2008.

Blotner, Joseph, *William Faulkner: A Biography* (*2 Vols*), New York: Random House, 1974.

Blotner, Joseph, "The Falkners and the Fictional Families", *The Georgia Review*, Vol. 30, No. 3, Fall 1976.

Blotner, Joseph, ed., *Selected Letters of William Faulkner*, New York: Vintage, 1978.

Blotner, Joseph, "Continuity and Change in Faulkner's Life and Art", *Faulkner and Idealism: Perspectives from Paris*, Michel Gresset and Patrick Samway, S. J., eds., Jackson: University Press of Mississippi, 1983.

Booth, Wayne C., *Critical Understanding: The Powers and Limits of Pluralism*, Chicago and London: The University of Chicago Press, 1979.

Bricknell, Herschel, "Romance Has Its Gall", *Critical Essays on William Faulkner: The Sartoris Family*, Arthur F. Kinney, ed., Boston: G. K. Hall & Co., 1985.

Brinkmeyer, Robert H., Jr., *The Fourth Ghost: White Southern Writers and European Fascism, 1930—1950*, Baton Rouge: Louisiana State University Press, 2009.

Brooks, Cleanth, *William Faulkner: The Yoknapatawpha Country*, New Haven and London: Yale University Press, 1963.

Brooks, Cleanth, *The Hidden God: Studies in Hemingway, Faulkner, Eliot and Warren*, New Haven: Yale University Press, 1976.

Brooks, Cleanth, *William Faulkner: Toward Yoknapatawpha and Beyond*, Baton Rouge and London: Louisiana State University Press, 1978.

Brooks, Cleanth, *On the Prejudices, Predilections, and Firm Beliefs of William Faulkner*, Baton Rouge: Louisiana State University Press, 1987.

Brooks, Peter, *Reading for the Plot: Design and Intention in Narrative*, Cambridge, MA.: Harvard University Press, 1984.

Carlock, Mary Sue, "Kaleidoscopic Views of Motion", *William Faulkner: Prevailing Verities*, W. M. Aycock and W. T. Zyla, eds., Lubbock: Texas Tech Press, 1973.

Carothers, James B., "Faulkner's Short Story Writing and the Oldest Profession", *Faulkner and the Short Story: Faulkner and Yoknapatawpha, 1990*, Evans Harrington and Ann J. Abadie, eds., Jackson: University Press of Mississippi, 1992.

Casanova, Pascale, *The World Republic of Letters*, M. B. DeBevoise, trans., Cambridge, MA: Harvard University Press, 2004.

Case, Alison A., *Plotting Women: Gender and Narration in the Eighteenth-and Nineteenth-Century Novel*, Charlottesville and

London: University Press of Virginia, 1999.

Cash, W. J., *The Mind of the South*, New York: Vintage, 1991.

Chabrier, Gwendolyn, *Faulkner's Families: A Southern Saga*, New York: The Gordian Press, 1993.

Chase, Richard, *The American Novel and Its Tradition*, London: G. Bell and Sons Ltd., 1958.

Clarke, Deborah, *Robbing the Mother: Women in Faulkner*, Jackson: University Press of Mississippi, 1994.

Coindreau, Maurice Edgar, *The Time of William Faulkner: A French View of Modern American Fiction*, George McMillan Reeves, ed./trans., Columbia, SC: University of South Carolina Press, 1971.

Cooper, William J. and Thomas E. Terrill, eds., *The American South: A History*, New York: McGraw-Hill, Inc., 1991.

Cowley, Malcolm, ed., *The Portable Faulkner*, New York: Penguin, 1946.

Cowley, Malcolm, *The Faulkner-Cowley File: Letters and Memories, 1944—1962*, New York: Penguin Books, 1966.

Cowley, Malcolm, *The Flower and the Leaf: A Contemporary Record of American Writing since 1941*, New York: Viking, 1985.

Crane, John Kenny, *The Yoknapatawpha Chronicle of Gavin Stevens*, Cranbury: Associated University Press, 1988.

Dabney, Lewis M., *The Indians of Yoknapatawpha*, Baton Rouge: Lousiana University Press, 1974.

Davis, Thadious M., *Faulkner's "Negro": Art and the Southern Context*, Baton Rouge and London: Louisiana State University Press, 1983.

Duvall, John N., "An Error in Canonicity, or A Fuller Story of

Faulkner's Return to Print Culture, 1944—1951", *Faulkner and Print Culture: Faulkner and Yoknapatawpha*, 2015, Jay Watscon, Jaime Harker, James G. Thomas, Jr., eds., Jackson: University Press of Mississippi, 2017.

Earle, David M., "The Modernist Genre Novel", *A History of the Modernist Novel*, Gregory Castle, eds., New York: Cambridge University Press, 2015.

Early, James, *The Making of "Go Down, Moses"*, Dallas: Southern Methodist University Press, 1972.

Elliott, Emory, ed., *Columbia Literary History of the United States*, New York: Columbia University Press, 1988.

Evans, Sara M., *Born for Liberty: A History of Women in America*, New York: The Free Press, 1989.

Fant III, Joseph L. and Robert Ashley, eds., *Faulkner at West Point*, New York: Random House, 1964.

Fargnoli, A. Nicholas, Michael Golay, and Robert W. Hamblin, eds., *Critical Companion to William Faulkner: A Literary Reference to His Life and Work*, New York: Infobase Publishing, 2008.

Faulkner, William, *Absalom, Absalom!*, *Novels 1936—1940*, Joseph Blotner and Noel Polk, eds., New York: Library of America, 1990.

Faulkner, William, *Big Woods: The Hunting Stories*, New York: Vintage, 1994.

Faulkner, William, *Collected Stories of William Faulkner*, New York: Vintage, 1995.

Faulkner, William, *Go Down, Moses, Novels 1942—1954*, Joseph Blotner and Noel Polk, eds., New York: Library of America, 1994.

Faulkner, William, *The Hamlet*, *Novels 1936—1940*, Joseph Blotner and Noel Polk, eds., New York: Library of America, 1990.

Faulkner, William, *Intruder in the Dust*, *Novels 1942—1954*, Joseph Blotner and Noel Polk, eds., New York: Library of America, 1994.

Faulkner, William, *Knight's Gambit: Six Mystery Stories*, New York: Vintage, 1978.

Faulkner, William, *The Mansion*, *Novels 1957—1962*, Joseph Blotner and Noel Polk, eds., New York: Library of America, 1999.

Faulkner, William, *The Reivers*, *Novels 1957—1962*, Joseph Blotner and Noel Polk, eds., New York: Library of America, 1999.

Faulkner, William, *Requiem for a Nun*, *Novels 1942—1954*, Joseph Blotner and Noel Polk, eds., New York: Library of America, 1994.

Faulkner, William, *Sanctuary*, *Novels 1930—1935*, Joseph Blotner and Noel Polk, eds., New York: Library of America, 1985.

Faulkner, William, *The Sound and the Fury*, *Novels 1926—1929*, Joseph Blotner and Noel Polk, eds., New York: Library of America, 2006.

Faulkner, William, *The Town*, *Novels 1957—1962*, Joseph Blotner and Noel Polk, eds., New York: Library of America, 1999.

Faulkner, William, *The Unvanquished*, *Novels 1936—1940*, Joseph Blotner and Noel Polk, eds., New York: Library of America, 1990.

Fiedler, Leslie A., *Love and Death in the American Novel*, New York: Criterion Books, 1960.

Foertsch, Jacqueline, *American Culture in the 1940s*, Edinburgh: Edinburgh University Press, 2008.

Fowler, Doreen, *Faulkner's Changing Vision: From Outrage to Affirmation*, Ann Arbor: UMI Research Press, 1983.

Fowler, Doreen, *The Father Reimagined in Faulkner, Wright, O'Connor and Morrison*, Charlottesville and London: University of Virginia Press, 2013.

Fowler, Doreen and Abadie, Ann J., eds., *"A Cosmos of My Own": Faulkner and Yoknapatawpha, 1980*, Jackson: University Press of Mississippi, 1981.

Fowler, Doreen and Abadie, Ann J., *Faulkner and Race: Faulkner and Yoknapatawpha, 1986*, Jackson: University Press of Mississippi, 1987.

Freud, Sigmund, *Collected Papers*, Vol.5, James Strachey, ed., New York: Basic Books, Inc., 1959.

Friedan, Betty, *The Feminine Mystique*, New York: Dell, 1974.

Frye, Northrop, *The Secular Scripture: A Study of the Structure of Romance*, Cambridge, MA.: Harvard University Press, 1976.

Frye, Northrop, *Words with Power: Being a Second Study of "The Bible and Literature"*, Michael Dolzani, ed., Toronto: University of Toronto Press, 2008.

Frye, Northrop, *Anatomy of Criticism: Four Essays*, Shanghai: Shanghai Foreign Language Education Press, 2009.

Fuchs, Barbara, *Romance*, New York and London: Routledge, 2004.

Fulton, Lorie Watkins, *William Faulkner, Gavin Stevens, and the Cavalier Tradition*, New York: Peter Lang, 2011.

Genette, Gérard, *Paratexts: Thresholds of Interpretation*, Cambridge: Cambridge University Press, 1997.

Goodman, Jennifer R., *The Legend of Arthur in British and American Literature*, Boston: Twayne Publishers, 1988.

Gray, Richard, *Writing the South: Ideas of an American Region*, Cambridge: Cambridge University Press, 1986.

Gray, Richard, *The Life of William Faulkner*, Oxford and Cambridge: Blackwell, 1994.

Gregory, James N. , *The Modern Diaspora: How the Great Migrations of Black and White Southerners Transformed America*, Chapel Hill: The University of North Carolina Press, 2005.

Gresset, Michel, "Home and Homelessness in Faulkner's Works and Life", *William Faulkner: Materials, Studies and Criticism*, Vol. 5, No. 1, 1983.

Grimwood, Michael, *Heart in Conflict: Faulkner's Struggles with Vocation*, Athens and London: The University of Georgia Press, 1987.

Gwin, Minrose, "Her Shape, His Hand: The Spaces of African American Women in *Go Down, Moses*", *New Essays on "Go Down, Moses"*, Linda Wagner-Martin, ed. , Beijing: Peking University Press, 2007.

Gwynn, Frederick L. and Joseph L. Blotner, eds. , *Faulkner in the University*, Charlottesville and London: University Press of Virginia, 1995.

Hagood, Taylor, "Faulkner's 'Fabulous Immeasurable Camelots': *Absalom, Absalom!* and *Le Morte Darthur*", *The Southern Literary Journal*, Vol. 34, No. 2, 2002.

Hagood, Taylor, *Following Faulkner: The Critical Response to Yoknapatawpha's Architect*, Rochester: Camden House, 2017.

Halbwachs, Maurice, *On Collective Memory*, Lewis A. Coser, ed. / trans. , Chicago and London: The University of Chicago Press, 1992.

Hall, Stuart, "The Question of Cultural Identity", *Modernity and Its Future*, Stuart Hall, David Held and Tony McGrew, eds. , Cambridge: Polity Press, 1991.

Hamblin, Robert W. , *Myself and the World: A Biography of Wil-*

liam Faulkner, Jackson: University Press of Mississippi, 2016.

Hamblin, Robert W. and Charles A. Peek, eds., *A William Faulkner Encyclopedia*, Westport, CN.: Greenwood Press, 1999.

Hanna, Julian, *Key Concepts in Modernist Literature*, Shanghai: Shanghai Foreign Language Education Press, 2016.

Hawkins, E. O., Jr., "Jane Cook and Cecilia Farmer", *Mississippi Quarterly*, Vol. 18, No. 4, Fall 1965.

Hawthorne, Nathaniel, "Preface by the Author", *The House of the Seven Gables*, New York: Signet Classic, 2001.

Hilfer, Tony, *American Fiction Since 1940*, London and New York: Longman, 1992.

Hodgin, Katherine C., "Horace Benbow and Bayard Sartoris: Two Romantic Figures in Faulkner's *Flags in the Dust*", *American Literature*, Vol. 50, No. 4, 1979.

Hoffman, Frederick J., *William Faulkner*, 2nd ed., Boston: Twayne Publishers, 1966.

Honey, Maureen, *Creating Rosie the Riveter: Class, Gender, and Propaganda During World War II*, Amherst: University of Massachusetts Press, 1984.

Hönnighausen, Lothar, "Black as White Metaphor: A European View of Faulkner's Fiction", *Faulkner and Race: Faulkner and Yoknapatawpha, 1986*, Doreen Fowler and Ann J. Abadie, eds., Jackson: University Press of Mississippi, 1987.

Howe, Irving, *William Faulkner: A Critical Study* (4th Edition), Chicago: Ivan R. Dee, Inc., 1991.

Hunt, Lynn, *The Family Romance of the French Revolution*, Berkeley: University of California Press, 1992.

Inge, M. Thomas, ed., *Conversations with William Faulkner*, Jackson: University Press of Mississippi, 1999.

Inge, M. Thomas, *William Faulkner*, New York: Overlook Duckworth, 2006.

Irving, John T., *Doubling and Incest/Repetition and Revenge: A Speculative Reading of Faulkner*, Baltimore: Johns Hopkins University Press, 1975.

Isenberg, Nancy, *White Trash: The 400-Year Untold History of Class in America*, New York: Viking, 2016.

Jehlen, Myra, *Class and Character in Faulkner's South*, New York: Columbia University Press, 1976.

Johnson, Claudia Durst, ed., *Family Dysfunction in William Faulkner's "As I Lay Dying"*, Detroit: Gale, 2013.

Jones, Anne Goodwyn, "'The Kotex Age': Women, Popular Culture, and *The Wild Palms*", *Faulkner and Popular Culture: Faulkner and Yoknapatawpha, 1988*, Doreen Fowler and Ann J. Abadie, eds., Jackson: University Press of Mississippi, 1990.

Kartiganer, Donald M., "Quentin Compson and Faulkenr's Drama of the Generations", *Critical Essays on William Faulkner: The Compson Family*, Arthur F. Kinney, ed., Boston, Massachusetts: G. K. Hall & Co., 1982.

Kerr, Elizabeth M., *William Faulkner's Yoknapatawpha: "A Kind of Keystone in the Universe"*, New York: Fordham University Press, 1983.

King, Richard H., *A Southern Renaissance: The Cultural Awakening of the American South, 1930—1955*, Oxford: Oxford University Press, 1980.

Kinney, Arthur F., *Critical Essays on William Faulkner: The Compson Family*, Boston: G. K. Hall & Co., 1982.

Kinney, Arthur F., *Critical Essays on William Faulkner: The*

Sartoris Family, Boston: G. K. Hall & Co., 1985.

Kinney, Arthur F., "The Family-Centered Nature of Faulkner's World", College Literature, Vol. 16, No. 1, 1989.

Kinney, Arthur F., Critical Essays on William Faulkner: The McCaslin Family, Boston: G. K. Hall & Co., 1990.

Kinney, Arthur F., Critical Essays on William Faulkner: The Sutpen Family, Boston: G. K. Hall & Co., 1996.

Kinney, Arthur F., Go Down, Moses: The Miscegenation of Time, New York: Twayne Publishers, 1996.

Kinney, Arthur F., "Unscrambling Surprises", Connotations, Vol. 15, No. 1-3, 2005/2006.

Kinney, Arthur F., "Faulkner's Families", A Companion to William Faulkner, Richard C. Moreland, ed., Malden, MA: Blackwell, 2007.

Kirk, Robert W., Faulkner's People: A Complete Guide and Index to Characters in the Fiction of William Faulkner, Berkeley and Los Angeles: University of California Press, 1963.

Knapp, John V., Critical Insights: Family, Ipswich: Salem Press, 2013.

Kohn, Zayed S., " 'You're Like Me': Flem Snopes and the Dynamics of Citizenship in William Faulkner's The Town", Mississippi Quarterly, Vol. 67, No. 3, 2014.

Kreyling, Michael, Inventing Southern Literature, Jackson: University Press of Mississippi, 1998.

Labatt, Blair, Faulkner the Storyteller, Tuscaloosa: The University of Alabama Press, 2005.

Leaf, Mark, "William Faulkner's Snopes Trilogy: The South Evolves", The Fifties: Fiction, Poetry, Drama, Warren French, ed., DeLand, FL.: Everett/Edwards, inc., 1970.

Lewis, R. W. B., *The Picareque Saint: Representative Figures in Contemporary Fiction*, Philadelphia and New York: J. B. Lippincott Company, 1959.

Litz, Walton, "Genealogy as Symbol in *Go Down, Moses*", *Faulkner Studies*, Vol. 1, No. 4, 1952.

Liu, Jianhua, *Faulkner's Textualization of Subalternities*, Beijing: Peking University Press, 2002.

Loichot, Valérie, *Orphan Narratives: The Postplantation Literature of Faulkner, Glissant, Morrison, and Saint-John Perse*, Charlottesville and London: University of Virginia Press, 2007.

Lupack, Alan and Barbara Tepa Lupack, *King Arthur in America*, Cambridge: D. S. Brewer, 1999.

Lupack, Alan, "American Arthurian Authors: A Declaration of Independence", *The Arthurian Revival: Essays on Form, Tradition, and Transformation*, Debra N. Mancoff, ed., 1992, London: Routledge, 2015.

Lurie, Peter, "'Some Trashy Myth of Reality's Escape': Romance, History, and Film Viewing in *Absalom, Absalom!*", *American Literature*, Vol. 73, No. 3, 2001.

McHaney, Thomas L., *Literary Masters: William Faulkner*, Farmington Hills, MI.: Gale, 2000.

McHaney, Thomas L., "Faulkner's Genre Experiments", *A Companion to William Faulkner*, Richard C. Moreland, ed., Malden, MA.: Blackwell, 2007.

McWilliams, John, "The Rationale for 'The American Romance'", *boundary 2*, Vol. 17, No. 1, 1990.

Mannheim, Karl, *Essays on the Sociology of Knowledge*, Paul Kecskemeti, ed., London: Routledge & Kegan Paul Ltd., 1952.

Mathews, John T., *Faulkner's Questioning Narratives: Fictions of His Major Phase, 1929—1942*, Urbana and Chicago: University Press of Illinois, 2001.

Mathews, John T., *William Faulkner: Seeing Through the South*, Malden, MA.: Wiley-Blackwell, 2009.

Mathews, John T., ed., *The New Cambridge Companion to William Faulkner*, New York: Cambridge University Press, 2015.

Mauss, Marcel, *The Gift: Forms and Functions of Exchange in Archaic Societies*, Ian Cunnison, trans., London: Cohen & West Ltd., 1966.

Mencken, H. L., "The Sahara of the Bozart", *Defining Southern Literature: Perspectives and Assessments, 1831—1952*, John E. Bassett, ed., Madison: Fairleigh Dickinson University Press, 1997.

Meriwether, James B., ed., *William Faulkner Essays, Speeches & Public Letters*, New York: The Modern Library, 2004.

Meriwether, James B. and Michael Millgate, eds., *Lion in the Garden: Interviews with William Faulkner, 1926—1962*, Lincoln and London: University of Nebraska Press, 1968.

Millgate, Michael, *William Faulkner*, New York: Grove Press, Inc., 1961.

Millgate, Michael, *The Achievement of William Faulkner*, London: Constable, 1966.

Minter, David, *William Faulkner: His Life and Work*, Baltimore and London: Johns Hopkins University Press, 1997.

Morris, Wesley, *Reading Faulkner*, Madison: The University of Wisconsin Press, 1989.

Morrison, Toni, *Playing in the Dark: Whiteness and the Literary Imagination*, New York: Vintage Books, 1993.

O'Donnell, George Marion, "Faulkner's Mythology", *William Faulkner: Three Decades of Criticism*, Frederick J. Hoffman and Olga W. Vickery, eds., New York: Harcourt, Brace & World, Inc., 1963.

O'Faolain, Sean, *The Vanishing Hero: Studies in Novelists of the Twenties*, Boston and Toronto: Little, Brown and Company, 1957.

Ohashi, Kenzaburo, " 'Motion' and the Intertextuality in Faulkner's Fiction", *Intertextuality in Faulkner*, Michel Gresset and Noel Polk, eds., Jackson: University Press of Mississippi, 1985.

Painter, Nell Irvin, *The History of White People*, New York and London: W. W. Norton & Company, 2010.

Pan, Zhiming, *Romance as Strategy: A Study of Winnifred Eaton's Fiction*, Beijing: Foreign Language Teaching and Research Press, 2008.

Payne, Stanley G., *A History of Fascism, 1914—1945*, London: Routledge, 1995.

Pells, Richard H., *Radical Visions and American Dreams: Cultural and Social Thought in the Depression Years*, New York: Harper & Row, 1973.

Pilkington, John, "Nature's Legacy to William Faulkner", *The South and Faulkner's Yoknapatawpha: The Actual and the Apocryphal*, Evans Harrington and Ann J. Abadie, eds., Jackson: University Press of Mississippi, 1977.

Pittman, Barbara L., "Faulkner's *Big Woods* and the Historical Necessity of Revision", *The Mississippi Quarterly*, No. 3, Summer 1996.

Polk, Noel, *Faulkner's "Requiem for a Nun": A Critical Study*, Bloomington: Indiana University Press, 1981.

Polk, Noel, *Children of the Dark House: Text and Context in Faulkner*, Jackson: University Press of Mississippi, 1996.

Polk, Noel, "Introduction: Faulkner and War and Peace", *Faulkner and War: Faulkner and Yoknapatawpha, 2001*, Noel Polk and Ann. J. Abadie, eds., Jackson: University Press of Mississippi, 2004.

Porter, Carolyn, "Faulkner's Grim Sires", *Faulkner at 100: Retrospect and Prospect*, Donald M. Kartiganer and Ann J. Abadie, eds., Jackson: University Press of Mississippi, 2000.

Pugh, Tison, *Queer Chivalry: Medievalism and the Myth of White Masculinity in Southern Literature*, Baton Rouge: Louisiana State University Press, 2013.

Putzel, Max, *Genius of Place: William Faulkner's Triumphant Beginnings*, Baton Rouge and London: Indiana State University Press, 1985.

Rampton, David, *William Faulkner: A Literary Life*, Basingstoke and New York: Palgrave Macmillan, 2008.

Reed, Joseph W., Jr., *Faulkner's Narrative*, New Haven and London: Yale University Press, 1973.

Reeves, Thomas C., *Twentieth-Century America: A Brief History*, New York and Oxford: Oxford University Press, 2000.

Richardson, Brian, "Transtextual Characters", *Characters in Fictional Worlds: Understanding Imaginary Beings in Literature, Film, and Other Media*, Jens Eder, Fotis Jannidis and Ralf Schneider, eds., Berlin: De Gruyter, 2010.

Roberts, Giselle, *The Conferderate Belle*, Columbia and London: University of Missouri Press, 2003.

Rollyson, Carl, *Uses of the Past in the Novels of William Faulkner*, Lincoln: Universe, 2007.

Rubin, Louis D., Jr., *The History of Southern Literature*, Baton Rouge and London: Louisiana State University Press, 1985.

Sartre, Jean-Paul, "Time in Faulkner: The Sound and the Fury", *William Faulkner: Three Decades of Criticism*, Frederick J. Hoffman and Olga W. Vickery, eds., New York and Burlingame: Harcourt, Brace & World, Inc., 1963.

Sayre, Robert Woods, "Faulkner's Indians and the Romantic Vision", *The Faulkner Journal*, Vol. 18, No. 1/2, 2002/2003.

Schwartz, Lawrence H., *Creating Faulkner's Reputation: The Politics of Modern Literary Criticism*, Knoxville: University of Tennessee Press, 1988.

Seidel, Kathryn Lee, *The Southern Belle in the American Novel*, Tampa: University of South Florida Press, 1985.

Sensibar, Judith L., *The Origins of Faulkner's Art*, Austin: University of Texas Press, 1984.

Sensibar, Judith L., *Faulkner and Love: The Women Who Shaped His Art*, New Haven & London: Yale University Press, 2009.

Shen, Dan, *Narrative Fiction: Covert Progressions Behind Overt Plots*, New York and London: Routledge, 2014.

Simmel, Georg, *On Individuality and Social Forms*, Donald N. Levine, ed., Chicago and London: The University of Chicago Press, 1971.

Singal, Daniel J., *William Faulkner: The Making of a Modernist*, Chapel Hill and London: The University of North Carolina Press, 1997.

Skei, Hans H., "William Faulkner's Late Career: Repetition, Variation, Renewal", *Faulkner: After the Nobel Prize*, Michel Gresset and Kenzaburo Ohashi, eds., Kyoto: Yamaguchi Publishing House, 1987.

Skei, Hans H., "Beyond Genre? Existential Experience in Faulkner's Short Fiction", *Faulkner and the Short Story: Faulkner and Yoknatatawpha, 1990*, Evans Harrington and Ann J. Abadie, eds., Jackson: University Press of Mississippi, 1992.

Skinful, Mauri Skinfill, "Modernism Unlimited: Class and Critical Inquiry in Faulkner's Later Novels", Dissertation, University of California, 1999.

Skinful, Mauri, "The American Interior: Identity and Commercial Culture in Faulkner's Late Novels", *The Faulkner Journal*, Vol. 21, No. 1/2, 2005/2006.

Stephens, Robert O., *The Family Saga in the South: Generations and Destinies*, Baton Rouge: Louisiana State University Press, 1995.

Storhoff, Gary, "Faulkner's Family Dilemma: Quentin's Crucible", *William Faulkner: Six Decades of Criticism*, Linda Wagner-Martin, ed., East Lansing: Michigan State University Press, 2002.

Sundquist, Eric J., *Faulkner: The House Divided*, Baltimore: John Hopkins University Press, 1985.

Swiggart, Peter, *The Art of Faulkner's Novels*, Austin: University of Texas Press, 1962.

Sykes, John, *The Romance of Innocence and the Myth of History: Faulkner's Religious Critique of Southern Culture*, Macon, GA.: Mercer University Press, 1989.

Taylor, Melanie Benson, *Reconstructing the Native South: American Indian Literature and the Lost Cause*, Athens & London: The University of Georgia Press, 2011.

Taylor, Nancy Dew, *Go Down, Moses: Annotations*, New York & London: Garland Publishing, Inc., 1994.

Taylor, William R. , *Cavalier and Yankee: The Old South and American National Character*, New York and Oxford: Oxford University Press, 1993.

Tichi, Cecelia, *Electronic Hearth: Creating American Television Culture*, New York and Oxford: Oxford University Press, 1991.

Tobin, Patricia Drechsel, *Time and the Novel: The Genealogical Imperative*, Princeton: Princeton University Press, 1978.

Towner, Theresa M. , "The Roster, the Chronicle, and the Critic", *Faulkner in the Twenty-First Century: Faulkner and Yoknapatawpha, 2000*, Robert W. Hamblin and Ann J. Abadie, eds. , Jackson: University Press of Mississippi, 2003.

Towner, Theresa M. , *Faulkner on the Color Line: The Later Novels*, Jackson: University Press of Mississippi, 2000.

Trefzer, Annette, *Disturbing Indians: The Archaelogy of Southern Fiction*, Tuscaloosa: The University of Alabama Press, 2007.

Tuck, Dorothy, *Crowell's Handbook of Faulkner*, New York: Thomas Y. Crowell Company, 1964.

Urgo, Joseph R. , *Faulkner's Apocrypha: "A Fable", Snopes, and the Spirit of Human Rebellion*, Jackson: University Press of Mississippi, 1989.

Utley, Francis Lee, Lynn Z. Bloom and Arthur F. Kinney, eds. *Bear, Man, and God: Seven Approaches to William Faulkner's "The Bear"*, New York: Random House, 1964.

Vanderwerken, David L. , *Faulkner's Literary Children: Patterns of Development*, New York: Peter Lang, 1997.

Veblen, Thorstein, *The Theory of the Leisure Class*, New York: Dover Publications, 1994.

Vickery, Olga W. , *The Novels of William Faulkner: A Critical Interpretation*, Baton Rouge: Louisiana State University Press, 1964.

Volpe, Edmond L. , *A Reader's Guide to William Faulkner: The Novels*, 1964, New York: Syracuse University Press, 2003.

Wagner-Martin, Linda, ed. , *New Essays on "Go Down, Moses"*, Beijing: Peking University Press, 2007.

Warren, Robert Penn, "William Faulkner", *William Faulkner: Three Decades of Criticism*, Frederick J. Hoffman and Olga W. Vickery, eds. , New York and Burlingame: Harcourt, Brace & World, Inc. , 1963.

Watson, James Gray, *The Snopes Dilemma: Faulkner's Trilogy*, Coral Gables, FL. : University of Miami Press, 1968.

Watson, Jay, "Genealogies of White Deviance: The Eugenic Family Studies, Buck v. Bell, and William Faulkner, 1926—1931", *Faulkner and Whiteness*, Jay Watson, ed. , Jackson: University Press of Mississippi, 2011.

Welge, Jobst, *Genealogical Fictions: Cultural Periphery and Historical Change*, Baltimore: Johns Hopkins University Press, 2015.

Wells, Jeremy, *Romances of the White Man's Burden: Race, Empire, and the Plantation in American Literature, 1880—1936*, Nashville: Vanderbilt University Press, 2011.

Westervelt, Linda A. , *Beyond Innocence, or the Altersroman in Modern Fiction*, Columbia and London: University of Missouri Press, 1997.

Williamson, Joel, *William Faulkner and Southern History*, New York: Oxford University Press, 1995.

Wilson, Edmund, "William Faulkner's Reply to the Civil-Rights Program", *William Faulkner: The Critical Heritage*, John Bassett, ed. , London and Boston: Routledge & Kegan Paul, 1975.

Winchell, Mark Royden, *Reinventing the South: Versions of a Literary Region*, Columbia and London: University of Missouri Press,

2006.

Woloch, Alex, *The One vs the Many: Minor Characters and the Space of the Protagonist in the Novel*, Princeton and Oxford: Princeton University Press, 2003.

Wu, Yi-ping, "Dynamics of Mixed Genealogy and the (Re) Construction of Ethnicities in Faulkner's *Go Down, Moses*", *Taiwan Journal of English Literature*, No. 3, 2006.

Zender, Karl F., *The Crossing of the Ways: William Faulkner, the South, and the Modern World*, New Brunswick and London: Rutgers University Press, 1989.

附　录

一　福克纳后期作品涉及的主要家族图谱

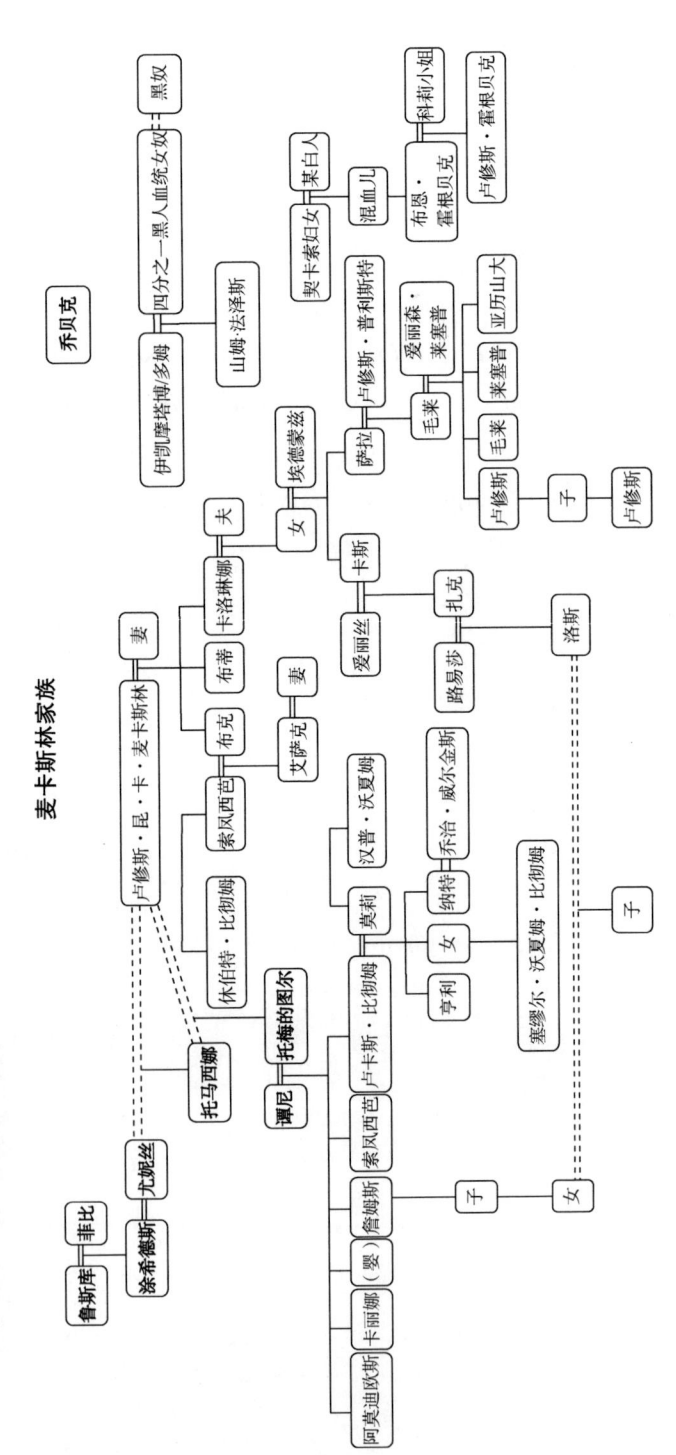

麦卡斯林家族

```
鲁斯库—菲比
  │
泰希穆斯—尤妮丝
         │
         卢修斯·昆·卡·麦卡斯林 —— 妻 —— 卡洛琳娜
         │                              │
         │                              布蒂
         │                              布克
         │                              素菲西芭 —— 休伯特·比彻姆
         │                                         │
         托马西娜                                   莫莉 —— 艾萨克
         │                                         │
         谭尼                                       卢卡斯·比彻姆
         │                                         │
         托梅的图尔                                  纳特—乔治·威尔金斯
                                                   亨利
                                                   素菲西芭
                                                   詹姆斯（婴）
                                                   卡丽娜
                                                   阿莫迪欧斯
```

（伊凯摩塔博多姆 —— 四分之一黑人血统女奴 —— 黑奴）
  │
山姆·法泽斯

埃德蒙兹
  │
卡斯
  │
扎克
  │
卡罗瑟斯·爱德蒙兹

乔贝克

契卡索妇女 —— 某白人
              │
             混血儿
              │
             布恩·霍根贝克

卢修斯·普利斯特 —— 爱丽丝 —— 萨拉
                              亚历山大·莱塞普
                              毛莱·莱塞普
                              毛莱
                              卢修斯
                              子—卢斯
              路易莎
              汉普·沃夏姆
              塞缪尔·沃夏姆·比彻姆
              洛斯
              女—子

科莉小姐
卢修斯·霍根贝克

斯诺普斯家族

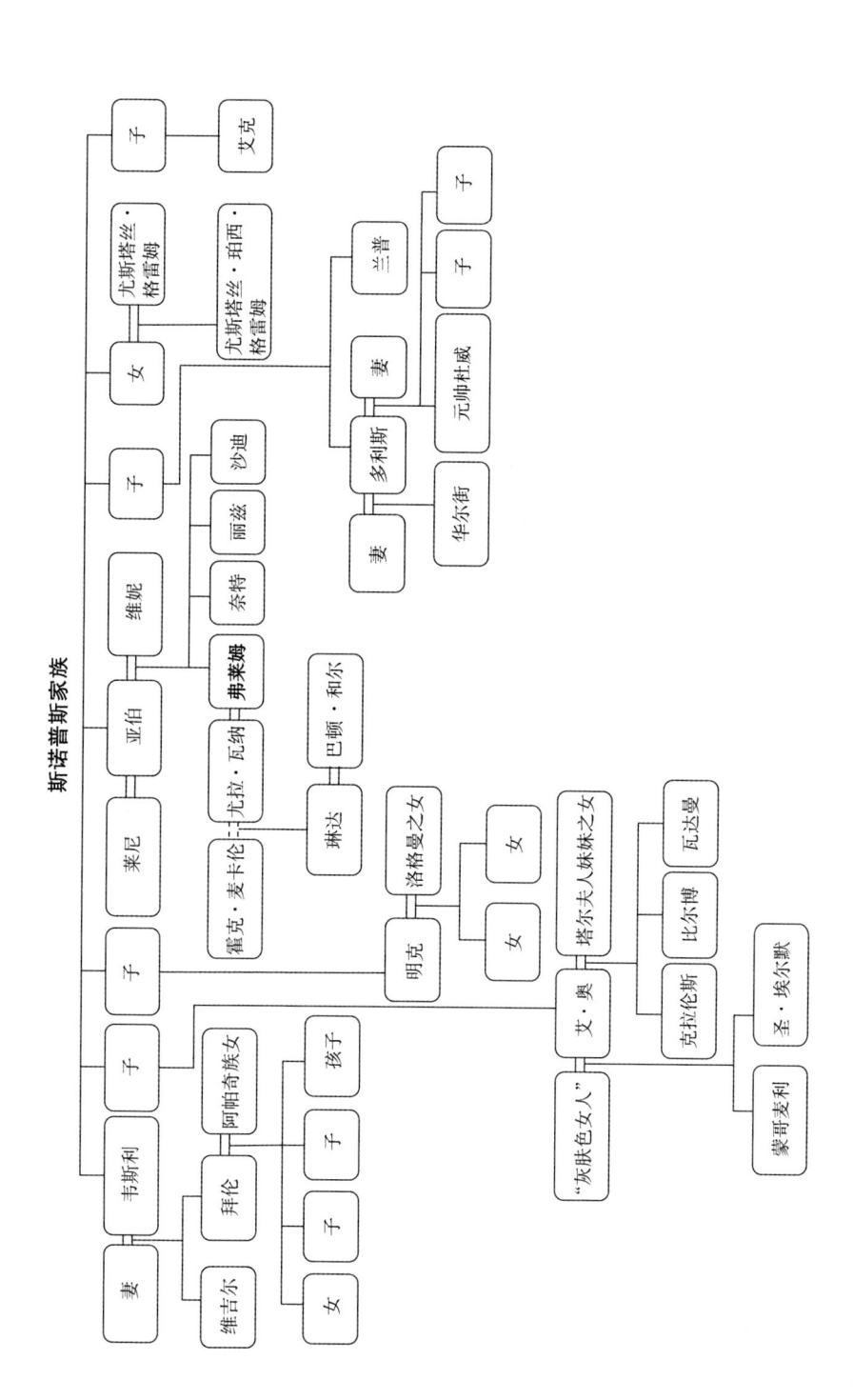

- 子 — 艾克
- 尤斯塔丝·格雷姆
- 尤斯塔丝·珀西·格雷姆
- 女
- 子
  - 奈特
  - 丽兹
  - 沙迪
- 维妮
- 亚伯
- 兰普
- 妻 — 多利斯
  - 元帅杜威
  - 华尔街
- 莱尼
- 霍克·麦卡伦 — 尤拉·瓦纳 — **弗莱姆**
  - 巴顿·利尔
  - 琳达
- 明克 — 洛格曼之女
  - 女
  - 女
- 子
- 韦斯利
- 子 — 阿帕奇族女
  - 孩子
- 拜伦
  - 子
  - 子
  - 女
- 妻
- 维吉尔
- 艾·奥 — "灰肤色女人"
  - 塔尔夫人妹妹之女
    - 瓦达曼
  - 比尔博
  - 克拉伦斯
    - 圣·埃尔默
  - 蒙哥麦利

史蒂文斯家族

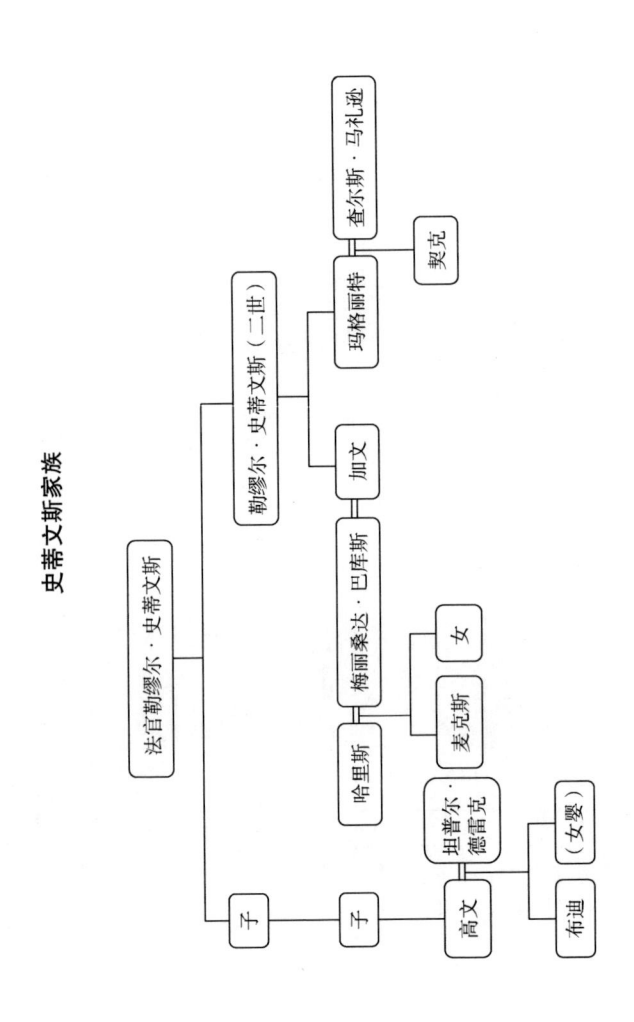

```
法官勒缪尔·史蒂文斯
├── 子
├── 子
└── 勒缪尔·史蒂文斯（二世）
    ├── 加文
    │   └── 梅丽桑达·巴库斯
    │       ├── 哈里斯
    │       ├── 麦克斯
    │       └── 女
    └── 查尔斯·马礼逊
        └── 玛格丽特
            └── 契克

高文 —— 坦普尔·德雷克
├── 布迪
└── （女婴）
```

二　福克纳后期生涯年表（1942—1962 年）

1942 年 3 月 28 日，《星期六晚邮报》刊登短篇故事《两个士兵》。

5 月 9 日，《星期六晚邮报》刊登短篇故事《熊》。

5 月 11 日，《〈去吧，摩西〉及其他》出版（1949 年 1 月 26 日再版时更改为现名）。

《故事》杂志五/六月号刊登短篇故事《三角洲之秋》。

7 月 27 日，赴好莱坞工作，创作、改编电影脚本《戴高乐的故事》。

12 月，回奥克斯福度假。

短篇故事《换位》收入海明威主编《战时的人：史上最佳战争故事集》。

1943 年 1 月 16 日，赴好莱坞工作，改编电影脚本《乡村律师》和《战争呐喊》。

2 月 13 日，《星期六晚邮报》刊登短篇故事《上帝的屋顶板》。

《故事》杂志三/四月号刊登短篇故事《我的外婆米拉德和贝德福德·福里斯特将军与哈里金溪之战》。

阿尔及利亚《幸运》杂志六/七月号刊登短篇故事《母牛的午后》法文版。

《故事》杂志七/八月号刊登短篇故事《不朽》。

8 月中旬，回奥克斯福，着手创作《寓言》。

短篇故事《熊》入选玛莎·弗雷编选的《1943 年度最佳美国短篇故事》。

1944 年 1 月，《埃勒瑞·奎恩推理杂志》刊登短篇故事《猎狗》。

2—12 月，赴好莱坞工作，改编剧本《江湖侠侣》。

5 月 7 日，复信马尔科姆·考利，启动《袖珍福克纳读本》出版工作。

10 月 29 日，《纽约时报书评周刊》发表考利的《福克纳的人间喜剧》一文。

12月15日，返回奥克斯福。

1945年1月21日，《江湖侠侣》首映，福克纳名字未出现于演职员表。

4月，武装部队版平装本《〈献给爱米丽的玫瑰〉及其他》出版。

6月，返回好莱坞工作，与琼·雷诺亚合作修改《南方人》脚本。

8月10日，《南方人》首映，福克纳名字未出现于演职员表。

10月18日，返回奥克斯福。

1946年4月23日，华纳兄弟同意解除劳动合同。

4月29日，《袖珍福克纳读本》由维京出版社出版。

《埃勒里·奎恩推理杂志》六月号刊登短篇故事《化学之误》，该作已在杂志举办的创作大赛中获二等奖，《奎因奖作品集》也于同年11月出版。

7月，短篇故事《拖死狗》和《荣誉》电影版权转让。

8月，《夜长梦多》公映。

8月15日，《奥克斯福鹰报》刊登短篇故事《他的名字叫皮特》。

《大西洋》发表萨特《福克纳小说中的时间：〈喧哗与骚动〉》一文英文版。

12月20日，现代文库版《喧哗与骚动》与《我弥留之际》合集出版。

新方向公司再版《八月之光》。

1947年3月13日，《奥克斯福鹰报》刊登《致编辑》一文。

4月，企鹅美国公司的平装本《圣殿》出版。据统计，年底时销量达14.8万册，至1951年5月已重印12次，销量突破110万册。

4月14—17日，应密西西比大学邀请前去讲学。

《威力》杂志夏季号刊登短篇故事《母牛的午后》英语原版。

1948年1月，着手创作《坟墓的闯入者》，4月完稿，6月发排，7月电影摄制权卖出，9月27日出版。

《斯旺尼评论》秋季号刊登短篇故事《求爱》。

11月，入选美国艺术文学学院。新美国文库版《老人河》平装本出版。

1949年2月，协助拍摄《坟墓的闯入者》。

3月，玛莎·弗雷编选的《美国故事集》收录《夕阳》。

夏天，琼·威廉斯在亲戚带领下来访罗湾橡树。

10月11日，电影《坟墓的闯入者》首映式在奥克斯福举行。

11月27日，短篇故事集《骑士的策略》出版。

短篇故事《求爱》获得欧·亨利短篇故事奖。

1950年3月26日、4月9日，两次致信《孟菲斯商业呼吁报》。

6月，美国艺术文学学院授予豪威尔斯小说奖。

8月21日，《短篇故事集》由兰登书屋出版，后入选月读俱乐部。

9月5日，现代文库版《八月之光》出版。

10月，《哈珀斯》杂志刊登虚构性散文《城市之名》。

11月10日，瑞典科学院公布福克纳获1949年诺贝尔文学奖。

12月10日，发表获奖演说。

1951年2月，《盗马贼笔记》出版。

2—3月，赴好莱坞修改《乱世情天》脚本。

3月，《短篇故事集》获全美图书奖。

4月，弗里德里克·霍夫曼与奥尔加·维克里合编的《威廉·福克纳评论二十年》出版。

5月25日，接受法国总统荣誉团勋章。28日，参加女儿高中毕业典礼。

7月，创作《修女安魂曲》舞台剧本。

9月27日，《修女安魂曲》出版。

《党派评论》九/十月号刊登短篇故事《监狱》。

欧文·豪的《威廉·福克纳：批评研究》出版。

1952年5月15日，三角洲委员会年会致辞。

5月19日，赴法国、英国和挪威旅行。

《仙纳度》秋季号刊登《老人与海》书评。

11月，福特基金会派员到奥克斯福拍摄纪录片。

沃德·L. 敏纳的《威廉·福克纳的世界》出版。

科罗拉多州州立大学创办《福克纳研究》杂志。

1953年6月，《大西洋》月刊刊登《谈舍伍德·安德森》一文。

9月28日、10月5日，《生活》周刊分两期刊登《福克纳的隐秘世界》，部分内容让福克纳大为恼火。

12月1日，赴巴黎编写《法老的土地》电影脚本。

1954年1—4月，辗转于瑞士、法国和埃及。

4月1日，《福克纳文集》出版。

4月15日，《节日》杂志发表散文《密西西比》。

8月2日，《寓言》出版。

9月，美国文库版《野棕榈》与《老人河》合集出版。

《哈珀斯》杂志十二月号刊登短篇故事《南坟地：煤气灯光》。

1955年1月25日，《寓言》获全美图书奖。4月，同作获普利策奖。

3月5日，《星期六晚邮报》刊登短篇故事《晨间的追逐》。

3月10日，现代文库版《去吧，摩西》出版。

8月，受美国国务院委派访问日本，顺访菲律宾、意、德、法和冰岛。

10月14日，短篇故事集《大森林》出版。

《淑女》杂志十月号刊登短篇故事《人民做主》。

11月10日，南方历史协会年会致辞。

1956年《巴黎评论》春季号刊登福克纳访谈录，作者吉恩·斯泰因。

3月26日，致信《生活》杂志。

6月号《哈珀斯》杂志刊登《论恐惧》一文。

7月15日，《福克纳在长野》在日本出版。

9月20日，加缪改编的《修女安魂曲》在巴黎的剧院首演。

1957年 2—6月，担任弗吉尼亚大学驻校作家。

3月，受美国国务院委派，访问希腊，接受希腊科学院银质奖章。

5月1日，《小镇》出版。

5月4日，《星期六晚邮报》刊登《小镇》最后一节，题为《流浪者》，稿费破纪录地达到三千美元。

5月10日—8月30日，普林斯顿大学图书馆举办《威廉·福克纳的生涯》展览，由詹姆斯·梅里韦瑟编辑的同名书籍于1961年出版。

小约翰·刘易斯·朗格雷《悲剧的面具：福克纳男性主要人物研究》出版。

1958年 1月，继续担任弗吉尼亚大学驻校作家。根据《标塔》改编的电影《褪色的天使》首映。

3月，根据《村子》改编的电影《漫长炎夏》开始公映。

《新奥尔良札记》出版。

《三部著名短小说》出版。

1959年 1月28日，歌剧《修女安魂曲》在纽约首演。

3月，电影《喧哗与骚动》公映。

10月1日—12月23日，弗吉尼亚大学图书馆举办主题展览。

11月13日，《大宅》出版。

12月，《乡绅》杂志刊登《大宅》前两章，名为《明克·斯诺普斯》。

《福克纳在大学》出版。

奥尔加·维克里的专著《福克纳小说批评阐释》出版。

1960年 3月7日，电视剧版《明天》播出。

6月，弗里德里克·霍夫曼与奥尔加·维克里合编的《威廉·福克纳评论三十年》出版。

8月，接受弗吉尼亚大学教授聘书。

1961年 2月，新版电影《圣殿》上映。

4月，受美国国务院委派，访问委内瑞拉。

詹姆斯·B.梅里韦瑟《威廉·福克纳的文学生涯：文献书目》出版。

1962年 3月31日，《星期六晚邮报》刊登短篇故事《过喊水溪》。

4月19日，访问西点军校。活动详见1964年出版的《福克纳在西点军校》。

5月24日，美国艺术文学学院授予小说金质奖章。

《乡绅》杂志五月号刊登短篇故事《卢修斯·普利斯特的教育》。

现代文库版《威廉·福克纳短篇故事选》出版。

6月4日，《掠夺者》出版。

7月6日，病逝。

卡维尔·柯林斯编《威廉·福克纳：早年散文与诗歌》出版。

三 描绘福克纳研究的路线图[①]
——哈古德《追随福克纳》述评

1953年秋，福克纳在朋友家中看到整整一架自己的小说，满怀深情地说："一个人能留下这些，也可算得上很不错的丰碑了。"[②]时年五十六岁的他正在写作第十六部小说《寓言》，加上已经出版的诗集、短篇小说集以及考利（Malcolm Cowley）编选的《袖珍福克纳读本》（*The Portable Faulkner*，1946），此时的福克纳已经著作等身了。让福克纳更为兴奋的是，第二次世界大战后美国的出版市场走向多元化，他的多部小说以平装本形式走向了更广泛的读者群体。据统计，1947—1951年短短四年时间，仅新美国文库公司（New American Library）推出的"图章"（Signet）系列中《圣殿》一部小说印刷便达12次，总印数超过110万册。[③]同时，福克纳学术研究自20世纪50年代全面铺开，密西西比大学的两位教授坎贝尔（Harry Modean Campbell）与福斯特（Ruel E. Foster）合著的《威廉·福克纳评价》（*William Faulkner：A Critical Appraisal*）于1951年出版，一年之后纽约知识分子派（New York Intellectuals）的豪（Irving Howe）发表了颇具影响力的专著《威廉·福克纳评介》（*William Faulkner：A Critical Study*），同年科罗拉多州立大学正式创办了学术季刊《福克纳研究》（*Faulkner Studies*）。在文学创作领域，法国的加缪、阿根廷

[①] 原载于《外国文学》2019年第5期，收录时略有改动。本文起意于2018年在美国访学期间，当时读到哈古德的新著倍感兴奋，对笔者博士学位论文的构思与写作启发很大，后来又觉非常有必要介绍给国内学界，遂仓促成文。

[②] 转引自 Joseph Blotner, *William Faulkner：A Biography* (2 Vols), New York：Random House, 1974, p. 576。

[③] James. L. W. West, Ⅲ, "Twentieth-Century Publishing and the Rise of the Paperback", *The Cambridge History of the American Novel*, Leonard Cassuto et al. eds, Cambridge：Cambridge University Press, 2011, pp. 781–797.

的博尔赫斯、美国的韦尔蒂（Eudora Welty）等作家高度赞扬福克纳的写作手法与艺术成就。书籍出版、早期书评、大众阅读、学术研究以及文学创作等各个领域涌现出一大批福克纳的追随者，这个特殊的群体及其成就构成了美国学者泰勒·哈古德（Taylor Hagood）的著作《追随福克纳：对约克纳帕塔法建造者的批评回应》（Following Faulkner: The Critical Response to Yoknapatawpha's Architect）的研究对象。

哈古德是美国福克纳研究领域的后起之秀，2008年出版的《福克纳的帝国主义：空间、地域与神话的物质性》（Faulkner's Imperialism: Space, Place, and the Materiality of Myth）是他的第一部专著，主要将后殖民主义理论引入福克纳研究中的两大话题：神话和地域，认为福克纳小说对南方空间的建构隐藏了一种帝国冲动，即无论是外部的宏大空间还是人物心理的缩微空间之中都蕴涵着黑格尔意义上的支配性内驱力。哈古德的第二部福克纳专著《福克纳：书写残疾的作家》（Faulkner, Writer of Disability）出版于2014年，该作突破传统的文学专著写作范式，融入了电影脚本、电子邮件、惊悚小说和传记等文类元素，从某种意义上说是一部批评性传记，内容涵盖了福克纳家族成员及其自身以及文学创作中的残疾人形象，挖掘了作品中深植的残疾意识形态。该作颇受好评，翌年荣获南方文学研究会颁发的"C. H. 霍尔曼最佳著作奖"（C. Hugh Holman Award for Best Book）。此外，哈古德还于2010年出版了专著《秘密、魔力与哈莱姆文艺复兴女作家们的独幕剧》（Secrecy, Magic, and the One-Act Plays of Harlem Renaissance Women Writers），主编了《批评洞见：〈喧哗与骚动〉》（Critical Insights: "The Sound and the Fury", 2014）并参编《死而不僵的南方：南方文学与文化中的哥特与其他》（Undead Souths: The Gothic and Beyond in Southern Literature and Culture, 2015）。

哈古德在新作中对学术研究领域不同时期的福克纳"追随

者"进行了重点跟踪,勾勒了一幅清晰的福克纳研究路线图,总结了百年研究史上重要学者的基本学术思想。作者在正文之前引用早期福克纳研究者维克里(Olga W. Vickery)的话,强调了约克纳帕塔法世系的未完成性,因为"每一位新来的读者,每一位新晋的批评家,但凡承担了有关福克纳的求索、静思和冥想任务,尽管一种新的阐释可能不够权威,某种意义上说已然是对这个世系的贡献了,也是对创建者的一种敬仰"①。这种接受理论的研究思路,使作者在进行学术史梳理时能够以历时性眼光,充分考虑社会语境、批评家和目标文本三者之间的位置关系,客观对待特定历史时期的学术批评观点。这也正是哈古德的首要写作目标,即"记录福克纳研究中学术对话的历史发展脉络",助力初涉福克纳研究的年轻学者进行"定位"②,帮助他们以宏观的学术视野找准自己的切入点。哈古德在研究方法上强调学术视野的宏观性和总体性,与美国现代语言协会主办的年刊《美国文学研究》(*American Literary Scholarship*)形成互补,后者每年都会对福克纳研究中出现的新专著和新论文进行系统总结,"勾画"福克纳研究的现状而非"过去"③。在导论的最后,哈古德指出该书主要综述福克纳研究专著的主旨思想,排除了大部分期刊论文,因为学术论文的体量异常庞大,且真正高水平的文章经常会"进入论文集"或者"改写成专著的一部分"④。

《追随福克纳》一书共分四章。第一章"来自南方腹地的天才"概述了1966年之前的福克纳研究,主要包括书评、传记和早

---

① Taylor Hagood, *Following Faulkner*: *The Critical Response to Yoknapatawpha's Architect*, Rochester: Camden House, 2017, p. IV.

② Taylor Hagood, *Following Faulkner*: *The Critical Response to Yoknapatawpha's Architect*, Rochester: Camden House, 2017, p. 1.

③ Taylor Hagood, *Following Faulkner*: *The Critical Response to Yoknapatawpha's Architect*, Rochester: Camden House, 2017, p. 2.

④ Taylor Hagood, *Following Faulkner*: *The Critical Response to Yoknapatawpha's Architect*, Rochester: Camden House, 2017, p. 4.

期的研究性著述。这些文献的价值不容忽视,但大多属于经验性总结,在对小说人物的解读上多倾向于传记式批评,即从作者经历中寻找人物存在的原因和价值。接下来的第二、三、四章大致以学术研究的发展脉络为主线,追溯了福克纳研究中的新批评、后结构主义、文化研究以及新南方批评(New South Criticism)等范式及其转换,成功勾勒了一幅福克纳研究的详细路线图;其中既有几座高耸的山峰,又不乏新颖亮丽的小丘,除了文本研究的长河,还包括文化研究的涓涓细流。作者以"前瞻:福克纳研究的未来趋向"结束全书,用较短的篇幅列举了福克纳研究的几个重要发展方向。

一

福克纳创作生涯的早期,受到曾祖父、好友斯通(Phil Stone)和南方作家安德森(Sherwood Anderson)的重大影响。其中,曾祖父作为人物原型进入《沙多里斯》(*Sartoris*)、《喧哗与骚动》(*The Sound and the Fury*)和《没有被征服的》(*The Unvanquished*)等多部小说;身为律师的斯通引领福克纳走上文学创作的道路,而安德森则是他从早期的诗歌创作转向"邮票般大小的故土"[①]写作的关键人物。现存福克纳最早的作品是1919年他大学在读期间发表的,当时即已引起同校学生的积极关注;后来,随着多部小说的陆续出版,福克纳以不羁的文风吸引了越来越多书评家的目光,不少记者、学者和年轻学生慕名前来采访。学术界非常注重对这些零散评论的收集和整理,哈古德强调指出在此类作品中,《园中之狮》(*Lion in the Garden*,1968)、《福克纳批评遗产》(*William Faulkner: The Critical Heritage*,1975)和《福克纳同时代评论》(*William Faulkner: The Contemporary Reviews*,

---

① James B. Meriwether and Michael Millgate, eds., *Lion in the Garden: Interviews with William Faulkner, 1926—1962*, Lincoln and London: University of Nebraska Press, 1968, p.255.

1995）三部著述在还原作家创作语境、保存和遴选文献、记录创作历程等方面具备"重要价值"。① 值得补充的是，法诺利（Nicholas Fargnoli）的《威廉·福克纳文学指南》（*William Faulkner：A Literary Companion*，2008）和英奇（M. Thomas Inge）的《迪克西有限公司：作家论福克纳及其影响》（*The Dixie Limited：Writers on William Faulkner and His Influence*，2016）两书在福克纳学术史梳理方面各有千秋：前者在收录范围上比《批评遗产》和《同时代评论》更胜一筹；而英奇的著作侧重于不同时期文学家对福克纳的回应，特别是60年代以来的作家评论占据了近半壁江山。从这一点上看，哈古德的考察思路经典有余，时效性不足。

福克纳获诺贝尔文学奖的消息公布之前，奥唐奈（George Marion O'Donnell）的论文和考利的《袖珍福克纳读本》一直是所有评论中最具里程碑意义的两份文献。奥唐奈1939年的《福克纳的神话》（"Faulkner's Mythology"）一文首倡"南方神话"的研究思路，将福克纳的创作视为一个整体进行研究。考利延续并细化了这一思路，认为福克纳作品体系隐含了一个"鲜活的框架结构"，彰显了作者过人的文学创作才能。对此，哈古德并不否认考利在福克纳学术史上的重要地位，但也不失时机地指出考利整体化的思路实际上是一种"绝佳的营销元素"②。该书出版之后，新批评学派的代表人物沃伦（Robert Penn Warren）写出了一篇分量极重的书评，他从福克纳创造的美国南方世界中读出了具有普遍价值的人道主义关怀。进入50年代以后，福克纳学者们延续了"南方神话"的批评路线，上文提到的坎贝尔与福斯特、豪以及维克里首版于1959年的《福克纳的小说：批评阐释》（*The Novels of William Faulkner：A Critical Interpretation*）都刻意

---

① Taylor Hagood，*Following Faulkner：The Critical Response to Yoknapatawpha's Architect*，Rochester：Camden House，2017，p. 8.

② Taylor Hagood，*Following Faulkner：The Critical Response to Yoknapatawpha's Architect*，Rochester：Camden House，2017，p. 13.

强调南方性，视作者为美国南方的代言人。从豪开始，福克纳研究专著大多按照时间顺序，以分章介绍某一部或多部小说的形式组织全书，沃尔普（Edmond L. Volpe）的《威廉·福克纳小说阅读指南》(*A Reader's Guide to William Faulkner: The Novels*, 1964) 和米尔盖特（Michael Millgate）的《威廉·福克纳的成就》(*The Achievement of William Faulkner*, 1966) 均是如此，前一作品还开创了引入组织结构图勾勒福克纳小说中家族人物关系的写作传统。在哈古德看来，这些论著往往不惜较大篇幅复述小说故事情节和内容，总体上是导读性的，它们的出现主要得益于福克纳的晦涩文风，以及新批评学派倡导的文本细读策略。

哈古德的这一看法不无道理，因为该著述思路对于福克纳文本的普及亦大有裨益，使这位南方作家不仅仅局限于学术研究领域，以便更好地服务于大众读者。其实，此类书籍一直是出版市场上的宠儿，又进一步影响到了新一代学者的著述理念。进入 90 年代以后，普尔克（Noel Polk）主编的《阅读福克纳》(*Reading Faulkner*) 以及梅里韦瑟（James B. Meriwether）主编的《注解》(*Annotations*) 两套系列丛书，分别邀请不同的福克纳学者对单个文本进行详细的词句解读和文学阐释，对于福克纳作品的普及起到了巨大的推动作用。这种现象表明：福克纳研究中的阐释传统长期存在，普尔克正是读着维克里、沃尔普、米尔盖特等前辈学人的著作成长起来的中青年学者，可惜的是哈古德忽略了这种传承性。

在传记研究方面，福克纳的家人、好友、乡邻以及不同时期的学者都出版过大量有价值的作品，其中不乏经典之作。最早一部传记是考夫兰（Robert Coughlan）1953 年出版的《威廉·福克纳的私人世界》(*The Private World of William Faulkner*)；福克纳的弟弟约翰（John Faulkner）创作的《我的哥哥比尔》(*My Brother Bill: An Affectionate Reminiscence*, 1963) 也很有代表性；最具权威性的传记出自著名学者、作家的生前好友布洛特纳

(Joseph Blotner)，其皇皇巨著《福克纳传》(*Faulkner: A Biography*, 1974) 的篇幅和资料翔实程度迄今仍无出其右者。然而，该作不足之处也十分明显。据哈古德所见，布洛特纳出于个人原因隐去了"某些不太体面的细节"①，尤其避而不谈福克纳在好莱坞期间与梅塔·卡朋特·瓦尔德 (Meta Carpenter Wilde) 持续数年的婚外情。对此主观隐瞒的做法，瓦尔德表示十分不满，两年之后亲自写出了一部《恋爱中的绅士：福克纳与梅塔·卡朋特的恋情》(*A Loving Gentleman: The Love Story of William Faulkner and Meta Carpenter*) 以表异议。这样一来，布洛特纳在1984年出版的单卷本《福克纳传》中不得不补充了相应的内容。值得注意的是，哈古德忽略了威廉姆森 (Joel Williamson) 那部非常精彩的《威廉·福克纳与南方历史》(*William Faulkner and Southern History*, 1993)，该作在考证福克纳家族成员与黑人的血缘关系上取得了突破。

哈古德的第二章名为"从新批评高地到结构主义和档案学根基"，回溯了六七十年代福克纳学者在形式和结构研究领域取得的重要成就。斯拉托夫 (Walter J. Slatoff) 的《追逐失败：福克纳研究》(*Quest for Failure: A Study of William Faulkner*, 1960) 认为作家对"失败"的理解是其小说创作的核心；早期另一学者亚当斯 (Richard P. Adams) 的《福克纳的神话与变迁》(*Faulkner: Myth and Motion*, 1968) 指出作家始终致力于"制止变迁"；而莱文斯 (Lynn Gartrell Levins) 的《福克纳的英雄设计：约克纳帕塔法小说论》(*Faulkner's Heroic Design: The Yoknapatawpha Novels*, 1976) 则将约克纳帕塔法故事与古典神话和骑士文化并置进行研究；总体而言哈古德认为这些作品将福克纳研究推向了新的高度。这一时期的领袖式人物当属布鲁克斯 (Cleanth

---

① Taylor Hagood, *Following Faulkner: The Critical Response to Yoknapatawpha's Architect*, Rochester: Camden House, 2017, p. 21.

Brooks),他的三部重量级专著《威廉·福克纳:约克纳帕塔法的国度》(*William Faulkner: The Yoknapatawpha Country*,1963)、《威廉·福克纳:约克纳帕塔法的创立及其他》(*William Faulkner: Toward Yoknapatawpha and Beyond*,1978)和《威廉·福克纳:初次相遇》(*William Faulkner: First Encounters*,1983)集中展示了这位新批评派学派的代表人物对福克纳小说进行深度解读的策略与成就,尤其重要的是第一部,任意一位福克纳学者都难以回避。哈古德指出,布鲁克斯在这部著作中行使了"监督批评家"[①]的职责,强调不能把福克纳的小说当作社会学著作来读,他在批判错误方法和路径的过程中确立了自己的学术权威。但是,布鲁克斯倾向于把理解美国南方历史作为解读福克纳的前提,而做到这一点就必须像《押沙龙,押沙龙!》(*Absalom, Absalom!*)中昆丁坚持的那样要生于斯长于斯,这样的观点显然偏激了。

这一时期的福克纳研究还表现出延续性和精细化的特点。延续性指的是批评家们继承了前期福克纳研究中对作品整体性和道德批判主题的强调,比较典型的是凯尔(Elizabeth M. Kerr)的《约克纳帕塔法:福克纳"邮票般大小的故土"》(*Yoknapatawpha William Faulkner's "Little Postage Stamp of Native Soil"*,1969)。所谓精细化,即把早期批评家对福克纳小说形式的关注进一步具体化为相关领域的深入研究,如小里德(Joseph W. Reed, Jr.)的《福克纳的叙事》(*Faulkner's Narrative*,1973)采取文体学和叙事学的研究方法对福克纳的写作风格进行了细致探究;金尼(Arthur F. Kinney)的《福克纳的叙事诗学:风格即视野》(*Faulkner's Narrative Poetics: Style as Vision*,1978)则以读者为中心,基于接受理论来解读福克纳的小说主题与意义;凯尔的

---

① Taylor Hagood, *Following Faulkner: The Critical Response to Yoknapatawpha's Architect*, Rochester: Camden House, 2017, p. 32.

另一部作品《威廉·福克纳的哥特版图》(*William Faulkner's Gothic Domain*, 1979)则主要从哥特小说这一带有浓郁南方特色的文类入手分析福克纳作品。

另两部作品呈现出研究对象的新变化。首先是华生(James G. Watson)的《斯诺普斯困境：福克纳的三部曲》(*The Snopes Dilemma: Faulkner's Trilogy*, 1968),虽然该学者继承了前期福克纳研究中的道德主题,但从目标文本上看避开了《喧哗与骚动》《押沙龙,押沙龙!》《去吧,摩西》等经典文本,转而关注中后期作品,尽管斯诺普斯家族在约克纳帕塔法体系中的地位显然不如南方贵族那样突出。另外一部是佩奇(Sally R. Page)的《福克纳的妇女：性格塑造与意义》(*Faulkner's Women: Characterization and Meaning*, 1972),该作的研究思路与华生相似,均带有后结构主义的色彩,关注处于边缘地位的文本或人物,这样的研究范式成为后来性别和族裔研究的先导。佩奇指出了福克纳潜意识中将女性等同于自然的思维定式,也开启了生态批评等跨学科研究思路的先河。

在第三章"理论的控制力"中,哈古德首先简略回顾了80年代以后文学理论思潮的发展轨迹,认为总体趋向是"自下而上"①的,即解构主义者倡导的从中心转向边缘的思路,福克纳研究的侧重点开始从文本内部的语言形式转向外部的社会历史文化,或两者的有机结合。新研究范式的风向标集中于一年一度的福克纳年会,这个开始于1974年的学术会议八九十年代的主题大多由一些并列的名词短语构成,如"福克纳与妇女"(1985)、"福克纳与种族"(1986)、"福克纳与流行文化"(1988)、"福克纳与心理学"(1991)等。在具体论著方面,桑德奎斯特(Eric Sundquist)的《福克纳：破裂之屋》(*Faulkner: The House Divided*, 1983)是

---

① Taylor Hagood, *Following Faulkner: The Critical Response to Yoknapatawpha's Architect*, Rochester: Camden House, 2017, p. 50.

一部具有分水岭意义的作品，作者将"种族通婚"视作小说的中心议题，进而把重要作品划分为《喧哗与骚动》、《我弥留之际》(*As I Lay Dying*)、《圣殿》(*Sanctuary*) 和《八月之光》(*Light in August*)、《押沙龙，押沙龙!》、《去吧，摩西》两个群组，但研究方法在新批评和后结构主义之间有些摇摆。

种族和性别是这一时期学术研究的两个重要领域。在族裔研究方面，达博内 (Lewis M. Dabney) 开创先河，早在《约克纳帕塔法的印第安人：文学与历史研究》(*The Indians of Yoknapatawpha: A Study in Literature and History*, 1974) 一书中便着眼于美洲原住民群体，主要分析福克纳人物塑造的可能性来源，发掘作家的文学想象与历史事实的偏差或失真之处。戴维斯 (Thadious M. Davis) 的《福克纳的"黑奴"：艺术与南方语境》(*Faulkner's "Negro": Art and the Southern Context*, 1983) 基于德里达的解构主义理论，"黑奴"(Negro) 一词的使用参照了福克纳二三十年代的创作语境，历史性地看待种族问题。唐娜 (Theresa M. Towner) 的《福克纳论种族差异：后期小说论》(*Faulkner on the Color Line: The Later Novels*, 2000) 是另一部颇具代表性的种族主题研究专著，着重考察其获诺贝尔文学奖之后的小说，强调福克纳文本与50年代的社会状况以及黑人作家反馈的互动。古温 (Minrose C. Gwin) 的《女性气质与福克纳：阅读性别差异及其他》[*The Feminine and Faulkner: Reading (Beyond) Sexual Difference*, 1990]、罗伯茨 (Diane Roberts) 的《福克纳与南方女性观》(*Faulkner and Southern Womanhood*, 1994)、克拉克 (Deborah Clarke) 的《抢劫母亲：福克纳作品中的妇女》(*Robbing the Mother: Women in Faulkner*, 1994) 都属于这一时期非常典型的性别研究著作。略有遗憾的是，哈古德忽略了斯温妮 (Patricia E. Sweeney) 编辑出版的《威廉·福克纳的女性人物：批评文献注释》(*William Faulkner's Women Characters: An Annotated Bibliography of Criticism*, 1985)，这本书详细梳理了福克纳女性人物研究的前期成果,系该领域的重要参考书。

哈古德还对其他几个理论视角进行了重点评介。1975年欧温(John T. Irwin)发表的《双生与乱伦/重复与报复:对福克纳的推测性阅读》(Doubling and Incest/Repetition and Revenge: A Speculative Reading of Faulkner),从心理批评的角度结合结构主义理论分析《喧哗与骚动》和《押沙龙,押沙龙!》,以昆丁讲述的萨特潘故事来解读其在《喧哗与骚动》中的自杀之谜,是"第一部真正突破新批评模式的论著"[①]。福勒(Doreen Fowler)的《福克纳:压抑者的回归》(Faulkner: The Return of the Repressed, 1997)将拉康的无意识理论与福克纳小说结合起来进行互文性阅读,重点关注《喧哗与骚动》和《我弥留之际》中的女性,以及《八月之光》《押沙龙,押沙龙!》《去吧,摩西》中的种族主题。帕克(Robert Dale Parker)的《福克纳的小说想象》(Faulkner and the Novelistic Imagination, 1985)则从接受美学角度切入,认为读者在福克纳小说阅读中被迫介入文本意义的创造之中。另一部标志性著作是施瓦茨(Lawrence H. Schwartz)的《打造福克纳的声誉:现代文学批评政治学》(Creating Faulkner's Reputation: The Politics of Modern Literary Criticism, 1988),作者的观点带有"阴谋论"的色彩,认为福克纳在40年代的重新崛起是考利、出版市场上的平装本革命、新批评和纽约知识分子派以及洛克菲勒基金会等不同社会力量综合作用的结果。

二

哈古德在第四章"全球的福克纳"中重点突出了21世纪以来福克纳研究中一个势头强劲的研究领域——新南方研究。福克纳的国际视野是1982年和2000年两次福克纳年会的重要议

---

① 陶洁:《福克纳研究》,上海外语教育出版社2013年版,第319页。

题，但真正聚焦于新南方的研究则开始于马丁尼克作家兼批评家格里桑（Edouward Glissant）的那部划时代著作《密西西比的福克纳》（*Faulkner, Mississippi*）。自 1999 年英译本出版后，该作引领了福克纳研究中新一轮族裔研究的热潮，渗透着丰富的种族和文化地理的跨学科研究成果。格里桑主张将美国南方——"与加勒比海地区同样具有文化边缘性的密西西比"[①]——纳入拉丁美洲的地理版图，在后殖民主义的理论框架内探究福克纳小说中的族裔问题。贝克（Charles Baker）的《威廉·福克纳的后殖民南方》（*William Faulkner's Postcolonial South*, 2000）、小贝克（Houston A. Baker, Jr.）的《我并不憎恨南方：有关福克纳、家族与南方的思考》（*I Don't Hate the South: Reflections on Faulkner, Family, and the South*, 2007）、阿不拉—艾拉（Hosam Aboul-Ela）的《另一个南方：福克纳、殖民性与马里亚特吉传统》（*Other South: Faulkner, Coloniality, and the Mariátegui Tradition*, 2007）、卢瓦肖（Valérie Loichot）的《孤儿叙事：福克纳、格里桑、莫里森与圣约翰·佩尔斯的后种植园文学》（*Orphan Narratives: The Postplantation Literature of Faulkner, Glissant, Morrison, and Saint-John Perse*, 2007）以及马修斯（John T. Matthews）的《透过南方看威廉·福克纳》（*William Faulkner: Seeing through the South*, 2009）都是这一领域的代表性成果。随着新南方研究的推进，福克纳作品中的美洲原住民吸引了日渐增多的关注，特雷福泽（Annette Trefzer）的《恼人的印第安人：南方小说考古学》（*Disturbing Indians: The Archaeology of Southern Fiction*, 2007）和泰勒（Melanie Benson Taylor）的《重构原住民的南方：美国印第安文学与大败绩》（*Reconstructing the Native South: American Indian Literature and the Lost Cause*, 2011）等

---

① Taylor Hagood, *Following Faulkner: The Critical Response to Yoknapatawpha's Architect*, Rochester: Camden House, 2017, p. 103.

作品的出现，以及以"福克纳与原住民的南方"为题的 2016 年福克纳年会的召开，均预示了这一研究新趋向的蓬勃生机与活力。

展望未来，哈古德指出以下几个方向值得关注。首先，理论阐释的视角需要进一步拓展与深化，如身体研究中的残疾和肥胖问题、种族研究中的白人性问题、性别研究中的孤儿形象、以批判动物研究为代表的非人类研究（nonhuman studies）、基于消费文化而出现的物质文化研究及大众文化媒介研究等。文学文化理论在持续更新，福克纳研究也需要与时俱进，展现新的动能与魅力。其次，今后研究中特别值得关注的是福克纳的电影文本，哈古德着重提及了卡温（Bruce F. Kawin）编选的《福克纳与电影》（*Faulkner and Film*，1977）和《福克纳的美高梅公司电影剧本》（*Faulkner's MGM Screenplays*，1982）。该领域的代表性成果还包括美国东南密苏里州立大学"布罗德斯基收藏"（Brodsky Collection）中的《戴高乐故事》（*The De Gaulle Story*，1984）、《战争呐喊》（*Battle Cry*，1985）、《县城律师》（*Country Lawyer*，1987）和《种马路》（*Stallion Road*，1989）；以及法迪曼（Regina K. Fadiman）的《福克纳的〈坟墓的闯入者〉：从小说到电影》（*Faulkner's "Intruder in the Dust": Novel into Film*，1978）、耶林（David G. Yellin）与考诺斯（Marie Connors）合作编辑的《明日复明日》（*Tomorrow & Tomorrow & Tomorrow*，1985）；包括 2010 年年会论文集《福克纳与电影》（*Faulkner and Film*，2014）、格里森—怀特（Sarah Gleeson-White）的《威廉·福克纳在二十世纪福克斯公司：电影剧本注释》（*William Faulkner at Twentieth Century-Fox: The Annotated Screenplays*，2017）、所罗门（Stefan Solomon）的《威廉·福克纳在好莱坞电影公司：剧本集》（*William Faulkner at Hollywood: Screenwriting for the Studios*，2017），这些著述的陆续出版较好地说明了福克纳电影研究正如火如荼地展开。

哈古德认为"最重大、最具革新性"[①]的成果出现于数字人文领域，具体包括网站建设（如密西西比大学创办的"William Faulkner on the Web"）、超文本化（如加拿大萨斯喀彻温大学开发的"《喧哗与骚动》的超文本版"）以及音频整理（如弗吉尼亚大学把《福克纳在大学》等含有作者本人录音的磁带转制成音频格式文件发布于网站）等，这为世界各国福克纳研究者和普通读者的研读活动带来了极大便利。随着互联网技术的深入推进，福克纳学界积极跟进，开始了一个大规模的互联网项目"数字约克纳帕塔法"（Digital Yoknapatawpha），它吸引了一大批福克纳研究学者和技术人员参与，在已完成的部分文本中，用户通过点击不同的图标可以实现人机交互，得到一种完全不同于阅读纸质文本的体验。该项目为各高校开展慕课教学提供了极大便利，也代表了福克纳教学研究领域取得的最新成果。

三

从福克纳首次发表短篇小说《幸运着陆》（"Landing in Luck"，1919）至今，围绕这位美国南方作家的评论近一百年来方兴未艾，世界范围内的书评、论文和专著层出不穷，随着收音机、电影、电视和网络等媒介的相继出现，福克纳作品的跨媒介改编也在不断涌现。有鉴于此，任何一位学者都很难做到在一本书之内面面俱到地综述福克纳学术史的发展历程。从覆盖的文献种类来看，哈古德以百部左右的著述为主体对福克纳学术史轮廓进行了大致的梳理，对网站建设和数码工程也进行了一定程度的介绍，这些都是非常值得称道的。福克纳涉足电影产业时间较长，《圣殿》之后的不少小说在某些场景的叙述中受到了电影镜头语言的强烈影响，福克纳本人的剧本改写经历、福克纳小说的电影改编以及

---

① Taylor Hagood, *Following Faulkner: The Critical Response to Yoknapatawpha's Architect*, Rochester: Camden House, 2017, p.135.

作家相关的纪录片等方面的研究日渐走向成熟，但哈古德对这些领域涉猎明显不足。

总体来看，哈古德以时间为序，将福克纳学术史划分为形式与道德主题研究、文学文化理论解读和全球视域三个阶段，较为全面地介绍了各阶段的代表性学术成就，简要总结了每位学者的主要学术思想，这些均对于世界各国的福克纳研究具有较强的借鉴性。然而，需要引起注意的是，哈古德囿于有限的观测视角，忽略了不同学者的国籍及其相应的学术与文化背景，容易给读者留下一种美国学术研究的一统性假象。其实，至少从 20 世纪 30 年代开始，以萨特、加缪和旅美的翻译家库安德娄（Maurice Edgar Coindreau）等法国作家和学者为代表，福克纳研究在欧洲大陆，特别是法国已经具备相当的规模；以 1955 年到访为契机，日本的福克纳研究持续繁荣发展，涌现出以大桥健三郎为代表的优秀学者；北欧的斯凯（Hans H. Skei）一直在深耕福克纳的短篇小说创作，是该领域研究的倡导者和权威学者；米尔盖特之后，英国的福克纳研究在格雷（Richard Gray）的带领下取得了令人瞩目的成就；我国的李文俊、陶洁、肖明翰等翻译家和著名学者也为福克纳小说的传播与研究做出了举足轻重的贡献。所有这些，在哈古德的作品中并不明确，或者缺失。尽管法国、日本、英国、挪威和中国等美国本土以外的海外学者在学术观点上难言独立，但笔者认为很有必要按照国别区分不同的学派，以此为线索进一步挖掘福克纳的本地化路径，对"世界各地的福克纳研究"[①] 按照国别进行分别论述。

除此之外，哈古德还忽略了福克纳追随者中的一个经典改写群体。他们奉福克纳的某部小说文本为圭臬，通过不同层次的阅读、阐释与再创造，在各自不同的时空语境中完成了对经典文本的创新性改写。50 年代开始便陆续有较强模仿痕迹的作品出

---

① 陶洁：《福克纳研究》，上海外语教育出版社 2013 年版，第 307 页。

现,如斯泰隆(William Clarke Styron, Jr.)的《躺在黑暗中》(*Lying Down in Darkness*, 1951)和汉弗莱(William Humphrey)的《情乱萧山》(*Home from the Hill*, 1958)。以《我弥留之际》为例,后续的改写作品包括麦卡锡(Cormac McCarthy)的《神之子》(*Child of God*, 1973)、斯威夫特(Graham Swift)的《杯酒留痕》(*Last Orders*, 1996)、帕克斯(Susan-Lori Parks)的《找到母亲遗体》(*Getting Mother's Body*, 2003)、沃德(Jesmyn Ward)的《拾骨》(*Salvage the Bones*, 2012)等。有些小说家兼具学者的身份,写出的作品富有强烈的虚构性,亦不乏一定的学术批评色彩,例如克莱恩(John Kenny Crane)的《加文·斯蒂文斯的约克纳帕塔法编年史》(*The Yoknapatawpha Chronicle of Gavin Stevens*, 1988)采取福克纳后期小说中多次出现的儿童人物契克的视角,假想他在舅舅加文的遗物中发现了这样一份"编年史",详细记录了约克纳帕塔法小说中从16世纪到1947年发生的大事。虚构性成分更强的是查培尔(Charles Chappell)的《大侦探都彭阅读威廉·福克纳:约克纳帕塔法县六宗迷案破解》(*Detective Dupin Reads William Faulkner: Solutions to Six Yoknapatawpha Mysteries*, 1997),该作引入爱伦·坡的侦探人物对《圣殿》《喧哗与骚动》《我弥留之际》《八月之光》进行解读。赖特(Austin M. Wright)的《顽抗、福克纳与诸教授》(*Recalcitrance, Faulkner, and the Professors*, 1990)使用"批评小说"(critical novel)为副标题,围绕《我弥留之际》再现了文学教授与学生的学术研究经历。福克纳的文本改写还在持续进行中,这一文学现象值得我们深入研究。

后　　记

　　本书是在我的博士学位论文（北京外国语大学，2020年）基础上修改完成的。博士学位论文的完成，只能算是我和福克纳的交锋暂时画上了一个分号。从本科学习阶段的英美文学课上开始接触福克纳，一路走来，我曾经屡次遭遇"眼前有景道不得，崔颢题诗在上头"的李白式"影响的焦虑"，庆幸的是我并没有搁笔而去。

　　更为幸运的是，我遇到了恩师王丽亚教授。她是一位治学严谨的学术导师。王老师从学术生涯着手，鼓励我锚定福克纳做大文章。在论文开题和撰写过程中，每个章节她都要批读至少三次，密密麻麻的审读意见是对我行文的一次又一次检阅，更是给予我的至高奖赏。她又是一位教导有方的学业导师，引领我独立思考、有序推进自己的研究计划。令我感触非常深刻的是王老师讲过的一句话：在预设了问题和结论之后，她会在不远的前方等着，我须以自己的方式、按照自己的节奏走过去。恩师传道授业的思路和方法值得我用余生慢慢领会，努力践行。王老师更是一位体贴周到的生活导师。她十分关心我在校期间的学习和生活，强调不要熬夜、加强锻炼、合理膳食，帮我调整心态，使我按部就班地完成每项工作。恩师的教诲已经深入我学术思维与写作的根脉，她的学术引领、师德风范和无微不至的个人关怀不仅是我成功完成博士学业的最重要保证，也为我今后的学术、工作和生活投了永不超期的保险。

　　本书能够出版，还要由衷感谢北京外国语大学金莉教授、郭棣庆教授、马海良教授,清华大学陈永国教授和中国人民大学陈世丹教授。五位老师在百忙之中给予我悉心指导,他们严谨治学的态度永远是我坚持写作的一盏指路明灯。金老师对"罗曼司"概念和南方社会历史语境的指点使我更加明确了立论基础,郭老师对文中措辞和英文摘要的评点让我更加注重遣词造句,马老师对句型、语言和逻辑问题的细致批读为我树立了严谨的学术典范。能够邀请到清华大学的陈永国教授和中国人民大学的陈世丹教授指正我的论文实在荣幸。陈永国老师理论造诣深厚,对福克纳研究情有独钟,他的睿智提问和意见依然回响于耳际,他翻译的《福克纳传》以及相关论文对我启发很大。陈世丹老师对开题报告和学位论文提出架构上的修订建议,帮我明确地亮出观点、突出特色、把握方向。

北外是我心目中永未毕业的大学。能在喧嚣纷繁的首都西三环,聆听学界顶级专家学者的教诲,感受他们的风范、学习他们的方法,实在是弥足珍贵的经历。张中载老师的《西方古典文论》、金莉老师的《目录学》、郭棣庆老师的《现代美国小说》、赵国新老师的《西方马克思主义》等课程,使我更加明确学术写作规范、文学科研方法、现代美国小说和西方文论等专业知识和技能,提高了我的理论修养和文本分析能力。同门情谊也令我倍感珍惜。蔺玉清、姚石、赵胜杰、张雪峰等学姐学长树立了榜样,同薛丽、许辉、一凡、张昕昕、申育娟、董慧和王雨薇一起,我们研讨文学、闲聊社会、谈论人生。薛丽和许辉的体贴、昕昕的热情、一凡和育娟的认真努力都成为我美好的记忆。他们给予的帮助和鼓励是我顺利完成学业的重要助力,我们的友谊永远是无价的财富。

2017年开题后,我受山东科技大学资助,去美国东南密苏里州立大学福克纳研究中心访学一年,有幸得到克里斯托弗·瑞格博士和中心前主任罗伯特·韩布林教授的热情帮助,馆藏的大量福克纳文献为我完成博士学位论文写作提供了重要保障。攻读学位和专著写作过程中,我受到了山东科技大学外国语学院领导和同事的大力支持,彭建武和唐建敏院长一直十分关注我的学术成长,给我减压、助我前行。山东省社会科学规划研究项目的立项也为我提供了强大的动力。

家是爱的港湾,也是奋斗的归宿。在读博期间我能够顺利、健康、收获满满地走好每一步,离不开爱人和儿子的真情陪伴。爱人在学院的工作本已忙碌不堪,她用柔弱的肩膀支撑起我们这个小家;儿子虽不善言,可也乖巧懂事,不为我的读书写作添乱。他俩的默默坚守与无言奉献为我带来不竭的奋斗动力,重新定义了我努力的方向。读博五年我们聚少离多,所有的亏欠只待今后加倍补偿。

感谢福克纳,他给予了我苦熬的精神与勇气,把我带进美国南方神话之乡,让我真正领略了文学、生活与人性之美!五年很短,记忆悠长。这一段经历将驻留在我的记忆深处,激励我接续努力,用福克纳的话说:"过去从未过去。"新长征已经开始,唯有奋力向未来,才会更好地回望过去!

最后,衷心感谢中国社会科学出版社的王小溪女士,没有她,本书无以成书,难言精彩。

李方木

2020 年 9 月 20 日